혈
비
도
무
랑

혈비도 무랑 9

김종휘 新무협 판타지 소설

초판 1쇄 찍은 날 § 2004년 4월 14일
초판 1쇄 펴낸 날 § 2004년 4월 24일

지은이 § 김종휘
펴낸이 § 서경석

편집장 § 문혜영
편집책임 § 유경화
편집 § 장상수 · 권민정
마케팅 § 정필 · 강양원 · 이선구 · 김규진 · 홍현경

펴낸곳 § 도서출판 청어람
등록번호 § 제1081-1-89호
등록일자 § 1999. 5. 31
어람번호 § 제2-0361호

주소 § 경기도 부천시 원미구 심곡1동 350-1 남성B/D 3F (우) 420-011
전화 § 032-656-4452 팩스 § 032-656-4453
http://www.chungeoram.com
E-mail § eoram99@chollian.net

값 8,000원

ISBN 89-5831-079-0 04810
ISBN 89-5505-774-1 (SET)

혈비도무랑

김종휘 新 무협 판타지 소설

9
대법의 완성

도서출판
청어람

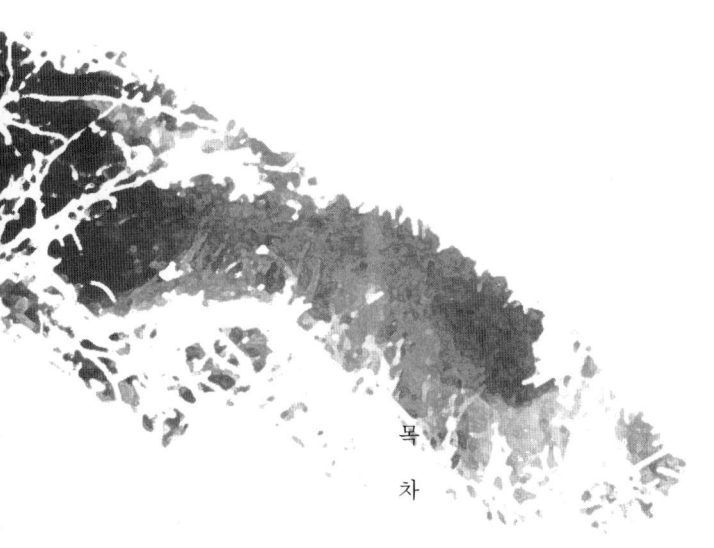

목

차

제53장
장천과 혈비도 무랑

정무맹은 천무성자의 죽음은 알리지 않았다. 멸천과의 마지막 결전을 앞에 두고 있는 시점에서 맹주의 죽음은 사기를 꺾을 위험이 있기 때문이다.

일단 새로운 맹주로 소림의 방장을 선출한 정무맹은 그와 함께 천무성자가 혈비도 무랑과의 대전에서 부상을 입어 모종의 장소에서 휴식을 취하고 있다 밝힘으로써 소란을 최소화하는 데 주력했다.

신검 진인의 죽음과 천무성자의 부재는 정무맹의 무사들을 크게 혼란스럽게 했지만, 새로이 맹주로 임명된 소림의 방장 무진 대사와 정무맹 수뇌부의 힘으로 간신히 소란을 잠재울 수 있었다.

정무맹은 새로운 맹주인 소림 방장 무진 대사의 지휘 하에 멸천문의 무리들에 연전연승을 하며 노도와도 같은 기세로 그들을 밀어붙였고, 천무성자의 죽음 이후 일주일이 지나자 이제 마지막 결전만을 남기게 되었다.

마지막 남은 멸천문 무리의 본거지는 이제 수많은 정무맹 무인들에게 둘러싸여 언제 함락될지 모르는 상황에 처해 있었다.

정무맹의 무사들은 마지막 결전이라 생각하며 사기가 크게 올라 잠시 후 있을 공격의 신호를 기다리며 전열을 가다듬었다.

둥!! 둥!!

드디어 공격의 신호인 진격의 북소리가 울려 퍼지자 정무맹의 무사들은 크게 함성을 지르며 진격해 들어갔다.

"와아아아!!"

연이은 패배로 사기가 크게 떨어진 멸천문의 무사들은 정무맹 무사들의 질풍노도와 같은 기세를 이겨낼 수 없었고, 정무맹 무사들은 필사적으로 반항하는 멸천문의 무사들을 베어 넘기며 본단 내부로 진입해 적을 휩쓸기 시작했다.

"아직도 찾지 못했는가?"

"예."

정무맹의 임시 맹주 직을 맡고 있는 소림 방장 무진 대사는 무사들에게 혈비도 무랑을 찾게 하였다.

혈비도 무랑을 없애지 않는 한 지금과 같은 분란이 언제 다시 일어날지 모르는 일이기 때문이다. 하지만 그의 모습은 어느 곳에서도 찾을 수가 없었다.

대부분의 멸천문 수뇌부가 죽거나 사로잡힌 지금, 왜 그의 모습이 보이지 않는 것일까?

후일을 도모하기 위하여 도주했을 수도 있었지만, 그렇다면 적어도 수뇌부도 함께 동행했어야 정상이다.

멸천문이 괴멸되어 가고 있는 상황에서도 그의 모습이 보이지 않음은 마치 의도적으로 멸천문을 버린 듯한 것인지라 임시 맹주 직을 맡은 소림 방장은 불안할 수밖에 없었다.

한편 장천은 본단에 들어서자 과거 그에게 무공을 전수받았던 연무관으로 향했다. 왠지 그곳에 무랑이 있을 것 같다는 생각 때문이었다.

앞을 막아서는 멸천문의 무사들을 베어 넘기며 장천은 명언과 데비드 두 의형제와 함께 어렵지 않게 연무관에 도착할 수 있었다.

"음……."

연무관에 도착한 장천은 주변의 모습을 보며 침음을 흘렸는데, 이곳에 있던 수많은 무서와 영약들은 모두 사라져 있었기 때문이다.

이번 전투에서 패할 것을 미리 예상하고 중요 물품들을 옮긴 것은 아닐까 하는 생각이 들었으나 이곳에 무서와 영약을 노리고 온 것이 아닌지라 장천은 연성관 쪽으로 걸음을 옮겼다.

어두컴컴한 연성관 역시 주위에 진열되어 있던 수많은 병기들이 모두 사라져 을씨년스럽게 변해 있었고, 오랫동안 사람이 들어가지 않은 듯 바닥에는 먼지만이 쌓여 있었다.

"이만 내려오시지."

하지만 장천은 이곳에 사람이 숨어 있다는 것을 간파할 수 있었고, 천천히 고개를 들어 연성관의 천장을 보며 말했다.

"네 녀석이 이곳에 숨어 있는 것을 알고 있다. 모습을 드러내시지."

계속 말을 건넴에도 반응이 없자 장천은 살기를 강하게 드러내었고, 이에 사방이 막혀 있는 연성관에 돌풍이 불기 시작했다.

"윽!"

강한 돌풍에 장천을 제외한 이들은 손을 들어 눈을 가릴 수밖에 없었는데, 돌풍 속에서 복면을 한 남자가 서서히 그 모습을 드러내었다.

"장 대협께 인사드립니다. 문주님의 명을 받고 기다리고 있었습니다."

돌풍 안에서 모습을 나타낸 그가 인사를 올리자 장천은 미간을 찌푸리며 말했다.

"나를 기다렸다고?"

"예."

"잘되었군. 나 역시 그를 찾고 있었으니 말이다. 자, 안내해 주실까?"

장천의 말에 복면인은 오른손을 뒤로 빼 가볍게 손가락을 튕겼고, 잠시 후 손가락에서 튕겨간 기운이 벽과 충돌하는가 싶더니 서서히 벽의 한 부분이 열리기 시작했다.

연성관의 벽에 비밀 통로 장치가 있었던 것이다.

"그럼 저를 따라오십시오."

통로가 열리자 복면인은 그곳으로 걸음을 옮겼고, 장천들은 서로를 한번 돌아본 후 뒤를 따라 비밀 통로로 들어섰다.

복면인의 뒤를 따라 들어간 통로는 한 치 앞도 보이지 않을 정도로 어두웠는데, 이각 정도를 걷자 잠시 후 통로의 끝에서 빛이 보였다.

"모두들 조심해라."

장천은 행여 출구 밖에 적도들이 함정을 파고 있지 않을까 하는 생각에 두 의형제를 보며 말했고, 이에 두 사람은 병장기를 뽑아 들고는 만약의 사태에 대비했다.

그렇게 어두운 통로를 벗어나자 순간 강렬한 태양의 빛이 일행의 눈을 어둡게 했지만, 이미 준비하고 있었던 터라 일행은 어렵지 않게 시력을 찾을 수 있었다.

통로의 끝은 작은 공터와 연결되어 있었는데, 그 한가운데에 중년 남자 한 명이 의자에 앉아 있었다.

"무랑……."

장천은 그가 무랑임을 확인하고는 검과 도를 뽑아 들었는데, 일행을 안내한 복면인은 혈비도 무랑에게 포권을 하며 말했다.

"장 대협 일행을 이곳으로 데리고 왔습니다."

"수고했다, 멸천일호."

"예."

무랑의 말에 그는 또다시 돌풍과 함께 사라졌는데, 장천조차 어디로 사라졌는지 알 수 없을 정도로 뛰어난 은신술이었다.

혈비도 무랑은 살기를 뿜고 있는 장천을 잠시간 응시하더니 품에서 여덟 자루의 비도를 꺼내서 장천의 앞에 던져 주고는 말했다.

"자신의 것은 잘 챙기고 있어야 하지 않겠는가? 그것을 다시 자네에게 돌려주겠네."

"……."

"후후후, 어디, 그동안 얼마나 성장했는지 보도록 할까?"

"으득……."

마치 스승이 제자를 대하는 투로 말하는 무랑의 모습에 장천은 이를 갈았다. 언제까지 그렇게 여유있을 수 있나 보자는 생각을 하며 장천은 그가 건네준 여덟 자루의 탈혼섬광구비도를 품에 넣고 자세를 잡았다.

천무성자의 도움으로 단전에 내단이 생긴 장천의 경지는 이전과 비교한다면 크게 성장한 상태, 그런 때문인지 자연도의 기운을 뿜자 삼장 정도의 주위가 마치 신경이 이어진 듯 예민하게 변해갔다.

이런 기도를 무랑 역시 느끼고 있었는지라 조금 놀란 표정을 하며 말했다.

"과연……."

자신의 예상대로 장천의 무공이 크게 성장한 것에 탄성을 내지른 무랑은 이번 싸움이 쉽지 않을 것임을 예감할 수 있었다.

장천의 성장도 성장이지만, 신검 진인과의 싸움에서 큰 부상을 입어 한쪽 팔을 제대로 사용하지 못하는 상태였기 때문이다.

"하압!"

장천이 살기를 뿌리며 앞으로 쇄도해 들어오자 무랑은 발을 박차고 공중으로 치솟아올라 품에서 비도를 집어 던졌다.

"팔연환비도! 팔방풍변 비도격살(八方風變 飛刀擊殺)!"

그의 손에서 뻗어 나간 여덟 자루의 비도는 장천을 향한 것이 아니라 그를 중심으로 빠른 속도로 회전하기 시작했다.

이기어검의 수법이 서려 있는 비도는 장천을 중심으로 회전하며 돌풍을 만들었고, 장천은 돌풍 속에서 한 치 앞도 보기 힘들었다.

"음……."

하지만 예민해진 장천의 감각은 회전하고 있는 여덟 자루 비도 위치를 정확히 파악할 수 있었다.

슈슉!

그리고 다음 순간 등 뒤로 한 자루의 비도가 쇄도해 들어오자 장천은 좌수에 들린 냉혈검을 휘둘렀고, 비도는 산산조각으로 부서져 사방으로 퍼져 나갔다.

일부의 파편은 장천을 향해 날아왔지만, 이미 내단의 형성으로 금강불괴에 가까운 단계에 이른 장천인지라 파편은 피육에 닿자 그 힘을 잃고 땅에 떨어질 뿐이었다.

하지만 장천의 주위론 아직 일곱 자루의 비도가 회전하고 있기에 한 자루 비도를 떨구었다 해도 마음을 놓을 수가 없었고, 그것을 증명이라도 하는 듯 한꺼번에 비도가 장천을 향해 쇄도해 들어왔다.

사방에서 한꺼번에 밀려들어 오는 비도는 내단의 형성으로 금강불괴를 이룬 장천이라 할지라도 정통으로 적중당한다면 큰 부상을 면키 어려웠기에 장천은 급히 화룡신도에 내력을 집중하곤 몸을 회전했다.

"선풍도!"

사방에서 밀려오는 비도를 상대로 선풍도를 시전하자 장천의 신형은 화룡신도의 잔영 속으로 완전히 사라졌다.

채재쟁!!

그리고 쇄도해 들어오던 비도는 선풍도의 잔영과 충돌하며 땅으로 떨어졌고, 비도가 만든 돌풍도 그 힘이 줄어들기 시작했다.

하지만 장천이 그 정도는 충분히 막아내리라 생각하고 있던 무랑은 다음 공격을 시행했고, 장천은 머리 위에서 무엇인가 빠른 속도로 내려오고 있음을 간파하곤 고개를 들었다.

"패천권(霸天拳)!"

장천의 머리 위에서 모습을 드러낸 무랑이 그의 정수리를 향해 패천권을 시전하자 금강석도 부수어 버릴 권강이 주먹에 어리기 시작했다.

이에 장천은 선풍도의 회전에 내력을 더하며 하늘을 향해 일각을 내질렀다.

"승룡파천각!"

장천의 강렬한 일각은 그대로 권강과 충돌했다.

쿠구궁!!

두 개의 강렬한 기운이 충돌하자 벼락이 치는 듯한 굉음이 울려 퍼졌고, 다음 순간 장천과 무랑은 폭발하는 기운에 밀려 모두 뒤쪽으로 튕겨 나갔다.

내공이라면 천하제일이라 할 수 있는 장천은 지금의 일전에서 자신이 밀렸다는 것에 조금 놀랄 수밖에 없었다.

자신은 천하제일의 내공을 지녔다 자부하고 있었는데, 그럼에도 불구하고 무랑과의 충돌에서 밀려났기 때문이다.

'아직도 부족한 것인가······.'

뼈에 금이 간 것과 같은 통증에 장천은 미간을 찌푸리며 생각했지만, 사실 이것은 내력의 부족 때문이 아니라 무랑의 초식이 뛰어났기에 생긴 결과였다.

실제적으로 강기의 기운은 장천 쪽이 우세했지만, 무랑은 권강의 기운을 한곳으로 집중하여 장천의 용천혈을 노린 것이다.

권강을 일점으로 집중한다는 것은 강기의 기운을 수족과 같이 다룰 수 있어야 가능한 단계였기에 그 위력이 크게 배가된 것은 당연한 일이었다.

보통 사람이라면 용천혈을 통해 파고든 내력에 죽거나 중상을 면하지 못했을 것이지만, 장천은 본신 내력의 보호로 뼈에 금이 간 정도로 끝낼 수 있었다.

"음양합일 극의파천!"

권강을 파천용각공으로 막은 장천은 뒤로 물러서는 좌검우도 최후의 초식을 시전했고, 검과 도에서 뻗어 나온 강기는 맹렬한 기세로 뻗어 나갔다.

자신을 향해 날아오는 강기를 보며 무랑은 크게 내력을 끌어올려 비도를 내던졌다.

"섬광비도 괴(壞)!"

무랑이 시전하는 섬광비도는 모두 일곱 개의 초식이 있는데, 마지막 초식인 불광멸악과 함께 섬(閃), 붕(鵬), 뇌(雷), 산(散), 괴(壞), 통(通)으로 이어지는 초식은 각 특성이 있다.

섬광비도 섬(閃)은 눈에 보이지 않을 정도의 빠른 속도로 상대를 공격하며, 붕(鵬)은 거대한 붕새가 날아가는 것과 같은 기운을, 뇌(雷)는 벼락과 같은 기세로 하늘에서 내리꽂히며, 산(散)은 비도 자체가 부서지며 마치 흩뿌려지듯이 비도가 날아가며, 괴(壞)는 비도가 충돌했을 시 강렬한 기의 폭발을, 통(通)은 상대의 몸을 꿰뚫어 버릴 듯한 관통력을 지녔다.

이러한 초식은 현 혈비도 무랑이 독자적으로 만든 것으로 처음 섬광비도술이 탄생했을 때에는 단 두 개의 초식, 즉 섬광비도와 불광멸악뿐이었지만 무랑은 그것을 세분화하여 한 단계 높은 무공으로 승화시킨 것이다.

장천의 강렬한 좌검우도의 기운을 무너뜨리기 위하여 혈비도 무랑은 이 일곱 개의 초식 중 하나인 괴의 초식을 사용했고, 비도와 장천의 강기가 충돌하자 강한 기의 폭발이 터져 나왔다.

쿠구궁!!

자신의 강기가 무랑이 시전한 비도에 의해 공중에서 소멸하자 장천은 곧바로 몸을 날려 그에게 냉혈검을 튕겼다.

"탄검암통!"

그러자 강렬한 검기가 빠른 속도로 뻗어 무랑의 명치를 향해 날아갔고, 이에 무랑은 급히 몸을 옆으로 피할 수밖에 없었다.

"크윽!"

하지만 그 속도가 쾌속하여 완전히 피할 수 없었기에 탄검암통은 무랑의 어깨를 스치며 지나갔다.

장천의 공격에 상처를 입자 미간을 찌푸린 무랑은 품에서 다시 비도를 꺼내 집어 던졌다.

"불광멸악!"

섬광비도술의 최후 초식이자 신검 진인을 쓰러뜨린 불광멸악이 시전되자 또다시 주위는 시간이 멈추어진 듯 변했고, 이에 장천은 크게 당황할 수밖에 없었다.

그에게 무공을 전수받았을 때에도 섬광비도술의 불광멸악 초식만은 손조차 쓰지 못했기 때문이다.

온몸이 경직된 듯한 상태에 장천으로선 식은땀이 흘러내릴 수밖에 없었다.

'젠장할!'

경직된 듯 굳어버린 몸, 장천은 도저히 불광멸악이란 초식 자체를 이해할 수가 없었다.

세상의 어떠한 무공이 상대의 몸을 움직일 수 없게 할 수 있단 말인가? 물론 내력으로 상대를 묶어둘 수 없는 것은 아니지만, 그렇게 하기 위해선 상대에 비해 내공이 수배 이상 강해야 하는 것이 전제 조건이다.

본신의 내력만 비교한다면 결코 무랑이 많다고 해도 그저 약간의 차이일 뿐임을 알고 있는 장천은 그것이 불가능함을 알고 있었다.

시간이 지나며 비도는 느린 속도로 점점 다가오고 있었는데, 문득 자신의 손이 서서히 움직이고 있음을 확인할 수 있었다.

'멈춘 것이 아니라면 혹시?

그러한 생각이 들자 장천은 검을 들어 올렸고, 확실히 느리기는 하지만 검이 올라오는 것을 확인할 수 있었다.

그런 생각에 온 힘을 다해 장천은 비도를 향해 냉혈검을 내뻗었다.

천천히 움직인 검은 무랑이 던진 비도를 향해 뻗어 나갔고, 검과 비도가 충돌했을 때 시간은 다시 원상태로 돌아감과 동시에 강렬한 굉음이 크게 울려 퍼졌다.

카가강!!

불광멸악의 초식으로 던진 비도가 냉혈검에 부서져 나간 것이다.

신검 진인과의 싸움에서 무랑이 사용한 것은 탈혼섬광구비도 중 하나였지만, 지금은 보통의 비도였기 때문에 냉혈검을 견디지 못한 것이다.

장천은 불광멸악의 초식을 파훼하고는 크게 사기가 올랐다. 이에 냉혈검과 화룡신도를 들고 무랑을 향해 몸을 날리자 기세는 전과는 달랐다.

불광멸악의 초식을 파훼하기 전엔 초식을 행함에 약간 움츠린 기운이 있었다면 현재의 그의 모습에선 움츠림은 보이지 않았다.

하지만 무랑은 그러한 장천을 보며 혀를 찰 수밖에 없었다. 이전까지 보이지 않던 성급한 공격을 하고 있기 때문이었다.

물론 그만큼 공격의 강도는 높아졌지만, 그러한 공격 중 보이는 약간의 틈새는 천하제일고수인 무랑에겐 공략할 수 있는 약점이었다.

장천은 무랑을 향하여 좌검우도의 수법으로 강기를 날렸지만, 강한 기세로 인하여 힘의 조절이 용이하지 않은 때문인지 속도는 상당히 줄어 있었다.

무랑은 이런 장천의 공격을 어렵지 않게 피하고는 품에서 은빛의 실 뭉치를 꺼내어 들었는데, 그가 꺼내어 든 실 뭉치는 천잠사(天蠶絲)였다.

그 자체로도 무기로 사용할 수 있는 천잠사는 내력이 쉽게 전도되는 데다 은빛의 투명함 때문에 함정으로 설치할 수도 있는 물건이었다.

"천잠사?"

장천 역시 그가 천잠사를 꺼내어 들자 조금 놀란 표정을 지었다. 홍련교에서 갈무성의 천잠사를 이용한 투영혈사를 상대한 적이 있기 때문이다.

그때는 비도술의 수법을 사용하여 간신히 갈무성을 제압할 수 있었지만, 그 무공의 무서움은 잘 알 수 있었기에 무랑이 이것을 사용하려 하자 어떠한 위력을 자아낼까 긴장을 하게 된 것이다.

"호오! 그렇군. 투영혈사의 수법을 구경한 적이 있겠구나."

장천이 공격하던 것을 멈추자 무랑은 홍련교에서 갈무성이란 자와 장천이 싸웠던 것을 기억해 낼 수 있었다.

하지만 무랑이 현재 사용하려는 수법은 투영혈사와 같은 천잠사를 이용한 수법이지만, 갈무성이 익히고 있었던 자객 흑영살의 무공은 아니었다.

장천이 경계를 할 뿐 자신을 공격하려 하지 않자 미소를 지은 무랑은 천잠사의 실 타래를 던졌고 마치 살아 있는 것처럼 실 타래는 사방을 종횡무진 움직이며 실을 풀어놓아 잠시 후 장천의 주위로 은빛의 천잠사가 넓게 퍼졌다.

사방으로 펼쳐진 천잠사의 끝을 잡은 무량은 손에 내력을 주입했고, 그 순간 천잠사는 허공으로 치솟아올라 가더니 장천의 주위를 원을 그리듯 둘러쌌다.

'뭐지?'

자신에 대한 공격이 아닌 단순히 주위를 감싸고만 있는 천잠사를 보며 장천은 긴장을 늦출 수가 없었는데 천잠사의 움직임이 멈췄을 때 혈비도 무량은 세 자루의 비도를 집어 던졌다.

"일광수반비도(日光水反飛刀)!"

세 가지 비도의 무공, 즉 팔연환비도와 섬광비도, 천섬비도술만을 배운 장천은 지금 그가 시전하는 비도의 수법은 처음 보는 것이었다.

그도 그럴 것이 이것은 혈비도 무량이 직접 만든 무공이었다.

무공에 대한 지식만을 따진다면 고금제일인 무량은 무림의 역사에서 그보다 많은 무공을 지닌 자도 없거니와 뛰어난 무리를 터득한 자가 없다 해도 과언이 아니었다.

무량이 비도를 던지자 장천은 또다시 그것을 떨구기 위해 병기를 휘두르려 했지만, 황당하게도 그 비도는 다른 곳을 향해 날아가고 있었다.

하지만 이기어도의 힘을 지니고 있는 무량인지라 어떻게 궤도가 변할지 알 수 없는 장천이었기에 정신을 차리고 그 움직임을 살피려 했는데, 한순간 갑자기 비도가 예상치도 못한 방향으로 꺾여 그를 향해 날아왔다.

"헉!"

크게 놀란 장천은 급히 몸을 피해 비도에 적중되는 것은 피할 수 있었지만 이어져 또 다른 비도가 날아오고, 다시 다른 비도가 그를 노려 날아오자 정신을 차릴 수가 없었다.

이기어도의 수법은 방향을 바꾼다 해도 완만한 호를 그릴 수밖에 없었다. 비도를 내던진 속도가 있기 때문에 한순간 갑자기 방향을 바꾼다는 것은 아무리 무랑이라 할지라도 불가능했기 때문이다.

하지만 지금 이 수법은 비도의 방향이 전혀 예상치 못하게 각을 이루며 뻗어 나오기에 당황할 수밖에 없었던 것이다.

그러나 내단의 형성으로 안력 역시 크게 나아진 장천은 그 원인을 알 수 있었다. 바로 무랑이 내력을 주입한 천잠사가 이유였다.

그의 손에서 벗어난 비도는 선을 그리며 날아가다 천잠사에 튕겨서는 갑자기 방향을 바꾸었던 것이다.

그 때문에 호를 그리지 않아도 갑작스럽게 방향을 선회할 수 있었던 것이다.

원인을 알고 있다면 그것을 피하는 것은 어렵지 않았다. 자연도로 예민해진 장천은 그 힘으로 천잠사의 위치만을 파악하면 비도 역시 쉽게 피할 수 있었기 때문이다.

하지만 무랑이 그러한 것을 간과할 리가 없었고, 한순간 장천은 다리가 따끔한 것을 느끼게 되었다.

'응?'

고개를 내려보니 어느 사이에 천잠사로 인하여 상처가 나 있는 것을 볼 수 있었다.

'천잠사의 위치가 변화하고 있다?'

놀랍게도 혈비도 무랑은 단순히 천잠사로 비도의 방향만을 바꾼 것이 아니었다. 왼손으로 잡고 있는 천잠사의 끝에 내력을 주입하여 계속 그 위치를 바꾸었기에 장천은 천잠사의 위치를 파악해도 다시 비도의 방향을 예측할 수 없었고, 주위로 눈에 보이지 않는 천잠사의 공격도 받게 된 것이다.

'과연 천하제일고수인가……!'

이러한 공격 방법은 무림의 어느 누구도 생각하지 못할 수법인지라 장천은 자신의 적이기는 하지만 그에게 존경심마저 일었다.

무공의 무리나 응용 면에서 그에 비해 수배나 더 뛰어나다고 해도 과언이 아니기 때문이다.

금강불괴에 가까운 몸에도 상처를 낼 수 있는 천잠사의 날카로움과 함께 빠른 비도의 움직임에 정신을 차릴 수가 없던 장천은 할 수 없이 다시 한 번 선풍도를 사용했다.

자신의 몸을 빠른 속도로 회전하여 사방에서 밀려오는 공격을 방어하기 위함이었다.

그의 예상대로 선풍도를 시전하자 강렬한 돌풍이 일렁이며 천잠사와 비도의 공격을 어렵지 않게 막아낼 수 있었다.

그러나 혈비도 무랑은 그리 간단한 인물이 아니었다.

"그 정도의 수법으로는 나를 막지 못한다."

무랑은 장천이 선풍도로 자신의 공격을 막아서는 것을 보며 미소를 짓고는 다른 손으로 천잠사의 끝을 잡아 손가락으로 튕겼다. 손에서 벗어난 천잠사는 길게 호를 그리는가 싶더니 장천의 머리 위에서 일직선으로 날카롭게 뻗어 나갔다.

"합!"

장천은 급히 냉혈검을 천잠사의 끝을 향해 내질렀지만, 무랑이 가볍게 손을 움직이자 천잠사는 그 방향이 약간 휘어져 오히려 장천을 공격해 들어갔다.

"큭!"

당황한 장천은 급히 선풍도를 멈추고는 화룡신도의 도면을 사용하여 천잠사의 공격을 막았다.

챙! 스으윽!!

천잠사의 끝은 장천의 화룡신도의 옆면에 날카로운 소리를 내며 부딪쳤고, 이내 실 특유의 유연함을 드러내며 밑으로 흘러내려 허리 밑까지 내려와서는 살아 있는 것처럼 그의 몸을 옭아매기 시작했다.

"끄윽!!"

순식간에 천잠사에 의해서 포박이 되어버린 장천은 움쭉달싹 못하게 되어버렸고, 이에 무랑은 그 모습에 혀를 차며 말했다.

"내력만이 성장했을 뿐 무공 자체는 그리 성장하지 못했구나."

"큭!"

무랑의 말에 장천은 이를 갈 수밖에 없었다. 확실히 그의 말대로 내력은 크게 성장했지만 초식의 정교함이나 정확도, 그리고 유연함은 과거에 비해 그리 늘어나지 못한 것이다.

"방금 보여준 무공은 일광수반비도와 천잠만변진(天蠶萬變陣), 천잠연사공(天蠶柔絲功)이라 한다."

"……."

제자에게 무학을 가르쳐 주는 스승과 같은 어투로 말을 건네는 무랑에게 장천은 더욱 좌절감을 느낄 수밖에 없었다.

이러한 것은 장천과 함께 이곳으로 왔던 그의 의형제들도 마찬가지였고, 동방명언의 충격은 다른 이보다 더 컸다 할 수 있었다.

'혈비도 무랑… 난 그의 존재를 너무나 우습게 본 것이 아닐까 생각되는구나……'

한순간이지만 중원을 거의 휘어잡을 뻔했던 그의 암계, 천하제일고 수라 칭할 수 있는 뛰어난 무공과 함께 학문이나 진법 역시 천하제일을 다툴 수 있을 정도로 뛰어난 인물이기 때문이다.

모든 면에서 뛰어난 모습을 보이고 있는 혈비도 무랑, 도저히 그를 인간이라 생각할 수 없었다.

천신이나 신선이 아니라면 어떻게 한 사람의 인간이 이렇게 모든 면에서 천하제일의 실력을 보일 수 있겠는가?

하지만 잠시 후 사람들은 더욱 크게 놀랄 수밖에 없었다. 장천을 압박하고 있던 천잠사가 풀려 버렸기 때문이다.

"콜록콜록!"

그리고 혈비도 무랑은 한순간 괴로운 표정으로 기침을 하기 시작했고, 잠시 후 그의 입에서 붉은 피가 흘러내렸다.

'아!'

장천은 그것을 보며 놀랄 수밖에 없었는데, 저러한 현상은 내상이 심하거나 중병을 앓을 때나 보이는 모습이기 때문이다.

다시 한 번 무랑의 얼굴을 보자 유난히 하얀 얼굴색을 보이고 있어 그가 상당한 중병을 앓고 있음을 알 수 있었다.

"…크크크… 보이지 말아야 할 모습을 보이고 말았군……."

기침이 대충 가라앉자 혈비도 무랑은 붉은 피를 흘리며 조소를 터뜨렸는데, 그것은 장천들이 아닌 자신을 향한 조소였다.

그 모습에 장천은 공격할 기회를 잡기는 했지만 차마 걸음이 앞으로 나서지지 않았다. 중병을 앓고 있는 듯한 그를 공격할 수가 없었기 때문이다.

방금 전까지 신검 진인과 천무성자의 희생으로 분노에 가득했던 그였지만 혈비도 무랑의 모습에 알 수 없는 연민을 느꼈다.

무랑은 지금까지 무공을 가르쳐 주고, 자신의 생명을 구해준 적도 있을 만큼 계속 자상한 면을 보여왔을 뿐 자신에게 해가 되는 행위는 하지 않았기 때문이다.

하지만 정파의 적으로서 그를 상대해야 했었던 장천은 주위의 계속 되는 강요와 같은 이야기에 자신도 모르게 그를 죽여야 한다는 생각만 이 가득했는데, 병을 앓고 있는 그의 나약한 모습을 보자 여린 마음이 다시 드러나고 만 것이다.

"갈!"

하지만 이런 장천을 아는지 혈비도 무랑은 그를 향해 노기 띤 표정 으로 크게 소리를 질렀고, 엄청난 살기의 호통에 장천으로선 자신도 모 르게 놀라 뒤로 물러서고 말았다.

"싸움을 함에 적에게 동정을 표하는 것은 상대를 모욕함이요, 자신 을 모욕함이라는 것을 모른단 말이냐!"

"……."

무랑의 말에 장천으로선 등골이 오싹한 기분을 느꼈다. 지금 그의 말을 절대 거부할 수 없다는 느낌이 들었기 때문이다.

마치 사문의 존장이 아랫사람에게 꾸지람을 내리는 것과 같은 기분 을 느낀 장천은 모든 것을 압도하는 듯한 위엄 어린 모습에 자리에 털 썩 주저앉을 뻔했다.

"어리구나 어려… 어찌 이리 어리단 말인가."

무랑은 장천의 그런 모습에 하늘을 올려다보며 탄식했다. 이런 나약 한 아이에게 대업의 끝을 맡기는 것이 과연 옳을까 하는 생각이 들었 기 때문이다.

그리고 그 말과 함께 무랑은 뒤로 무너지듯 쓰러지고 말았다.

"문주!"

그가 쓰러지자 어디에선가 하나의 신형이 튀어나와서는 급히 그의 몸을 부축했는데, 바로 장천을 이곳으로 안내해 온 멸천일호였다.

그는 급히 혈비도 무랑을 어깨에 짊어 메 몸을 날렸으나 장천들은 어느 누구도 그를 쫓을 생각을 하지 못했다.

'혈비도 무랑이… 중병을 앓고 있었단 말인가.'

동방명언은 설마 무림을 공포에 몰아넣었던 혈비도 무랑이 중병을 앓고 있으리라곤 상상도 못하고 있었기에 도무지 정신을 차릴 수가 없었다.

하지만 다시 생각해 보니 상태를 보건대 죽음이 멀지 않은 것을 알 수 있어 크게 기뻐하는 마음도 생겨났다.

무랑이라는 존재가 사라진다면 이제 무림은 바야흐로 전국 시대에 들어선다 해도 과언이 아니기 때문이다.

정무맹은 멸천문과의 대전에서 전력이 감소될 터, 이제 지금까지의 싸움에서 침묵을 지켜왔던 홍련교가 무림에 나선다면 상당한 영향력을 가질 것이다.

하지만 그렇다고 마음을 놓을 수 있는 것은 아니었으니, 멸천문과 정무맹의 싸움에서 제대로 규합되지 못했던 사파가 언제 다시 모습을 드러낼지 모르는 데다가 멸천의 잔당 수는 아직도 상당한 숫자였기 때문이다.

'불안한 마음이 든다… 혈비도 무랑이라는 자가 자신의 죽음 이후에 일어날 사태를 짐작하지 못할 리는 없을 테니 말이야.'

확실히 그와 같은 인물이 죽을 날이 얼마 남지 않았음을 알고서도 아무런 조치를 취하지 않았을까? 그것은 있을 수 없는 일이었다.

동방명언은 천천히 장천을 쳐다보았다.

방금 전의 싸움으로 멍한 모습을 보이고 있는 장천, 그와 혈비도 무랑의 관계는 알 수 없지만 상당히 밀접함은 알 수 있었다.

그 때문에 혹시 무랑의 사후 대계가 장천과 관련되어 있지 않을까 생각을 하는 명언이었다.

멸천일호에 의해 급히 업혀간 혈비도 무랑은 모종의 장소에 도착할 수 있었다. 그곳엔 하 노인을 비롯하여 멸천십군 중 네 사람이 기다리고 있었는데, 무랑의 모습을 보고는 크게 놀라 뛰어왔다.

"문주!"

하노는 급히 멸천일호에게 업혀온 혈비도 무랑의 상세를 살펴보았는데, 이미 계속되어 온 내상이 더욱 심화되어 있는지라 크게 한숨을 내쉬며 말했다.

"어찌 된 일인가?"

"신검 진인과의 싸움에서 입은 상처를 치유하지 않고 소주와 겨루었던 것이 원인인 듯합니다."

하 노인의 말에 멸천일호는 자신이 생각하는 바를 이야기했고, 이에 하노는 고개를 내저으며 말했다.

"휴……. 어찌 자신의 몸을 살피지 않는단 말인가."

문파를 중흥을 위해 자신의 몸을 희생하고 있는 혈비도 무랑을 보며 하 노인은 한숨밖에 나오지 않았지만 일단 그를 살리기 위해 진기를 불어넣어 주었다.

어느 정도 시간이 지나자 혈비도 무랑은 천천히 눈을 뜨곤 자리에서 일어났는데, 온몸을 찢어버리는 듯한 통증에 다시 쓰러지고 말았다.

"누워 있게. 지금은 움직여서는 안 되네."

그런 그를 보며 고개를 저으며 만류했지만 이내 무랑은 기어이 몸을 일으키고 마니 하 노인은 또다시 한숨을 내쉬며 말했다.

"이 사람아, 어찌 이리 생각이 없는가! 그런 몸으로 성장하고 있는 소주를 상대하는 것은 무리라는 것도 모르겠는가!"

"장로님께 걱정을 끼치니 죄송스럽습니다."

"그렇게 생각하면 몸을 보중하도록 하게!"

"그럴 수 없다는 것을 잘 아시지 않습니까."

하 노인은 혈비도 무랑이 마치 죽기 위해서 사는 것과 같았기에 참을 수 없는 노기가 밀려왔다.

"자네가 정 이렇게 나온다면 독단으로라도 음귀곡 아이들을 움직이겠네!"

"하노!"

화가 난 듯이 소리치는 하노의 말에 무랑은 그의 이름을 소리쳐 불렀고, 이에 하노는 안타까운 표정으로 말했다.

"왜 이리 무리하는가. 꼭 이렇게 살아야 하겠는가!"

"죽기 전에는 반드시 이루고 싶습니다."

"도대체 죽으면 그런 것이 무슨 소용이 있단 말인가! 문파의 중흥? 그 따위 것은 개나 줘버리게! 난 이미 본 문의 중흥 따위는 잊은 지 오래이니!"

하 노인은 단단히 화가 났는지 문파의 일도 아랑곳하지 않겠다고 소리쳤고, 그것을 보고 있던 다른 이들 역시 뭐라 말을 할 수 없었다.

그들 역시 문파의 일원이기는 했지만, 사실 문파의 중흥을 위해서라기보다는 혈비도 무랑이라는 사람을 믿고 따르고 있었기 때문이다.

"하노… 이제 마지막입니다."

"……."

"오늘의 싸움이 끝난다면 이제 중원에서 혈비도 무랑은 영원히 사라질 것입니다. 그리되면 비도문도 다시 중흥하게 되고 저도 편히 쉴 수 있겠지요."

"자네……. 휴."

그의 말에 다시 화를 내려 하던 하노는 이내 한숨을 쉬고 말했다. 그를 잡아둘 수 없다는 것을 알기 때문이었다.

"융아, 그것을 가져오너라."

"예."

하노의 말에 멸천일군은 미리 준비해 놓은 듯 작은 나무 상자를 가져왔고, 나무 상자가 열리자 호두알만한 환단에서 흘러나오는 청아한 향기가 사방으로 퍼졌다.

"드디어 성공하셨군요."

그것을 본 무랑은 미소를 지으며 말했지만, 하노는 자신이 꺼낸 환단이 그리 마음에 들지 않았다.

"이것을 먹는다고 자네의 내상이 낫지는 않을 것이네."

"알고 있습니다. 하지만 움직이지 못하는 것보다는 낫지 않습니까."

하노가 나무 상자에서 꺼낸 환단은 그가 수십 년을 고려해서 만든 비전영약인 음양기심보환단(陰陽氣心保丸丹)이라는 것이었다.

수십 년 동안 무림을 돌아다니며 각지에서 평생 한 번 보기도 힘들다고 하는 천년화리, 만년산삼, 만년하수오 등의 영약들을 배합하여 만든 것이다.

이것을 복용하면 주화입마를 입은 자라도 내공을 회복하는 것은 물론이요, 무공을 익힌 자라고 한다면 족히 수갑자의 내공을 증진시키는 효능이 있었다.

가히 세상에 존재하는 모든 영약을 다 합친 것이라 해도 과언이 아니었지만 애석하게도 무랑의 내상은 치유할 수 없었다.

자신의 몸이 견딜 수 없는 무공을 영약의 도움으로 익힌 탓에 넘쳐나는 기운을 견디지 못해 생긴 내상, 음양기심보환단의 효능은 오히려 그에게 해가 되는 것이었다.

그럼에도 불구하고 무랑이 이 음양기심보환단을 원하는 이유는 영약의 힘으로 내상을 이겨내고 움직일 수 있기 때문이었다.

물론 또다시 영약의 기운이 기맥에 저장되어 생명의 시간은 줄어들겠지만 며칠 되지 않는 시간만이라도 내상을 입지 않은 듯한 몸으로 움직일 수는 있었다.

솔직히 하노는 무랑에게 이 환단을 내어주고 싶지 않았지만, 이것이 아니라도 다른 약을 먹으며 대계를 진행할 무랑이기 때문에 차라리 환단을 내어준 것이다.

어차피 생명의 시간이 줄어든다면 한순간이지만 아무 근심 없이 일할 수 있게 하는 것이 낫다 생각했기 때문이다.

무랑은 하노가 건네준 환단을 복용하곤 운기조식에 들어갔고, 곧 그의 온몸에서 황금의 기운이 사방으로 뻗쳐 마치 부처의 후광을 보는 듯했다.

반 시진 정도의 시간이 흐르자 무랑은 천천히 운기조식을 끝내고 자리에서 일어났다. 과연 명약이라고 할까, 그것을 먹기 전과는 달리 온몸이 날아갈 듯한 기분까지 느끼는 그였다.

"마치 내상을 입기 전의 몸과 같습니다."

"일단은 환단이 기맥의 기를 강제로 밀어내고 있기 때문에 생기는 현상이네. 하지만 어느 정도 환단의 기운이 몸에 자리 잡으려고 한다면 그때 내상은 걷잡을 수 없이 심화될 것일세."

"알고 있습니다."

"휴… 모르겠네, 모르겠어."

알고 있다는 그의 말에 하노는 그저 한숨밖에 나오지 않아 손을 내저으며 자리에 풀썩 앉고는 말했다.

"음귀곡의 아이들은 자네가 명을 내리면 언제라도 움직일 걸세. 이미 모든 것을 다 지시해 놓았으니 자네는 그저 호적만을 울리면 된다네."

"감사합니다, 하노."

"천이는 어떻던가?"

하노가 그에게 장천의 상태를 물으니 무랑은 고개를 끄덕이며 말했다.

"좋습니다. 보아하니 이제 내단이 형성된 단계에 이른 것 같습니다."

"내단이라고? 음……."

내단이 형성될 정도라면 이것은 상당한 경지였다.

"그 정도라면 아이의 대법을 풀 시간이 된 듯하군."

"예."

"알겠네. 본노는 앞으로의 일을 위해 개방의 용두방주인 건곤장 방현에게 가보도록 하겠네."

"예. 부탁드립니다."

하 노인이 사라지는 것을 지켜보고 있던 무랑은 옆에 있던 멸천일군을 보며 말했다.

"구궁은 어찌 되었는가?"

"백방으로 찾아보았지만, 소재가 밝혀지지 않았습니다."

"음……."

그 말에 무랑은 골치가 아팠다. 자신이 세운 대계의 모든 것을 알고 있는 구궁이 무슨 짓을 할지 모르기 때문이었다.

"일단 음귀곡에서 백 명 정도를 빼내어 소주의 주위를 감시하라 명을 내렸지만, 구궁 역시 그 정도는 눈치 채고 있을 것이라 생각합니다."

"홍련교의 무리들 중에서는 찾아보았는가?"

"현재로서는 그곳에 함부로 사람을 보낼 수 없어 찾아볼 수가 없었습니다."

아직 정무맹이나 다른 곳에는 무랑의 명을 받은 첩자들이 남아 있었지만, 그에 반해 홍련교의 사정은 그리 좋지 않았다.

물론 한두 명의 첩자가 남아 있기는 했지만, 그들만으론 홍련교 전부를 감시할 수 없는 데다가 속해 있는 직분도 낮기 때문에 수뇌부의 사정은 전혀 알 수 없었다.

이래저래 문제점이 발견되자 무랑으로선 대계에 대한 불안감을 지울 수가 없었다.

자신의 목숨을 걸고 이루려 하는 대계인만큼 반드시 성공시키고 싶은 마음에 여러 가지 일을 하고 있었지만, 마음먹은 대로 되지 않았다.

제54장
정무맹과 마교의 싸움

"태상장로! 그것은 너무 비겁하지 않습니까!"

무림에서 마교라 불리며 천 년의 세월 동안 무림의 한 축으로 존재해 왔던 세력인 홍련교도들은 정, 사가 모두 마교라 칭하고 있었지만, 지금까지 단 한 번도 비겁한 싸움을 하지 않았다.

무림의 주요 인물들을 포섭하거나 중원의 정보를 수집하기 위해 암투는 있었지만, 교의 이름을 걸고 나서는 싸움에서는 언제나 그들 특유의 응집력과 강한 힘을 바탕으로 정면 대결을 벌일 뿐 비겁한 싸움은 하지 않았다.

이것이 강한 세력을 지니고도 중원 통일을 이루지 못한 하나의 원인이라 할 수 있지만 역대 교주 중 어느 누구도 이런 생각을 바꾼 이는 없었다.

하지만 멸천교의 득세로 인해 무림이 크게 혼란해진 후 크나큰 타격을 입자 변하지 않으면 안 됨을 느낀 이가 있었다.

"교주, 교주께서는 이곳까지 본 교의 무사들을 대동하고 오는 것은 한 번도 막지 않았습니다. 이 정도는 예측할 수 있는 것이 아닙니까?"

아직 약관의 나이에도 이르지 못한 어린 교주 앞에서 중년의 무인은 강압적인 모습을 취하며 자신의 뜻을 밀어붙이고 있었는데, 그는 홍련교의 태상문주 직위와 함께 실질적인 지도자라 할 수 있는 만근퇴 우경이었다.

그리고 그의 앞에 있는 소년은 현 교주인 문성이었는데, 아직 어린 나이임에도 불구하고 문성은 우경의 강압적인 태도에 굴하지 않고 목소리를 높이며 반박했다.

"하나, 본교는 지금까지 단 한 번도 적을 상대함에 뒤에서 암습 따위는 하지 않았습니다."

"그것으로 인해 힘이 있어도 중원을 통일하지 못한 것이 아닙니까."

"그것은 본 교의 긍지이기도 합니다!"

"답답하시군요. 교의 긍지를 지키려다 지금의 모습이 되었다는 것을 왜 모르십니까?"

확실히 교의 상황은 별로 좋지 못했다. 교가 세워진 이래 이처럼 참담한 꼴이 되어본 적은 단 한 번도 없었다.

정사연합에 패했을 때에도 전체 교도들의 숫자가 반 이하로 줄어든 적은 없었는데, 지금은 멸천문으로 인하여 교가 두 개로 갈라졌던 탓에 그 숫자가 반 이하로 줄어 있었다.

"교의 미래를 생각해서라도 긍지를 지켜야 할 것입니다. 또 정파와 사파의 상황 역시 우리와 다르지 않다면 출발점은 똑같지 않습니까? 아니, 오히려 우리 쪽이 훨씬 더 유리할 수도 있습니다."

"신이 주신 기회를 버리고 인간이 만든 때를 기다리자는 말씀이십니까?"

"……."

그의 말에 문성은 한순간 할 말을 잃고 말았다. 확실히 지금 그의 제안은 홍련교의 완전한 승리를 가져다 줄 수도 있었다.

"싸움에 있어 승운은 쉽게 주어지는 것이 아닙니다. 승운이 주어졌을 때 그것을 잡지 않는다면 언제 또 이런 호기가 생길지 알 수 없습니다. 아니, 생기지 않을 수도 있겠군요."

천마의 죽음, 그리고 불괴대제의 배신이 이어지며 교 내 문성의 세력은 거의 전무하다 해도 과언이 아니었다.

물론 이것은 자신의 죽음을 대비하지 못한 천마의 잘못이 크다 할 수 있었다. 자신의 권력을 위해 문성은 형식상의 교주로만 앉혀놓았기 때문에 벌어진 결과이기 때문이다.

자신의 힘으로는 우경의 뜻을 꺾을 수 없다는 것을 알고 있는 문성은 할 수 없다는 표정으로 고개를 끄덕이며 말했다.

"할 수 없군요. 하지만 이번 결정은 본 교의 역사에 가장 치욕스러운 것으로 남을 것입니다."

"글쎄요. 역사가 누구의 손을 들어줄지는 그때가 돼야 알겠지요."

자신감있는 우경의 말에 문성은 인상을 찌푸리고는 그대로 밖으로 나갔다.

문성이 나오자 그의 유일한 벗이자 조력자라 할 수 있는 홍염공자 마운성이 급히 다가와 물었다.

"어찌 되었습니까?"

마운성의 물음에 문성은 한숨을 내쉴 수밖에 없었다.

"우경의 뜻을 꺾을 수가 없었어."

"이런… 형님이 위험할 수도 있겠군요."

"멸천문과의 싸움으로 지쳐 있을 테니까."

두 사람이 우경의 뜻을 극구 반대한 것은 자신들의 스승이자 형이라고 할 수 있는 장천 때문도 있었다.

물론 힘을 다하면 그 한 사람 구하는 것은 어려운 일이 아니지만, 장천은 자신의 안위를 위해 다른 사람들을 버려두고 몸을 피할 사람이 아니었다.

그런 이유로 두 사람은 지금의 상황을 어찌해야 하나 고민할 수밖에 없었는데, 그때 마운성이 주먹을 쥐며 말했다.

"우경을 우리 두 사람의 힘으로 없애는 것은 어떻습니까?"

하지만 문성은 수라분천염화신공을 익히고 있어도, 그 경지가 얕아 우경을 이길 수 없음을 알기에 고개를 저었다.

"불가능해… 우리들의 힘으로는."

확실히 마운성 역시 자신들의 경지가 얕음을 알기에 고개를 떨구었는데, 신은 아직 그들을 버리지 않았는지 예상치 못했던 도움의 손길이 하나 다가왔다.

[당신들의 힘으로 어렵다면 저희가 도움을 드리지요.]

갑작스러운 전음에 문성은 크게 놀라 사방을 두리번거렸지만 주위에서는 어떠한 사람의 종적도 발견할 수 없었다.

[그곳은 우경의 시선이 있으니 일단 자리를 옮기시는 것이 어떻습니까?]

"…알겠다."

문성은 자신에게 전음을 보내는 이가 누구인지 알 수 없었지만, 자신을 해할 것 같지 않은지라 고개를 끄덕이며 말했다.

"무슨 일입니까?"

"일단은 이곳을 벗어나자. 우경의 눈이 있으니까."

막사에서 어느 정도 벗어나자 문성은 주위를 보며 소리쳤다.

"이제 자네의 모습을 보이는 것이 어떤가!"

그의 말에 잠시 후 숲에서 세 개의 인영이 나타나 그들에게 다가왔다.

그들은 족히 환갑을 넘어선 노인 둘과 삼십 대 정도로 보이는 남자한 명이었는데, 세 사람 모두 몸에서 상당한 기도가 느껴지는 것이 범상치 않은 자들이라는 것을 알 수 있었다.

그들 세 사람 중 가운데에 위치한 긴 팔의 남자가 문성에게 포권을하며 인사를 올렸다.

"교주께 인사를 드리겠습니다."

"음… 자네들은 누구인가."

문성이 인사를 간단히 받고는 정체를 묻자 중년의 무인은 입가에 미소를 짓고는 자신의 이름을 밝혔다.

"암영자 귀대인 율명이라 합니다."

"암영자!"

그의 말에 문성은 크게 놀랄 수밖에 없었다. 홍련교의 수호무장들이라 할 수 있는 암영자는 화의 무공을 이은 계승자를 보호하는 사람들이었으나 암영신군 장천이 천마들과의 싸움에서 패한 후 그와 함께 사라졌기 때문이다.

"그렇다면 아직도 암영신군의 뒤를 따르고 있단 말인가?"

"물론입니다."

"아!"

그의 말에 문성은 기쁨의 탄식을 내질렀다. 아직 희망이 사라지지 않았기 때문이다. 암영자는 교의 역사상 뛰어난 무인들만이 모인 집단으로 상당한 도움이 될 것이 분명했다.

그가 암영자라는 것을 알게 된 문성은 그의 양 옆에 있는 두 사람이 궁금할 수밖에 없었다.

"옆에 계신 분들은?"

문성의 말에 율명의 우측에 있던 사람은 너털웃음을 짓고는 문성을 보며 인자한 미소를 지으며 말했다.

"본좌는 유문영이라 한다네."

"유문영… 아! 그렇다면!"

"내가 바로 전대 교주이니라."

문사와 같은 모습의 중년인이 전대 교주라는 것은 전혀 예상하지 못한 일이었기에 문성은 포권을 하고는 그에게 인사를 올렸다.

"전 교주님께 인사드립니다."

유문영은 문성의 모습에 만족한 듯 미소를 지어 보였다. 천마와 자신은 정통성을 이어받지 못한 교주였지만, 자신의 앞에 있는 젊은이는 오랜만에 홍련교의 정통을 이어받은지라 크게 흡족했기 때문이다.

"저분은……?"

문성은 율명에게 나머지 한 사람에 대해서 물었는데, 붉은 옷을 입고 있는 그는 차가운 목소리로 자신의 이름을 밝혔다.

"혈교의 교주 혈마라 한다."

"아!"

문성 역시 혈마와 장천의 관계를 알고 있었다. 한편 마운성은 이들이 왜 자신들의 앞에 나타났는지 알 수 없었기에 유문영을 보며 물었다.

"유 전 교주님께선 무슨 일로 저희를 찾으셨습니까?"

"음… 자네가 불괴대제의 아들이라는 홍염공자 마운성인가?"

"그렇습니다만."

"우린 암영신군의 부탁 때문에 자네들을 도우러 온 것뿐이네."

그들이 알고 있는 암영신군이라면 장천밖에 없었기에 문성은 크게 기뻐하는 표정으로 말했다.

"형님께서 보내셨군요."

"그렇다. 물론 약속한 시기는 꽤 지나긴 했지만, 아직 너희들이 본교에서 그리 큰 세력을 모으지 못한 것을 생각한다면 우리들의 힘이 반드시 필요할 것이다."

"그렇습니다."

전대 교주인 유문영에 암영자의 대표 귀대인 율명, 그리고 혈교의 주인인 혈마가 자신을 도와준다고 하자 문성은 크게 기쁠 수밖에 없었다.

"그렇다면 지금이라도 우경을 몰아내지요."

한시라도 빨리 우경을 몰아내고 싶다는 생각에 문성은 당장이라도 싸우자는 투로 이야기했지만 그들은 고개를 저으며 거부했다.

"왜 안 된다는 것입니까?"

"물론 지금이라도 우경의 세력을 몰아내는 것은 어렵지 않은 일이나 그렇게 되면 우리 쪽의 희생도 상당할 것이다."

"음……."

확실히 지금 있는 홍련교의 세력은 모두 우경의 세력이라 해도 과언이 아니었기에 지금 싸우게 된다면 아무리 뛰어난 고수들이 많다 해도 큰 희생은 불가피할 수밖에 없었다.

"그렇다면 언제……."

"본 교의 세력이 멸천문을 멸문시킨 정파를 제압할 때가 우리가 나서는 시기다."

"예?"

"그렇게 되면 본 교의 힘도 정파와의 싸움 때문에 상당히 줄었을 것이니 우린 희생을 최대한 줄이고 대업을 이룰 수 있을 것이다."

물론 유문영의 말은 틀린 것은 아니지만 그것은 마치 멸천문과 싸우고 있는 정파를 제압하려 하는 우경의 비겁함과 같았기 때문에 그로선 마음에 들지 않았다.

"하지만 그것은 비겁한 짓이 아닙니까?"

"비겁?"

"예. 적과의 싸움에서 세력이 약해진 틈을 타서 공격한다는 것은 본 교의 무인으로서 할 일이 아니라고 생각합니다."

"그럴 수도 있겠지."

문성의 말에 유문영이 고개를 끄덕이자 자신의 의견을 들어준다는 생각에 문성은 황급히 말했다.

"그렇다면 지금……."

"안 된다."

"왜 안 된다는 것입니까?"

"명분이 부족하다."

"명분이요?"

"그렇지. 현재 우리들은 본 교의 반역자로 축출된 인물이라 할 수 있다. 그런 우리가 우경을 몰아낸다면 다른 교도 역시 우리들을 인정하지 않을 것이다."

"음… 그렇다면?"

과연 틀린 말이 아닌지라 문성은 잠시 생각해 보다가 그에게 무슨 생각이 있을 것이라 짐작하고는 물어보았다.

"알고 있듯이 본 교는 대외적으론 정면 대결만을 고집했을 뿐, 단 한 번도 적의 뒤를 친 적이 없었다."

"그렇습니다. 그래서 제가 우경의 계획을 막으려고 하는 것이지요."

"바로 그것이 우리들의 대의명분이다."

"예?"

유문영의 말에 문성은 이해를 하지 못하고 있었는데, 그것을 간파한 사람은 옆에 있는 운성이었다.

"그렇군요. 우경이 본 교의 무사들을 이끌고 정파의 뒤를 친다면 그것은 본 교의 수치라고밖에 할 수 없으니 저희들은 본 교의 명예를 지키기 위해 그들을 배교자라 칭할 수 있겠군요."

마운성의 말에 유문영은 고개를 끄덕이며 말했다.

"그렇지. 현 교주인 문 교주가 우리들의 곁에 있으니 본 교 천 년의 역사에 먹칠을 한 무리들의 토벌전이 되는 것이지."

과연 그렇게만 한다면 확실히 명분도 서거니와 암영자는 물론 유문영은 홍련교의 명예를 지킨 영웅이 되는 것이다.

하지만 문성으로선 우경의 뒤를 친다는 것이 마음에 들지 않았다.

"하지만 그래도 뒤를 노린다는 것은……."

"물론 그들과 다를 바가 없겠지. 하지만 우경의 무리들은 본 교가 아닌 정파의 무리들을 노리고 있다."

"다시 말하자면 저들이 정파의 뒤를 치는 것은 본 교의 명예에 먹칠을 하는 것이지만, 우리들이 우경의 뒤를 친다는 것은 교 내의 질서를 지키기 위한 정당한 행동이 되는 것이지요."

"그렇지."

마운성의 말에 유문영은 흡족한 표정으로 고개를 끄덕였다. 하지만 마운성이라는 존재가 그리 만족스러운 것은 아니었다. 정직하여 순진하다고밖에 할 수 없는 문성에 비해 그가 너무 똑똑하다는 것 때문이다.

확실히 그런 류의 인간들이 간계에 능하다는 것을 잘 알고 있는 유문영은 문성이 교주가 된 것에는 만족했지만, 마운성이 그런 문성의 곁에 있는 것은 그리 좋지 않다는 생각이 들었다.

유문영은 마운성에게서 마치 다른 얼굴의 천마를 보는 것 같았다.

문성으로선 다른 이들의 말을 무시할 수 없었기 때문에 어쩔 수 없이 그들의 뜻을 따를 수밖에 없었다.

아무런 힘도 없는 자신이기에 유문영과 암영자, 그리고 혈교의 힘은 반드시 필요했기 때문이다.

한편 장천은 다시 의형제들과 함께 멸천문으로 돌아왔는데, 이미 정무맹이 멸천문의 세력들을 완전히 제압한 상태였다.

살아남은 자들은 이제 오십여 명도 남지 않았기에 정무맹의 완벽한 승전이라 할 수 있었지만 장천 자신은 그리 밝은 기색이 아니었다.

"아버지!"

"왔구나."

멸천문에 도착한 장천은 쌍도문의 문도들이 있는 곳으로 갔는데, 무너진 담장의 한편에 앉아 도에 묻어 있는 피를 닦고 있는 장춘삼을 볼 수 있었다.

그의 주위로 약 백 명 정도의 쌍도문 문도들이 자신들의 병기를 정리하거나 상처를 치료하고 있는 것을 볼 수 있었는데, 총 백삼십 명이 이곳으로 온 것을 감안한다면 타 문파에 비해서 그 피해는 적다고 할 수 있었다.

장천 일행이 도착하자 이들과 같이 있었던 곽무진은 병기를 집어넣고 투덜거리는 목소리로 말했다.

"도대체 어딜 갔었던 거야?"

"휴……."

그의 말에 장천은 혈비도 무랑과 있었던 이야기를 해주었고, 모든 이야기를 들은 장춘삼은 무엇인가 고심하는 듯 미간을 찌푸리고 있었다.

"혈비도 무랑이 내상을 입고 있었단 말이구나."

"예."

"음……."

장춘삼은 혈비도 무랑의 내상에 대해 생각에 잠길 수밖에 없었다. 만약 그가 이곳에서 멈춘다면 죽도 밥도 되지 않기 때문이다.

한참을 그렇게 생각에 잠겨 있을 때 문도 한 명이 황급하게 뛰어왔는데, 안색이 시퍼렇게 변한 것이 무슨 일이 있음을 알 수 있었다.

"문주님, 큰일 났습니다!"

"무슨 일이냐?"

뭔가 심상치 않은 일이 일어났다고 생각한 장춘삼이 자리에서 일어나 묻자 그는 잠시 숨을 고르고는 다급한 표정으로 소리쳤다.

"정체를 알 수 없는 무리들이 이곳을 포위하고 있습니다!"

"정체를 알 수 없는 무리? 멸천문의 잔당은 아닌가?"

"그들의 복색은 붉은색으로 통일되어 있는 것이 하나의 무리에 속한 자들인 것은 알겠으나 멸천의 무리들은 아닌 듯합니다."

"붉은색? 설마?"

소식을 전하러 뛰어온 문도가 붉은색을 언급하자 장춘삼은 혹시나 하는 생각이 들었고, 아니나 다를까, 정무맹에 속한 무사가 사방을 뛰어다니며 소리치는 것을 들을 수 있었다.

"마교의 무리들이 나타났다!"

"역시!"

자신의 생각이 틀리지 않다는 것을 안 장춘삼은 이를 갈 수밖에 없었다. 멸천문과 정무맹의 싸움이 끝나기만을 기다렸던 그들이 야욕을 드러냈음을 눈치 챘기 때문이다.

"본 문의 제자들은 모두 적을 맞을 준비를 하라!"

"예!"

고된 싸움의 피로를 풀 시간도 없이 나타난 홍련교의 무리들을 상대하기 위하여 쌍도문의 무리들은 다시 병기를 손에 잡을 수밖에 없었다.

외벽에 도착한 장춘삼과 장천 일행이 밖을 쳐다보자, 아니나 다를까, 정무맹의 무사들이 머물고 있는 멸천문의 본단을 수천 명의 무사들이 둘러싸고 있음을 볼 수 있었다.

그 때문에 지금까지의 싸움으로 크게 지쳐 있던 정무맹의 무사들은 암담할 수밖에 없었다. 아무리 무공이 뛰어나다고 해도 체력을 소모한 상태에서 새로운 적을 상대하는 것은 무리였기 때문이다.

"낭패로군. 이곳에서 정무맹의 무사들이 당한다면 사실상 정파의 세력은 완전히 무너지는 것과 다를 바가 없거늘……."

멸천문을 타도하기 위해서 각 문파에서는 자파의 정예들을 파견했기에 이곳에 있는 자들은 정파무림의 핵심이라 할 수 있었다.

그러니 이곳에서 홍련교의 공격으로 괴멸당하기라도 한다면 무공의 유실은 물론이요, 본래의 성세를 찾기 위해선 족히 수십 년의 시간이 걸릴 것이 분명했다.

"무진아, 정무맹에 남아 있는 무사들의 숫자는 어느 정도나 되느냐?"

"확실하지는 않지만 현재 싸울 수 있는 무사들의 숫자는 천 명 정도에 지나지 않습니다."

"천 명이라."

생각보다 멸천문이 끈질기게 정무맹을 물고 늘어졌다는 생각이 든 장춘삼이었다. 천 명 정도의 정무맹에 비해 홍련교의 무리들은 족히 이삼천 명은 넘을 듯하니 이 싸움이 어려울 수밖에 없다 생각되었다.

하지만 이대로 전멸을 당할 수는 없는 일, 마지막 일전이라는 생각으로 문도들을 독려하는 수밖에 없었다.

"문주님! 맹에서 연락이 왔습니다."

"말하라."

"정무맹의 각 파의 무사들은 각 지역별로 적을 상대하라는 연락입니다."

"과연……."

멸천문을 완전히 괴멸시켰다고 생각했기에 현재 각 문파들의 무사들끼리 모여 있는 상태, 그러니 무리하게 정무맹의 무단으로 돌아가지 않고 자파나 지역별로 모여 상대하는 것이 혼란스럽지 않고 적에 대응하기에 빨랐다.

"공동파의 임시 문주께서는 어디 계신가?"

공동파의 임시 문주는 천무성자의 죽음이 알려진 후 그의 수제자인 파사대협 우문강이 맡고 있었다.

하지만 공동파의 사정도 그리 좋다고 할 수 없었다. 강경파인 파사대협과 온건파인 파천신도 강양이 대치하고 있었기에 현재 두 무리로 나누어져 있었다.

파사대협 우문강과는 사이가 좋지 않지만, 상황이 상황인만큼 감숙성의 문파들끼리라도 뭉쳐야 한다는 생각에 장춘삼은 그를 찾은 것이다.

"서쪽 공동파의 문도들이 있는 곳에 계실 것입니다."

"파사대협께 쌍도문은 공동의 지시를 따를 것이라 전하라!"

"예."

감숙성의 대문파라 한다면 공동파와 쌍도문을 들 수 있는데 쌍도문은 혈사로 인하여 힘이 상당히 준 상태였고, 명성도 공동파의 아래인지라 장춘삼은 일단 그의 밑으로 들어가는 것을 선택한 것이다.

쌍도문이 공동파의 지시를 받는다는 것은 사실상 공동파를 감숙성 무문 중 최고라 칭하는 것과 같았으니 아무리 자신과 사이가 좋지 않은 파사대협이라도 이것을 거부하지 못할 것이라는 생각을 한 장춘삼이었다.

아니나 다를까, 일각도 되지 않아 공동파의 무리들이 몰려오기 시작했고 그들의 선두에는 파사대협과 함께 파천신도 강양이 있었다.

"이야기는 들었소이다. 쌍도문의 문주께서 힘든 결정을 하셨습니다."

"구파일방의 좌에 있는 공동파의 문주께서 감숙의 무문을 지휘하는 것이 당연한 것이지요."

"허험… 그렇다면 사양치 않겠습니다."

장춘삼의 말에 파사대협이 잠시 헛기침을 하고는 그것을 받아들이자 모든 일은 순조롭게 진행되는 듯했다.

이에 마치 자신이 진짜 문주인 것같이 행동하는 파사대협을 파천신도 강양은 못마땅하게 생각했지만, 지금의 상황에서 권력 쟁투를 한다는 것이 얼마나 어리석은 짓인가를 알고 있었기에 그의 의견을 따를 수밖에 없었다.

"고 소협!"

"장 소협, 오랜만이오."

파사대협의 옆에는 그의 수제자라 할 수 있는 고도리가 있었는데, 독문과의 싸움에서 한 팔을 잃어버린 후 많이 상심했던 그이지만 지금은 마음의 상처를 치유했는지 옛날 같은 당당한 모습을 보이고 있었다.

독문과의 싸움에서 쌍도문에 상당한 도움을 받았기 때문에 장천이 자신을 부르자 반가운 표정을 짓는 그였다.

"마교도와의 싸움이 끝난 후 형제들과 함께 술이나 한잔했으면 좋겠습니다."

"듣던 중 반가운 소리군요."

이들 두 사람은 여러 가지 일이 있어 조금 껄끄러운 면이 있었지만, 하나의 적을 상대함에 뜻이 뭉쳤으니 이 일이 끝난 후 축하주를 나누자는 말로 장천과 고도리는 서로 미소 지을 수 있었다.

장천들이 이런 이야기를 나누고 있는 와중에도 마교의 검은 손은 점점 이들을 향해 다가오고 있었다.

현재 마교의 실질적인 우두머리라고 할 수 있는 우경은 삼천 명에 달하는 마교의 무사들이 이루고 있는 진 한가운데 있었고, 그 주위로 홍련교의 간부 십여 명이 자리하고 있었다.

유문영이 교주의 좌에 있을 때와 비교한다면 힘이 줄었다고는 하지만, 그의 곁에 있는 고수들의 실력도 만만치 않았는데, 멸천문과 정무맹이 치열하게 싸우고 있을 동안 우경은 홍련교의 영약과 무서들을 개방하여 고수들을 키우는 데 주력했기 때문이다.

물론 이러한 것은 천마와 마찬가지의 방식으로 허수아비 교주를 두며 실질적인 권력을 잡고 있는 덕분이었다.

마교도는 오행기, 팔 개 단의 총 십삼 개의 무리로 이루어져 있었다.

멸천문을 한참 동안 응시하고 있던 우경은 자신의 곁에 있는 무사에게 손짓을 하곤 조용히 말했다.

"화륜기(火輪旗)."

"화륜기 개진(開陣)!"

우경이 말하자 무사는 내력을 돋우어 소리쳤고, 잠시 후 북소리와 함께 붉은 깃발을 들고 있는 무사들이 붉은 철통을 들고는 정무맹이 있는 멸천문 본단을 향해 진군하기 시작했다.

홍련교의 무사들이 밀려오자 정무맹의 무사들은 긴장하지 않을 수 없었다. 화륜기의 무사들은 멸천문의 본단 담장까지 밀려들어 와 철통에 불을 붙이고는 그것을 그들에게 굴렸다.

정무맹의 무사들로선 마교의 무리들이 무엇을 하려는지 알 수 없어 어느 누구도 나설 생각을 하지 못하고 있었는데, 붉은 철통이 불붙은 채 담장까지 굴러오더니 꽝음과 함께 폭발하기 시작했다.

"콰과광!! 쾅!!"

사방에서 붉은 화염이 대지를 휩쓸며 뒤흔들기 시작했고, 폭발의 기운이 주변을 휩쓸며 근처에 있던 무사들은 화염을 뒤집어썼다.

"끄아악!"

"사람 살려!"

순식간에 일어난 일인지라 전혀 예상을 하지 못한 정무맹의 수뇌부들은 어찌해야 할지 모르고 당황했는데, 이것을 지켜보고 있던 우경은 미소를 지으며 말했다.

"풍륜기."

"풍륜기 개진!"

우경의 지시에 풍 자의 깃발을 지닌 무사들이 앞으로 나가 멸천문의 본단으로 향하기 시작했다.

"저것은!"

수레를 본 제갈문수는 크게 놀란 표정을 짓고 소리쳤는데, 저들이 끌고 있는 수레가 무엇인지 알고 있기 때문이다.

"어르신께선 저것이 무엇인지 아십니까?"

옆에 있던 문명이 물어보자 그는 고개를 끄덕이며 말했다.

"화차의 일종인 총통기라 하네. 한 번에 세전 이백 발을 쏘아 올릴 수 있는 화기인데, 어찌 저런 것을 마교의 무리들이!"

잠시 후 횃불을 들고 있는 사람들이 불을 붙이자 꽝음과 함께 화차에서 큰 폭발이 일어나는가 싶더니 수천 개의 화살이 하늘을 뒤덮으며 정무맹의 무사들을 향해 날아갔다.

"끄아악!"

홍련교의 이러한 공세는 금군과 같았기에 정무맹의 무사들은 속수무책으로 당할 수밖에 없었다.

"제위라도 탈환할 생각이란 말인가. 어찌 저러한 무기를……."

풍륜기에 이어 토륜기와 수륜기, 금륜기 모두 금군에서나 사용할 법한 무기로 정무맹의 무사들을 유린하고 있었는지라 상황은 더욱 심각해지고 있었다.

이런 마교의 공격은 감숙성의 문파들에도 미치고 있었지만, 다른 무문에 비해 후방에 있었기에 피해는 크지 않았다.

"저들이 대체 무엇을 획책하고 있단 말인가."

파사대협 우문강 역시 이들의 공격에 당황한 표정을 보였다. 그리고 관에서 쓰는 화기를 어디서 구경이라도 했겠는가?

"아무래도 마교는 이 싸움에 사활을 걸고 있는 듯합니다."

"사활을요?"

"예. 그렇지 않다면 자칫 조정에 역적으로 몰릴 수도 있는 화기를 사용하지는 않았을 것입니다."

장춘삼의 말에 고개를 끄덕이긴 했지만, 우문강은 도저히 이 상황을 타계할 방법이 떠오르지 않았다.

"적들이 화기를 보유하고 있다면 정면 대결이 어렵습니다. 당장 전황이 어찌 될지 알지 못하는 상황에서 야습까지 기다릴 순 없는 일, 별동대를 모아 저들의 수뇌를 치는 것이 어떻습니까?"

"하지만 별동대를 모은다 해도 수뇌를 칠 수 있을까요?"

"다행히 제 아들이 멸천문에 있는 비밀 통로를 알고 있으니 그곳을 통한다면 적이 알아채지 못할 것입니다."

장춘삼은 이전에 들었던 장천의 말이 생각나 이런 제안을 한 것이다. 그 말에 우문강은 잠시 생각에 잠기는가 싶더니 이내 고개를 끄덕이며 말했다.

"알겠습니다. 장 대협께서는 쌍도문의 정예들을 모아주십시오. 저는 공동파에서 정예를 선발하도록 하겠습니다."

이렇게 해서 공동과 쌍도문은 별동대를 조직하여 적의 수뇌부를 치는 작전을 수립했고, 장춘삼의 명령을 받은 무진은 즉시 쌍도문의 정예를 모으기 시작했다.

그리고 잠시 후 공동파와 쌍도문으로 이루어진 오십 명의 정예가 만들어졌다.

수천 명에 이르는 홍련교의 무리들에 비하면 적은 수라 할 수 있었지만, 하나하나가 뛰어난 무공을 지니고 있었다.

장춘삼과 우문강의 명을 받은 두 문파의 별동대는 홍련교의 눈을 속이며 멸천문 본단의 비밀 통로를 통해 밖으로 빠져나갔다.

"이런 곳을 알고 있다니 놀랍군."

고도리는 장천들이 멸천문의 비밀 통로를 알고 있다는 것에 조금 놀랐다. 쌍도문 역시 자신들과 입장이 마찬가지일 텐데 아무도 알지 못하는 비밀 통로를 알고 있는 것이 이상했기 때문이다.

별동대가 빠져나온 곳은 멸천문에서 서쪽으로 상당히 떨어진 곳이었기에 시간을 지체할 수 없다는 것을 아는 장천은 고도리와 함께 사람들을 지휘하며 빠른 속도로 움직이기 시작했다.

별동대의 선두는 가장 무공이 강한 장천이 맡았다.

"잠깐!"

앞으로 빠져나가던 장천은 급히 손을 들어 별동대를 멈추게 했는데,

무엇인가를 발견했기 때문이다.

"무슨 일이오?"

고도리로선 시간이 급박함에도 장천이 멈춘 이유를 알 수 없어 그에게 다가왔고, 잠시 후 그 이유를 알 수 있었다.

마교의 후방을 치기 위해 가던 쌍도문과 공동파의 주위로 무엇인가가 빠른 속도로 다가오고 있음을 느끼게 된 것이다.

물론 이러한 것은 장천을 비롯하여 무공이 뛰어난 자만이 간신히 느낄 정도였기에 잠행술이 뛰어난 자들이 이들의 주위로 다가오고 있음을 알 수 있었다.

"모두들 주위를 경계해라!"

적들이 빠르게 다가오는 것을 느낀 고도리가 급히 소리치자, 무사들은 병기를 들고 사방을 경계하기 시작했다.

"데비드, 부탁해!"

"알았다!"

별동대로 움직이고 있는 사람들 중에서 데비드는 내력은 높지 않지만 외공이 뛰어날 뿐 아니라 온몸을 감싸고 있는 갑옷으로 인하여 내가권에 뛰어난 사람이 아니라면 그에게 쉽게 상처를 내지 못하는 것을 알기에 장천은 그에게 부탁을 한 것이다.

장천의 말을 들은 데비드는 단신으로 숲을 향해 몸을 날렸고, 잠시 후 날카로운 소리가 숲에서 들려왔다.

채재쟁!!

데비드가 숲으로 들어가자 상대가 암기를 날렸으나 온몸을 감싸고 있는 갑옷에 의해 암기가 튕겨 나가는 소리였다.

쿵!

잠시 후 큰 소리와 함께 나무 하나가 쓰러지는 소리가 들려왔고, 이에 데비드가 상대와 충돌했음을 알 수 있었다.

"고 대협, 전 데비드를 돕도록 하겠습니다."

"알겠습니다."

장천은 급히 고도리에게 말하고는 숲으로 몸을 날렸고, 잠시 후 다섯 명의 흑의복면인과 싸우고 있는 데비드를 발견할 수 있었다.

타고난 신력과 함께 거구의 몸을 갑옷으로 보호하며 적을 상대하고는 있었지만, 상대의 무공은 상당히 뛰어났는지 그의 갑옷 밑으로 붉은 피가 흘러내리고 있었다.

"천월붕쇄(天月崩碎)!"

데비드가 위험한 상황에 처해 있다는 것을 안 장천이 급히 화룡신도를 들어 천월붕쇄의 초식을 시전하자 다섯 줄기의 강렬한 강기가 흑의복면인을 향해 뻗어 나갔다.

쿠구궁!!

"끄악!"

장천이 내지른 다섯 줄기의 도강은 그 위력이 상당했지만, 적 역시 만만치 않은 자들이었는지 한 사람을 제외하고는 모두 도강을 피해냈다.

"장천!"

"데비드! 뒤로 물러서라!"

도강이 자신을 밀어붙이고 있던 흑의복면인 한 명을 쓰러뜨린 것을 보며 장천이 자신을 도와주러 왔음을 안 데비드는 안도의 한숨을 쉴 수 있었고, 이어진 외침에 급히 뒤로 물러섰다.

장천은 그가 물러서자 재빠르게 앞으로 나와 또다시 공격을 하려던 흑의복면인 앞을 재빠르게 가로막고는 그대로 검을 내질렀다.

"쾌섬일점(快閃一占)!"

장천이 좌검우도의 초식 중 가장 빠른 초식인 쾌섬일점을 시전하자 푸른 섬광이 번뜩이는 듯했고, 이에 데비드를 공격하기 위해 나섰던 흑의복면인은 미간이 얼어붙는가 싶더니 외마디 비명도 내지르지 못한 채 뒤로 무너지며 절명했다.

다른 흑의복면인들은 장천이 등장하자 순식간에 동료 두 명이 쓰러지는 것에 놀라 감히 그를 공격할 생각을 하지 못했다.

"음……."

일단 두 녀석을 쓰러뜨렸다고는 하지만 자신의 앞에 있는 세 명의 흑의복면인 외에도 숲 쪽에서 많은 자들의 기를 느낄 수 있어 그들이 홍련교의 뒤를 치러 가는 자신들을 포위하고 있다는 것을 알고 있는 장천은 암담할 수밖에 없었다.

이들의 실력으로 미루어본다면 홍련교를 치기 전에 별동대의 반 이상을 잃을 것은 눈에 선한 일이었기 때문이다.

'도대체 이 녀석들은 누구지?'

이들이 홍련교의 무사들일 수도 있었지만, 장천이 가고 있는 길을 그들이 알 리가 없었기에 흑의복면인들이 마교의 무리가 아니라는 것은 알 수 있었다.

남아 있는 세 흑의복면인들 중 한 사람이 손짓을 하며 뒤로 몸을 날리자 좌우에 있던 두 명은 장천의 양 옆으로 빠른 속도로 움직였다.

"음."

적들이 분산되자 장천 역시 자세를 변화하여 어디서 들어올지 모르는 공격에 대비했는데 순간 날카로운 파공음이 들려왔다.

"암기?"

귀로 들리는 파공음이 암기의 종류가 날아오는 거라는 것을 파악한 장천은 오른손의 화룡신도를 빠르게 휘둘러 온몸을 방어했다.

장천의 쌍용탈피 초식은 날아오는 암기를 모두 튕겨내기에 충분했다.

채재쟁!

암기를 튕겨낸 장천은 좌측에서 들려오는 발자국 소리를 들으며 녀석을 향해 도강을 시전했다.

콰과광!

"끄억!"

횡으로 펼쳐진 도강으로 인하여 무사 하나가 미처 몸을 날리지 못하고 허리가 잘리며 두 동강이 나 쓰러졌다.

하지만 장천은 녀석들이 던진 비도와 그 느낌에 놀랄 수밖에 없었는데, 미약하기는 하지만 바로 혈비도 무랑의 비도술과 같은 느낌이었기 때문이다.

"설마… 비도문의 무사들인가?"

확실히 지금까지 멸천문은 혈비도 무랑이 끌어들인 자들만이 거의 모습을 드러냈을 뿐 그의 사조직인 비도문이 직접 모습을 드러낸 적은 한 번도 없었다.

그렇게 생각한다면 혈비도 무랑의 세력이 지금 나타났다고 해도 이상할 것은 없었으나 현 상황에서 그것은 큰 문제였다.

'혈비도 무랑에게 철저히 농락당한 꼴이 되는군……'

멸천문의 세력만이 전부라고 생각하는 자들이 대부분이라면 이번 홍련교와 정무맹의 싸움은 녀석에게 좋을 수밖에 없는 일이었다.

'이대로 정무맹과 홍련교가 정면 충돌하게 되면 이득은 그들이 보는

셈이 되겠군… 젠장할!'

장천은 일단 이들을 빠른 시간 안에 처리하고 정무맹에 알리는 것이 중요하다는 생각이 들었다. 그때 상황이 어려워지자 남아 있던 두 명의 무사가 급히 숲으로 몸을 날렸다. 하나 장천은 그것을 놓치지 않았다.

"이기어검!"

이기어검의 수법으로 그의 손에서 벗어난 냉혈검은 빠른 속도로 숲으로 뻗어 나갔다.

"끄억!"

그리고 잠시 후 비명 소리가 들려오는가 싶더니 이어져 또 다른 비명 소리가 장천의 귀로 들려왔다.

두 명의 적을 쓰러뜨린 냉혈검은 다시 장천의 손으로 돌아왔는데, 이것을 보고 있던 데비드로선 입을 다물 수가 없었다.

갑옷이 없었다면 십 초식도 버티기 어려운 자들을 장천은 짧은 시간 안에 모두 해치웠기 때문이다.

홍련교에서 같이 무공을 수련했을 때와 비교한다면 상상도 못한 만큼 무공이 상승한 장천을 보며 황당함을 느끼는 것은 당연한 일이었다.

"데비드, 돌아가자!"

"아, 응!"

냉혈검을 잡은 장천은 몸을 날리며 소리쳤고, 그제야 정신을 차린 데비드는 놀라며 답하고는 그의 뒤를 따랐다.

장천이 돌아왔을 때는 정무맹의 별동대가 사방에서 밀려오는 비도문의 무사들을 상대로 고전하고 있었고, 오십여 명의 무사들 중 벌써

이십여 명이 목숨을 잃은 후였다.

이에 반해 흑의복면인의 시체는 대여섯 구밖에 보이지 않았기에 이들의 무공이 얼마나 높은가를 말해 주고 있었다.

"합!"

장천은 별동대로 돌아오자마자 다시 냉혈검을 날렸고, 그가 날린 검은 순식간에 이들을 상대하고 있던 두 명의 흑의복면인을 꿰뚫어 버렸다.

"장 대협!"

"고 대협! 급히 돌아가야 합니다."

"예? 무슨 소리입니까? 돌아가다니요!"

"이들은 혈비도 무랑의 무사들입니다. 지금 여기에 있는 자들의 숫자는 조족지혈에 지나지 않을 것입니다."

"혈비도 무랑의 무사요? 설마!"

자신들을 공격하고 있던 자들이 홍련교의 무사들일 것이라 생각했던 고도리로서는 크게 놀랄 수밖에 없었다. 장천이 말하고 있는 것이 무엇을 의미하고 있는지 알 수 있었기 때문이다.

"쌍도문과 공동파의 무사들은 멸천문의 본단으로 돌아간다!"

고도리가 다시 돌아가자고 소리치자 무사들은 영문을 알 수 없었지만 무슨 연유가 있을 것이라 생각하고는 흑의복면인과 싸우며 멸천문 본단을 향해 몸을 날렸다.

하지만 흑의복면인들은 시간이 지나갈수록 그 숫자가 늘어날 뿐만 아니라 멸천문의 본단으로 향하는 별동대의 앞을 막고 있었기에 장천으로선 답답할 수밖에 없었다.

한시가 급한 시점에서 빨리 혈비도 무랑의 무사들에 대한 소식을 알리지 않으면 돌이킬 수 없는 일이 일어날 것이 눈에 보였기 때문이다.

"장 대협이라도 빨리 이 소식을 정무맹에 알려주십시오!"

흑의복면인을 상대하던 고도리는 이들의 숫자가 계속 늘어나자 결심하고는 장천을 향해 말했다.

"하지만……."

"별동대가 모두 죽는다 하더라도 이들의 존재는 반드시 알려야 합니다. 아니라면 혈비도 무랑에 의해 무림 자체가 그의 손아귀에 들어갈 수도 있습니다."

확실히 지금 정무맹과 홍련교의 전면전을 막지 않는다면 무랑의 무사들을 막기는 불가능하다는 것을 알고 있었기에 장천으로선 마음을 가다듬고 말했다.

"알겠소."

"장 대협, 부탁합니다. 무림을 구해주시오."

장천이 고개를 끄덕이자 고도리는 비장한 표정을 지으며 그에게 말하니 어깨가 더욱 무거워지는 장천이었다.

고도리에게 고개를 끄덕인 장천은 급히 멸천문의 본단을 향해 몸을 날렸는데, 그가 온 힘을 다해 경공술을 시전하자 마치 전광석화와 같았다.

하지만 이런 장천을 흑의복면인 수십이 막아서기 시작했다.

슈슈슉!!

장천의 앞에 나타난 이들은 그를 향해 수십 개의 비도를 내던졌는데, 비도 하나하나에 서려 있는 기운이 예사롭지 않은 것이 없었다.

하지만 장천의 무공은 혈비도 무랑과 천하제일을 다툴 정도의 수준, 이들의 무공이 뛰어나다 하나 장천에게는 통하지 않았다.

"합!"

장천이 내력을 다하여 호신강기를 펼치자 그들이 던진 비도는 호신 강기에 막혀 모두 튕겨져 날아갔다.

자신들이 날린 비도가 튕겨 나가자 그들 역시 크게 놀랄 수밖에 없었다. 무공을 배운 이후로 바위마저 꿰뚫을 정도의 위력을 가지고 있었던 비도였기 때문이다.

그런 이유로 호신강기라도 뚫을 수 있다 자신했던 공격이었는데, 자신과 비슷한 나이의 젊은 무사에게 비도가 막혔으니 놀라는 것은 어쩌면 당연한 일이었다.

"그 정도로는 나를 해할 수 없을 것이다!"

녀석들의 놀란 모습을 보며 장천은 냉혈검과 화룡신도를 휘둘렀고, 음양의 강렬한 강기가 그들을 향해 회오리치듯 밀려들어 갔다.

"끄아악!"

좌검우도를 단 한 번 휘둘렀을 뿐임에도 순식간에 십여 명의 무사가 쓰러져 죽임을 당하자 크게 놀란 무사들은 자신도 모르게 길을 열어주고 말았다.

"흥!"

그런 녀석들을 보며 장천은 콧방귀를 뀌고는 멸천문의 본단을 향해 몸을 날렸고, 그제야 정신을 차린 흑의복면인 중 한 사람이 큰 소리로 소리쳤다.

"저자를 멸천문의 본단으로 가게 해서는 안 된다!"

그의 말에 다른 흑의복면인들이 몸을 날려 그의 앞을 결사적으로 막기 시작했다. 그들의 손에는 단검과 장검 중간 정도의 크기인 검이 들려져 있었는데, 빠른 몸놀림이 주인 그들에게는 효과적인 병기라 할 수 있었다.

슈슈슉!!

또다시 흑의복면인들이 덤벼들자 장천은 병기를 휘두르며 녀석들을 베어가기 시작했는데, 역시나 상당한 실력의 소유자들인지 쉽게 상대할 수 없었다.

비도가 막히며 놀란 탓에 한순간 큰 피해를 입기는 했지만 결코 가벼이 볼 자들이 아니었던 것이다.

물론 한 사람을 처리함에 있어서 두 초식 이상 넘기지는 않았지만, 워낙 많은 수인지라 시간이 촉박한 장천으로선 답답할 수밖에 없었다.

"음귀대는 옆으로 물러서라!"

그래도 빠른 속도로 적을 쓰러뜨리고 있었기에 어느새 남아 있는 흑의복면인은 열을 넘지 못했는데, 그때 한 복면인이 남아 있는 이들에게 크게 소리치며 장천을 향해 빠른 속도로 쇄도해 들어왔다.

장천은 그의 몸놀림이 다른 이들과 비교가 되지 않을 정도로 재빠른 것을 보며 이들을 이끌고 있는 수장 중 한 사람임을 알 수 있었다.

"봉명진천(鳳鳴振天)!"

장천의 앞으로 쇄도해 들어온 무사는 그가 사정거리 안에 들어오자 가슴으로 모으고 있던 두 손을 양쪽으로 크게 뻗었고, 그와 함께 새가 울부짖는 듯한 소리와 함께 푸르스름한 기운이 장천을 향해 밀려들어왔다.

끼르르!!

채재쟁!

날카로운 기운을 지니고 있는 물체에 장천은 급히 화룡신도를 사용하여 그것을 튕겨낼 수 있었지만, 그 기운은 다시 복면인의 손으로 빨려들 듯이 돌아갔다.

이에 장천이 안력을 돋우어 보자 그것이 쌍도표(雙頭鏢)임을 알 수 있었다.

하지만 다른 쌍도표와 다른 것이 있다면 줄 양쪽 끝으로 달려 있는 표창에 소리 구멍과 같은 것이 뚫려 있다는 것이다.

그 구멍으로 인하여 새가 우는 듯한 소리가 난다는 것을 안 장천은 그것이 단순히 소리만을 위해 뚫어놓은 것만은 아닐 것이란 생각에 경계했다.

자신의 쌍두표를 끌어당긴 그는 두 손으로 잡아서는 회전시키기 시작했고, 잠시 후 소리 구멍으로 인하여 마치 두 마리의 새가 그의 주위에서 울고 있는 듯한 소리가 들려왔다.

"이상하게 수하들이 일을 끝내지 않아 온 것인데, 아니나 다를까, 당신이 이곳에 있었군요."

"날 아는가?"

"물론입니다."

그 말이 끝나기가 무섭게 그가 왼손에 들려 있던 쌍도표의 한쪽 표창을 날리자 귀를 찢어버릴 듯한 새 울음소리와 함께 표창이 장천의 미간을 향해 밀려들어 왔다.

끼르르!!

표창의 속도는 방금 전에 상대했던 흑의복면인의 비도와는 비교할 수 없을 정도로 빨랐으나 장천은 몸을 숙임과 동시에 회전하여 낮은 자세로 그를 향해 쇄도해 들어갔다.

"낙봉나수(落鳳拏獸)!"

장천이 몸을 낮춰 자신을 향해 밀고 들어오자 그는 표창을 끌어들임과 동시에 손목을 움직이니 표창은 크게 꺾여 장천의 뒤통수를 향해 떨어졌다.

"합!"

그 모습에 장천은 급히 몸을 뒤로 날림과 동시에 두 발을 사용하여 자신을 향해 밀려들어 오던 표창을 잡아서는 두 손에 힘을 주어 빠르게 몸을 회전시켰다.

"헉!"

장천이 표창을 잡고 회전하자 줄이 그의 발에 엉키며 빨려 들어갔기에, 쌍도표를 잡고 있던 그의 몸은 앞으로 넘어지듯이 끌려갔다.

"죽어라!"

그의 몸이 앞으로 끌려 들어오자 장천은 좌수의 냉혈검을 앞으로 내질렀고, 검은 정확히 적의 목젖을 노리며 뻗어 나갔다.

갑작스러운 일격을 도저히 피할 수 없었던 그는 이곳에서 죽게 된다는 생각에 자신도 모르게 눈을 감고 말았는데, 그때 무엇인가가 나무에 박히는 소리가 들리는가 싶더니 검에 찔린 고통이 밀려오지 않자 눈을 떴다.

"몸에 칼이 들어온다 하더라도 눈을 감지 말아라!"

"장로님!"

눈을 뜨자 들려온 한 노인의 목소리에 그는 크게 놀란 목소리로 소리쳤다.

놀랍게도 장천의 검은 갑자기 등장한 노인의 지팡이에 막혀 있었다.

"장로?"

장천은 장로라는 소리를 듣고는 발에 감겨 있는 쌍도표의 줄을 풀고는 자리에서 일어나 자세를 잡았다.

방금 전의 일격을 막은 실력이 결코 범상치 않았기에 만만치 않은 상대임을 알 수 있었다.

나무 지팡이를 들고 있는 노인 역시 얼굴을 복면으로 가리고 있었기 때문에 정체는 알 수 없었지만, 장천으로선 그의 말투가 낯설지 않음을 느낄 수 있었다.

하나 상대를 돕고 있다는 것은 자신의 적이라는 것을 뜻하기 때문에 자세를 바로잡으며 내력을 끌어올렸다.

시간이 없는 만큼 자신의 모든 힘을 기울여 빠른 시간 안에 상대를 쓰러뜨려야 한다 생각했기 때문이다.

하지만 장천이 선공을 가하기 전에 장로라고 불렸던 복면노인이 먼저 선공을 가했다.

"부동명왕격(不動明王擊)!"

복면노인은 손에 들고 있던 지팡이를 장천을 향해 내뻗었는데, 이 기세는 지금까지 상대했던 자들과는 또 다른 경지였다.

그저 단순히 지팡이로 내지르는 듯한 일격이었지만, 장천은 그것을 제대로 피하지 못하고 명치를 얻어맞고는 뒤로 튕겨져 나가고 만 것이다.

"끄억!"

쿵!!

강렬한 내력이 포함된 일격으로 인하여 튕겨져 날아간 장천은 근처의 나무에 부딪치며 간신히 멈추어 섰으나 입에서 피를 쏟고 말았다.

"크윽… 고수… 다."

다른 복면인들과는 비교할 수 없는 고수임은 알았지만 그는 생각보다 더 뛰어난 고수, 적어도 천무성자나 선검 진인 정도의 무공을 지닌 인물이었던 것이다.

내력을 끌어올려 복면노인에게 당한 내상을 추스른 장천은 겨우 안정을 찾을 수 있었는데, 다행히 상대는 그러한 장천을 그냥 보아 넘기고 있었다.

만약에 복면노인이 계속 공격을 해왔다면 아무리 장천의 무공이 상승했다 하더라도 목숨을 부지하기 어려웠을 것은 분명했다.

"성급하구나, 성급해."

"……."

"적을 상대함에 조급함을 드러냄은 그만큼 상대에게 여유를 주는 것이다."

자신의 조급함이 상대에게 여유를 준다는 복면노인의 말을 장천은 헤아리기 어려웠다.

그 노인이 하나의 무리를 이야기하고 있음은 알았지만, 마음이 급한 장천에게는 그것을 생각할 여유가 없었던 것이다.

"흥!"

상대의 말에 콧방귀를 뀌며 장천은 자신의 등 뒤에 있던 나무를 박차고 빠른 속도로 앞으로 몸을 날렸다.

"아직 어리구나!"

장천이 자신을 향해 쇄도해 들어오는 것을 본 노인은 고개를 내저으며 다시 지팡이를 앞으로 뻗었고, 순간 지팡이는 수십 개의 잔영을 만들어 장천의 각 요혈로 밀려들어 왔다.

"쌍용탈피!"

장천은 급히 화룡신도를 휘둘러 도영으로 온몸을 감쌌는데, 그럼에도 불구하고 지팡이는 사라지지 않고 장천의 요혈을 강타했기에 또다시 노인의 지팡이 공격에 당해서는 자리에서 쓰러지고 말았다.

"끄윽…… 어떻게……."

혈비도 무랑과의 싸움에서도 쉽게 밀리지 않았던 자신이 그가 아닌 존재에게 이런 낭패를 보리라고는 생각지도 못했다.

"조급함에 초식이 흐트러지니 막을 수 있는 것조차 막지 못하는 것이다."

그의 말에 장천은 잠시 생각해 보았다.

확실히 그 말대로 빨리 다른 이들에게 알려야 한다는 생각에 평소보다 더 과격하게 몸을 움직였으며 내력 역시 크게 끌어올렸기 때문이다.

그로 인하여 공격의 위력이 크게 상승하기는 했지만, 초식의 정확도는 크게 흐트러진 것이다.

다시 자리에서 일어난 장천은 숨을 고르게 한 후 마음을 정리해 나갔다. 시간이 급박함은 알지만 조급함으로 상대할 수 있는 수준의 상대가 아니기에 시간을 두고 마음을 정리하기로 한 것이다.

그러자 지금까지와 달리 장천의 내력은 빠른 속도로 회복되어 가며 온몸을 편안하게 만들어주었다.

그 순간 장천은 또 한 번 자신의 껍질을 벗어던진 것이다.

이것은 모두 자신을 막고 있는 복면노인에 의해 이루게 된 것이기에 장천은 그에게 포권을 하며 말했다.

"뉘신지 모르지만 저에게 가르침을 내려주시니 감사할 따름입니다. 하나 당신이 제 앞을 가로막으시니 적으로 상대할 수밖에 없는 저를 용서해 주십시오."

"모든 것이 하늘의 순리이니 자네는 생각하는 바를 행하게."

"감사합니다."

노인이 장천의 말에 인자한 목소리로 말하니 장천은 그에게 인사를 하고는 다시 자세를 잡았다.

몸에 흐르는 기도만을 따진다면 노인은 결코 장천의 적수가 될 수 없었다. 하지만 그에게서는 단순히 기도와는 달리 오랜 연륜에서 느껴지는 기운이 있었기에 장천은 그것을 무시하지 못했다.

"홍염만화!"

잠시간 그를 노려보던 장천은 화룡신도를 휘둘렀고, 강렬한 열기가 노인을 향해 밀려들어 갔다. 하나 모든 것을 재로 만들어 버릴 듯한 열기에도 두려워하지 않으며 복면노인은 지팡이를 들어서는 가볍게 원을 그렸다.

그러자 강렬한 화염은 마치 지팡이에 끌려가는 듯 둥근 원형을 그리는가 싶더니 흩어지듯 사라져 버렸다.

노인이 홍염만화의 화기를 지팡이로 해소시키고 있는 동안 놀랍게도 장천은 어느새 노인의 등 뒤로 가 있었다.

"음양합일 극의파천!"

장천은 그의 등 뒤로 이동하자마자 좌검우도 최후의 초식으로 그를 공격해 들어갔고, 그 위력은 평소보다 더 큰 위력을 보이고 있었다.

하지만 이러한 일격 역시 복면노인에게는 전혀 통하지 않았는데, 강렬한 좌검우도의 최후 초식은 유령의 몸에 시전하는 것과 같이 그의 몸을 통과하여 지나갈 뿐이었다.

"어리석은."

그와 함께 복면노인의 지팡이가 장천에게 뻗어오는가 싶더니 그대로 목을 가격했다.

"끄윽!!"

강렬한 통증이 목을 자극하자 장천은 그 자리에서 무릎을 꿇고 말았으니 숨이 막혀옴에 더 이상 움직일 수조차 없었다.

"무랑을 이겼다 해서 자만했느냐?"

"끄으윽."

"어리석은! 그때의 그는 신검 진인과의 싸움에서 부상을 입어 본실력의 반도 발휘하지 못한 상태였다."

"크윽."

확실히 장천은 무랑이 자신과 싸울 때 그의 몸이 크게 좋지 않음을 알고 있었다. 하지만 천하제일고수를 쓰러뜨렸다는 것이 그에게 자만심을 가져다 주었던 것이다.

그런 이유로 복면노인과의 싸움을 빨리 끝내기 위해 위력이 강하고 날카로운 좌검우도의 최후 초식을 사용하여 상대하려 했던 것이다.

"강한 초식을 시전하기 위해서는 내력 역시 크게 끌어 모아야 하는 것은 당연한 법, 하지만 고수들 간의 싸움에서 어느 누가 상대가 강한 초식을 시전할 수 있게 내력을 끌어 모을 시간을 주겠는가?"

"……."

"자만심에 무의 기본조차 잊고 있으니 어리석다 할 수 있다."

그 말과 함께 복면노인의 지팡이는 또다시 빠르게 움직이며 턱을 가격했고, 장천은 제대로 방어도 하지 못한 채 지팡이에 가격당하여 튕겨져 나가 버리고 말았다.

"끄으윽."

이번 공격 역시 장천을 죽이려고 한 것은 아닌지라 고통스러운 신음

면노인을 보며 물었다.

"그렇다면 제가 어찌해야 하겠습니까?"

"쯧쯧쯧. 그것을 어찌 나에게 묻느냐?"

그의 말대로 복면노인은 장천의 적이었다. 이에 장천은 천천히 자리에서 일어나서는 도를 겨누며 말했다.

"확실히 어르신의 말씀대로 생각이 많았던 듯하군요."

그 말과 함께 장천은 그를 향하여 도를 휘둘렀고, 뜨거운 열기의 도강이 맹렬하게 밀려갔다.

"합!"

복면노인은 장천의 이러한 도강을 보며 지팡이를 횡소천군의 초식을 사용하여 휘둘렀고, 이에 열기의 도강은 갈라지며 흩어졌다.

하지만 이와 함께 장천의 몸은 이미 그의 앞으로 쇄도해 들어가 복면노인을 향하여 일검을 내질렀다.

"흠⋯⋯."

복면노인은 그 일검에 서린 기운이 결코 범상치 않음을 간파할 수 있었다.

변화할 듯하면서도 변화하지 않는 일검의 공격은 일직선으로 복면노인의 미간을 향해 밀려갔다. 이에 노인은 오른쪽 발을 옆으로 돌리며 간신히 그의 공격을 피했다.

워낙 강렬한 힘을 내재하고 있는 일검이라 지팡이로 내칠 수 없었기 때문이다.

일검을 피한 노인은 다시 삼 보 뒤로 피했는데, 상승의 검에 있어서 찌르기란 단순히 그것으로 끝나는 것이 아니기 때문이다.

그 일검이 단순히 한 번의 찌르기였을지는 모르지만, 그가 일 보를 옆으로 디더 몸을 틀자 복면노인에게는 검이 변하여 자신을 노리는 듯한 느낌을 가졌다.

물론 복면노인이 삼 보를 뒤로 물러서지 않았다면 검은 변초를 일으켰을 것이나 그가 피한 다음에야 변초를 행할 필요가 없기에 단순한 찌르기의 일초로 끝났다.

이러한 일검이 상승의 경지에 이른다면 상대의 눈에는 모든 방향을 제압하는 듯한 착각을 주게 만들기에, 수없이 많은 변초와 하나의 실초로 보이게 된다.

복면노인이 말하고자 한 것은 바로 이러한 것이었다. 수십 개의 초식을 시전하는 것보다 하나의 초식에 모든 정신을 집중하여 상대의 변화에 대처하여 공격한다면 수십 개의 초식을 시전하는 것과 다를 바 없는 위력을 만들어내는 것이다.

혈비도 무랑이 많은 무공을 가지고 있으나 거의 대부분의 무인들이 그의 일 초식을 제대로 받지 못하고 당하는 것도 이러한 맥락이지만, 장천은 지금까지 강한 초식으로 상대를 제압하거나 상대가 일 초식으로 끝나지 않을 때는 일초로 상대를 방어하게 하고 이초로 상대를 제압하는 방법을 취하고 있었다.

이런 이유로 처음 일초의 흐름은 상대를 쓰러뜨리고자 하는 것이 아니라는 생각에 방심하여 진기의 흐름이 원활하지 않게 되고 그 순간에 허점이 만들어진다.

이러한 이치는 무공을 익히는 처음에 깨달아야 하는 단순한 문제였지만, 장천은 무공을 익혀가면서 계속 보다 강한 무공을 익히며 상승의 경지에 이르렀기 때문에 강한 초식이나 무공으로 상대를 제압하는 것을 당연시 생각하고 있었던 것이다.

"천월붕쇄!"

복면노인이 삼 보 뒤로 물러서자 장천은 화룡신도로 천월붕쇄의 초식을 사용하여 그를 밀어붙였고, 강렬한 도강이 대지를 진천시키며 상대를 향해 밀려갔다.

"합!"

장천의 십성 내력이 실린 천월붕쇄는 엄청난 위력을 보이는지라 복면노인은 그것을 정면으로 막을 생각을 하지 못하고 발을 박차고는 몸을 날려 피할 도리밖에 없었다.

"금리류영(金鯉柔泳)!"

몸을 날려 천월붕쇄의 초식을 피한 복면노인은 장천을 향해 다시 지팡이를 내질렀는데, 그 흐름은 마치 잉어가 못에서 노니는 것과 같이 유려한 몸놀림이었다.

이러한 유려한 움직임은 상대에게 어느 곳을 공격할지 모르게 만들게 하지만, 장천은 망설이지 않고 좌검을 내질렀다.

"쾌섬일점!"

적이 그 움직임을 예측할 수 없게 밀려들어 온다 하여도 상대는 공중에 몸을 떠우고 있는 상태기에 그렇게 원활할 수만은 없었고 장천은 그의 움직임에 한순간을 잡아 빠른 쾌검의 지르기로 상대를 공격한 것이다.

챙!!

그러자 복면노인의 지팡이와 장천의 검은 처음으로 맞부딪치게 되었다. 하나 장천의 검은 무림십대신병의 하나인 냉혈검이었다.

복면노인의 철장 역시 나무로 보이나 지팡이의 가운데에 한철로 만들어진 철봉으로 심을 만든 것이지만, 냉혈검과 비교할 수 있는 것이 아닌지라 지팡이는 산산조각으로 부서지고 말았다.

"이런!"

다행히 안에 박힌 철심 때문에 완전히 부서진 것이 아니라 철심 쪽이 냉혈검과 부딪친 부분에서 약 한 자 정도까지 두 갈래로 갈라지는 것으로 끝날 수 있었지만 복면노인은 이 일격에 뒤로 밀려갔다 자신의 지팡이를 보며 고개를 내저었다.

자연도의 천지동아의 경지에까지 이른 장천은 그 감각 역시 극도로 발달했기에 가능한 일검이었다.

손에 들려 있는 한철봉을 보며 자신의 패배라 생각한 복면노인이지만, 그가 하고자 하는 일에 성공했기에 그리 아쉬워하지 않았다.

"이렇게 한가로이 있을 때가 아닌 것 같은데? 안 그런가?"

"아!"

그제야 장천은 자신이 무엇을 하려 했는지 생각이 났으니 복면노인의 말에 이가 갈릴 수밖에 없었다.

"젠장!"

하지만 그를 완전히 처리하기 위해선 상당한 시간이 소비될 것이라는 것을 알고 있기에 어쩔 수 없이 신형을 돌려 그를 피해 멸천문의 본단 쪽으로 향했다.

장천이 멸천문의 본단으로 사라지는 것을 보며 노인은 천천히 자신의 복면을 벗었는데, 놀랍게도 그는 하노였다.

하노가 복면을 벗자 그의 곁으로 한 남자가 다가와서는 포권을 하며 말했다.

"장로! 쌍도문과 공동의 무사들을 모두 포획했습니다."

"피해는?"

"소주님을 막다 당한 피해가 많아 서른두 명이 죽고 열다섯 명이 중경상을 입었습니다."

"그 정도면 되었다. 쌍도문에는 서역인 무사가 있을 텐데 그는 어찌 되었는가?"

"소주의 친우 분이라는 데비드란 자는 중상을 입긴 했지만, 바로 조치했으니 목숨에는 그리 큰 지장이 없을 것입니다."

"잘했다. 이 싸움을 끝으로 소주는 본문을 이끌어가셔야 할 분, 심려를 끼쳐 드리지 않는 것이 좋겠지."

이제 마지막 결전을 끝으로 모든 것이 끝날 것이라는 생각에 하노는 힘이 빠지는 듯한 느낌이 들었다.

그런 생각에 근처에 있던 바위 위에 앉은 그는 수십 년간 지속되어 왔던 자신의 일을 돌이켜 보았다.

현재가 아닌 전대 혈비도 무랑, 진정한 비도문의 계승자가 수만의 정사마의 연합에 의해 실종되었을 시간부터 시작되었던 대계는 이제 잠시 후 그분의 아들이자 정통 비도문의 계승자가 무림의 황제로 등극하는 것을 마지막으로 모든 게 끝이 날 것이다.

물론 지금의 결과는 처음 자신들이 생각했던 것과는 조금 다른 것은 사실이지만 모든 것이 비도문 정통 계승자의 성장을 기준으로 만들어진 것이기에 어쩔 수 없는 일이었다.

이 모든 대계의 중심에는 바로 자신들의 진정한 계승자인 비도문(飛刀門) 이십팔대 계승자이자 전대 문주인 청풍비도(淸風飛刀) 무랑(武郞)의 유일한 적자인 장천(張天)이 있어야 하기 때문이다.

'모든 기억이 깨어나신다면 과연 어떤 혼란이 그분을 고통스럽게 할지… 휴……'

전대 문주 시절부터의 장로 중 유일하게 살아남아 있는 인물은 하노인뿐이었다.

청풍비도 무랑이 수만의 정사마 연합에 의해 실종되었을 때 비도문에는 그를 포함하여 모두 열세 명의 장로들이 있었다.

그들은 정통 계승자의 성씨인 장가문(張家門)과 방계의 성씨인 문(文), 하(河), 장(張)가의 사람들이었다.

하나 정통 계승자인 청풍비도 무랑이 이들의 배신으로 죽임을 당한 이후 이들에 대한 복수와 함께 비도문을 양지로 드러내어 무림의 제일 문파로 올릴 것을 결의하게 된 것이다.

당시 일곱 살이었던 비도문의 정통 계승자 장천은 뛰어난 무골과 함께 영특함을 지녀 역대 비도문의 계승자 중 가장 뛰어난 자질을 보이고 있었는데, 아버지의 실종으로 분노를 느껴 이들의 대계를 허락한 것이다.

그리고 그와 함께 열두 명의 장로들이 희생되어진 십이천무개정대법(十二天武開頂大法)을 받게 되었다.

이 십이천무개정대법은 시술자의 모든 내력과 무공이 전해지나, 그와 함께 시술자는 재가 되어버리고, 이것을 받는 이는 잠시간 기억과 함께 모든 무공이 완전히 사라지게 된다.

그 때문에 한옥으로 만들어진 특수한 관에서 개정대법으로 진기가 들끓는 몸을 안정시키기 위해서 수십 년간 잠을 자야 했다.

사실 장천은 구궁에 비해 세 살이나 나이가 더 많은 사람이었던 것이다.

물론 십이천무개정대법을 완전히 성공하기 위해선 모든 기억과 무공을 잃은 후에 다시 정종의 무공으로 극에 이르는 무공을 습득하여 체내에 잠자고 있던 기운을 일깨워야 하는데, 이 과정이 어려워 비도문에서는 대법을 알면서도 단 한 번도 시행하지 않았다.

그러나 이제 그 모든 과정이 끝나 마지막에 이르렀으니 장천은 이제 혈비도 무랑과의 마지막 싸움을 끝으로 모든 것을 찾게 되며 음귀곡의 일만 문도들의 수장이 되어 무림의 진정한 황제로 등극할 수 있을 것이다.

열세 명의 장로 중 가장 나이가 어렸기에 십이천무개정대법에 빠졌던 하 노인은 계승권을 포기한 후 사라진 현 비도문의 수장인 장춘일을 보좌하며 이 모든 대계를 진척시키기 위해 지금까지 남아 있었다.

그리고 장춘삼은 모든 기억을 잃은 장천을 극에 이른 고수로 만들며 대계의 중심에 설 수 있게 하기 위한 교두의 역할을 맡은 것이다.

물론 그 와중에 장춘삼이 비도문이 아닌 쌍도문의 문도에 더 애착을 갖게 되었지만 하노가 생각하기에 문제가 되는 일은 아니었다.

'이제 춘일 그 아이가 소주에게 대법의 마지막을 시행할 순간만 남았군……. 그러나 걱정이군. 과거의 기억과 현재의 기억이 교차할 소주께서 과연 어떤 선택을 하실지 말이야.'

지금까지 장천을 보아온 하노는 그 생각으로 또다시 걱정이 밀려왔다.

정파로서의 충실한 삶을 살았던 장천이 과거 대계의 진실을 알게 된다면 자신에 대한 혐오감을 느끼지 않을까 하는 생각이니 거짓을 모르는 사람이 지금까지 자신의 삶 모든 것이 거짓이었다는 것을 알게 되었을 때 얼마나 큰 충격을 받게 될 것인지 알 수 있었기에 불안감이 가시지 않는 것이다.

'차라리 본 문의 위세를 몰아 그대로 무림을 치는 것이 낫지 않았을까……'

하지만 하노는 이내 고개를 젓고 말았다.

고금을 통틀어 무림을 일통하려는 자는 많았지만 성공한 이는 드물었다. 이는 무림인들이 생각하는 것도 다르고 믿는 것도 다르니만큼 하나로 모으는 것이 불가능하기 때문이다.

그런 때문에 무림을 일통해도 십 년 이상 넘긴 이가 없었다.

이런 때문에 비도문은 대계를 통해 정, 사, 마의 세력을 일소하고 비도문의 힘만을 남겨 일통하려 하는 것이다.

물론 이런 것이 쉬운 일은 아니라는 것을 하 노인 역시 잘 알고 있었다. 지금까지의 대계로 무림에 은거하고 있는 기인들을 끌어내며 그들을 암살하는 것 역시 성공했지만, 실제로 자신을 포함하여 몇몇 수하들이 암살한 기인들 중에는 천무성자나 신검 진인만한 인물은 없었다.

넓은 중원이라면 그들보다 더 뛰어난 고수들이 없으라는 법은 없었으니 장천이 진정한 천하제일고수로 섰을 때 이들이 나올 수도 있었다.

하지만 대법이 성공한 후의 장천이라면 이들이 나온다 하더라도 패배는 없을 것임을 알고 있었기에 대계를 수정하지는 않았다.

'휴. 그러면 나도 일어서 볼까.'

하노는 여러 가지 생각을 해보았지만, 지금 상황에서 어떠한 것도 수정할 수 없을 것임을 잘 알고 있기에 천천히 자리에서 일어나 멸천문의 본단 쪽으로 걸음을 옮겼다.

장천이 멸천문의 본단에 도착했을 때는 이미 치열한 접전이 끝나고 잠시 소강상태에 들어가고 있었다.

멸천문 잔당과의 싸움에서 상당히 피로가 쌓여 있었던 정파의 무사들이지만, 죽을 각오로 싸운 끝에 홍련교와 대등한 싸움을 펼칠 수 있었던 것이다.

하지만 피로는 감출 수 없었는지 계속 싸움이 진행된다면 정파의 무사들은 전멸을 면하기 어려웠다.

다만 홍련교 측도 공격을 강행하면 그만큼의 피해를 감수해야 하기 때문에 소강상태가 이루어지고 있는 것이다.

장천이 쌍도문이 있는 곳에 도착했을 때는 전에 비해 태반의 무사들의 모습이 보이지 않았고, 남아 있는 자들 또한 상처를 입지 않은 자가 드물 정도였다.

"아버지!"

"천아!"

한쪽에서 도를 닦고 있는 장춘삼을 발견한 장천은 소리치며 달려갔는데, 별동대로 움직이던 그가 다시 돌아오자 그는 의아한 표정을 물었다.

"어찌 된 일이냐?"

장춘삼으로선 그가 공동파의 무사들과 함께 홍련교의 뒤를 치기 위해 별동대로 움직였음에도 혼자 돌아온 것이 이상할 수밖에 없었다.

"그것이……."

장춘삼의 말에 장천은 그곳에서 일어났던 일을 말했고, 모든 것을 들은 그의 안색은 크게 변할 수밖에 없었다.

"그런 일이……."

"마교와의 싸움이 계속된다면 정, 마 둘 모두 무랑 무리의 먹이가 될 수밖에 없습니다."

"…알겠다. 내 이 사실을 파사대협에게 말하고 올 테니 넌 이곳에서 본 문의 무사들을 지휘하도록 하거라."

"예."

장천에게 이곳에 있으라 말한 장춘삼은 파사대협이 있는 곳으로 걸음을 옮겼는데, 안색은 그리 좋지 못했다.

'드디어 대계의 마지막인가… 음.'

솔직히 장춘삼은 대계가 마음에 들지 않았다. 자신과 나이가 비슷한 형의 아들인 장천을 자신의 양자로 삼아 무공을 전수한 것은 어쩔 수 없는 일이라 쳐도 이 대계가 성공한다면 쌍도문 역시 사라질 수밖에 없기 때문이다.

처음에는 그저 비도문의 무림 제패를 위해 움직였다 하지만 등평을 포함하여 세 명의 사형제들과 지내며 든 쌍도문에 대한 정은 비도문에 못지않았기 때문이다. 아니, 솔직히 지금의 장춘삼에게 비도문과 쌍도문을 택하라고 한다면 쌍도문을 택할 것이다.

그만큼 쌍도문은 그의 모든 것을 차지하고 있다 해도 과언이 아니었다.

파사대협이 있는 곳에 도착하자 그 역시 자신의 문도에게 장천이 도착했다는 것을 들었기에 급히 그에게 다가와서는 사정을 물었다.

"일이 어떻게 된 것인가?"

"휴……."

파사대협의 말에 장춘삼은 자신이 들었던 것을 모두 말했고, 이에 우문강의 표정은 파랗게 질려가고 있었다.

설마 하니 혈비도 무랑에게 멸천문이 아닌 다른 세력이 존재하리라고는 생각지도 못했기 때문이다.

아무리 한 사람의 무공이 뛰어나다고 하더라도 멸천문과 같은 세력을 세우기 위해선 단순히 무공뿐 아니라 많은 돈과 사람들이 필요한 것은 어쩔 수 없었는데, 그러한 세력을 또 하나 키우고 있었다는 것에 어찌 놀라지 않을 수 있겠는가?

도저히 믿어지지 않는 사실에 정신을 차릴 수가 없었다.

"이것이 사실이라면… 이 싸움을 당장 멈추어야 하는 것이 아닌가?"

"그렇습니다. 파사대협께서 빨리 정무맹의 수뇌부에 이 사실을 전해주십시오."

"알겠네."

장춘삼의 말에 우문강은 자리에서 일어나 정무맹 쪽으로 몸을 날렸다. 한시도 지체할 수 없기 때문이다.

일각도 되지 않아 정무맹의 수뇌부에 도착한 우문강은 장춘삼에게 들었던 사실을 모두 이야기했고, 난데없는 소식에 이들은 입을 다물지 못하고 있었다.

"이 일을 어찌해야 좋단 말입니까!"

가장 먼저 입을 연 것은 화산파의 문주 악인명이었고, 이에 소림사의 방장 역시 암담한지 고개를 저으며 말했다.

"본승 역시 무랑이란 자가 이런 암계를 꾸밀 줄을 생각지도 못했습니다. 아미타불."

"멸천문이 그 세력이 비해서 너무 쉽게 무너졌다 생각했는데, 그것이 녀석의 암계였을 줄이야… 으드득."

악인명 역시 초반의 기세와는 달리 그 후에 이들의 움직임이 너무 허술했기 때문에 이상하다는 생각은 했지만, 멸천문만한 세력이 또 하나 존재할 것은 생각지도 못했기에 방심하고 있었던 것이다.

어쨌든 이대로 가만히 있을 수는 없는 일, 정무맹 수뇌부의 사람들은 고심을 하기 시작했는데, 가장 먼저 입을 연 사람은 장춘삼이었다.

"홍련교와의 협상을 저에게 맡겨주시지 않겠습니까?"

"장 문주께서요?"

장춘삼이 협상을 맡고 싶다고 말하자 좌중의 사람들은 조금 놀랄 수밖에 없었다. 그가 정무맹의 싸움에 동참을 하고 있다고는 하지만 그것은 거의 수동적이었을 뿐 자신이 무엇을 하겠다고 나선 적은 한 번도 없었기 때문이다.

"예. 맡겨만 주신다면 최선을 다해 그들과의 협상을 성공시키겠습니다."

보통 때 같았으면 마교의 무리들과 협상을 한다는 그 자체를 거부했을 정파의 사람들이지만, 혈비도 무랑이라는 거산을 상대로 싸우느니 차라리 마교와 손을 잡는 것이 나을 것이라 생각됐다.

"이대로 협상을 하는 것이 굴욕적이긴 하지만 지금 가장 중요한 것은 혈비도 무랑을 없애는 것이니까요."

"부탁하오, 장 문주."

정무맹의 협상을 맡은 장춘삼은 쌍도문이 머무는 곳에 도착한 후 장천을 비롯하여 그의 의형제들과 삼대제자들 중 무공이 뛰어난 자들을 불러 정무맹의 결정을 이야기했다.

장천의 말을 듣고 무엇인가 일이 있을 것임은 알고 있었지만, 이 일을 문주가 맡으리라고는 생각지 못했기 때문에 모두들 조금 놀라는 표정을 지었다.

"어차피 누군가가 해야 할 일, 내 손으로 하는 것이 낫다 생각했다."

"아버지께서 가신다면 저 역시 같이 가는 것이 좋을 것 같습니다."

"하지만 너와 홍련교의 사이에는 불미스러운 일이 있지 않았더냐?"

"물론 제가 정파의 일원으로 첩자와 같은 일을 했다 할 수 있지만, 현재 홍련교를 맡고 있는 우경에게 도움을 준 일이 있으니 저를 몰아세우지는 않을 것입니다."

"음… 네가 그렇게 말한다면 할 수 없구나. 동방 소협은 어떻게 하실 텐가?"

장천의 말에 고개를 끄덕인 장춘삼은 그의 뒤에 있는 동방명언을 보며 말했고, 명언은 포권을 하며 말했다.

"저희들 역시 문주님과 동행했으면 합니다."

"알겠네. 그렇다면 무진은 이곳에 남아 본 문의 제자들을 맡도록 하거라."

"알겠습니다."

홍련교로 갈 사람들은 빠르게 결정되었다.

장춘삼과 장천, 그리고 동방명언과 일곱 명의 쌍도문 제자, 이렇게 열 명으로 이루어진 협상대는 마교의 무리들이 있는 곳으로 향했다.

"무슨 일이지?"

수하들과 함께 두 번째 공격의 계획을 짜고 있던 우경은 회의장으로 무사 한 명이 들어오자 고개를 돌려 물어보았고, 이에 그는 포권을 하며 말했다.

"정무맹에서 협상대를 보내왔습니다."

"정무맹에서?"

"예."

그의 말에 좌중에 있던 사람을 비롯하여 우경 역시 조금 놀랄 수밖에 없었는데, 정무맹이 설마 자신들에게 협상할 목적으로 사람을 보내리라고는 생각하지 못했기 때문이다.

"함정입니다."

"정파가 본 교에 협상이라니, 자존심만 세우는 그자들에겐 있을 수 없는 일입니다."

우경의 측근들은 이것을 정파의 함정이라 말하고 있었으나 우경은 일단 그들의 사자를 만나는 것이 좋다는 생각을 했다.

"정무맹의 사자를 이쪽으로 모시고 오너라."

"예."

우경의 말에 소식을 전한 무사가 포권을 하며 물러났고, 잠시 후 이들의 회의장 안으로 사람들이 들어오자 좌중에 있던 사람들 중 한 사람이 크게 놀란 표정으로 소리쳤다.

"암영신군!!"

"……!!"

그 말에 우경이 급히 고개를 돌리자, 아니나 다를까, 암영신군 장천의 모습이 보이는지라 당황한 마음을 감출 수가 없었다.

하지만 암영신군은 정무맹의 사자라기보다는 그를 보좌하는 임무를 맡고 있는 듯이 보였기에 다시 침착함을 찾았고, 정무맹의 사자 중 가장 선두에 있는 자가 가볍게 포권을 하며 말했다.

"정무맹 맹주님의 명을 받고 온 장춘삼이라 합니다."

'쌍도문 문주?'

암영신군 장천에 대해 두려움을 갖고 있었던 우경은 그의 사문인 쌍도문에 대해서도 알고 있었다.

"정무맹에서 무슨 일로 찾아오셨는지 알 수가 없구려. 일단 자리에 앉아 천천히 이야기하도록 합시다."

확실히 서두를 필요는 없는 일이었고, 장춘삼의 인품에 대해서 알고 있는 우경은 그가 암습이나 할 인물이 아님을 알고 천천히 협상에 대한 것을 들기로 하고는 사람을 시켜 자리를 마련하게 했다.

장춘삼이 자리에 앉자 장천은 그의 좌측에 서서는 만일의 사태에 대비했는데, 우경은 그에게서 강렬한 기도가 느껴오는지라 식은땀이 흐를 수밖에 없었다.

'녀석의 무공이 또 한 단계 상승한 것 같군.'

과거에 보았을 때의 기도와는 또 한 차례 다른 모습을 볼 수 있었다.

"정무맹에서 저희를 무슨 일로 찾아오셨는지 모르겠구려."

"정무맹에서는 귀 교와 손을 잡고자 합니다."

장춘삼의 말에 좌중에 있던 홍련교의 인물들은 모두 놀랄 수밖에 없었다. 전혀 예상치도 못한 말이 그의 입에서 나왔기 때문이다.

"손을 잡다니요?"

우경으로선 정무맹이 자신들과 손을 잡고자 한다는 말에 다시 되물을 수밖에 없었는데, 그때 회의장 밖이 시끄러워지기 시작했다.

"적습이다!"

"적습?"

밖에서 들리는 말에 우경은 놀라며 자리에서 일어섰고, 좌중에 있던 사람들은 병장기를 빼어 들어 장춘삼 일행을 둘러싸기 시작했다.

갑작스럽게 밀려온 적습이 이들의 함정이 아닐까 하는 생각이 들었기 때문인데, 잠시 후 회의장 안으로 무사 한 명이 들어와서는 다급한 목소리로 말했다.

"태상장로님! 정체를 알 수 없는 복면인들이 습격해 왔습니다!"

"정파의 녀석들이냐?"

"그것이, 정무맹의 무사들이 아닌 듯합니다."

"무엇이?"

"복면인 거의 대부분이 비도를 사용하는 자들이온데, 하나같이 상승의 무공을 지닌 자들인지라 본 교의 무사들이 속수무책으로 밀리고 있습니다."

"그런!"

우경으로선 교의 무사들이 속수무책으로 밀리고 있다는 말에 놀라지 않을 수 없었고, 이에 장춘삼은 자리에서 일어나 그를 보며 말했다.

"이것이 본 맹이 귀 교와 손을 잡고자 하는 이유였습니다."

"무슨 소리요?"

"휴! 그들은 혈비도 무량의 무사들입니다!"

"하지만 멸천문은……?"

"본 맹 역시 멸천문이 그가 가진 모든 것이라 생각했으나 그것은 정, 사, 마 모두의 세력을 소모시키고자 한 계략이었던 것입니다. 지금 모습을 드러낸 자들이 혈비도 무랑이 키운 정예입니다."

"그런……."

하지만 지금은 그것에 고민하고 있을 때가 아닌지라 우경은 좌중에 있던 홍련교의 고수들을 향해 소리쳤다.

"무엇을 하는 게냐! 한시가 급하다! 본 교의 무사들을 지휘하여 적습에 대항하라!"

"예!"

우경의 명령에 장춘삼 일행을 둘러싸고 있던 고수들은 급히 대답하고는 밖으로 나갔고, 장천 일행 역시 그들을 따라 밖으로 나갔다.

"명언!"

밖으로 나간 장천은 밖에서 대기하고 있던 명언과 제자들이 복면무사 두 사람과 싸우고 있는 것을 보곤 급히 화룡신도를 뽑아 복면인들을 패룡도법의 광룡낙월 초식으로 공격했다.

"끄악!"

복면인들이 동방명언을 넘어서는 무공을 지니고 있었지만, 장천의 도강을 막을 정도의 실력은 못 되었기에 그가 날린 도강에 비명을 지르며 죽임을 당했다.

장천이 도를 휘둘러 복면인들을 쓰러뜨리자 동방명언은 안도의 한숨을 쉴 수 있었다. 하지만 이미 일곱 명의 쌍도문 제자들 중 네 명이 죽임을 당한 후였다.

"명언아, 괜찮니?"

"웅. 그런데 큰일이다. 일개 무사들의 무공이 이 정도라니……."

마교를 습격한 혈비도 무량의 무사들 숫자는 오백 명 정도였으나 그 한 사람 한 사람이 족히 마교의 무인 열 명을 상대하고도 남을 정도였기에 황당함을 감출 수가 없었다.

그런 장천과 명언을 보며 장춘삼이 황급히 말했다.

"일단은 정무맹 쪽으로 돌아가자!"

"예, 아버지!"

마교가 습격을 당했다면 멸천문의 본단에 있는 정무맹 역시 위험할 것이라는 생각에 장춘삼은 정무맹을 향해 몸을 날렸는데, 그를 따라가려던 장천은 무슨 생각이 나서는 급히 그를 향해 전음을 날렸다.

[아버지, 전 잠시 들를 곳이 있으니 한 시진 정도 후에 정무맹으로 돌아가도록 하겠습니다.]

[들를 곳?]

[예. 홍련교에서 제가 무공을 가르치던 아이들이 있는데, 그 아이들 역시 위태로울 것 같아서 말입니다.]

장춘삼은 아들이 홍련교에서 겪은 일을 모두 들어 알고 있었기에 장천이 말하는 사람이 형식적인 교주의 직을 맡고 있는 문성과 마운성이라는 것을 알고는 고개를 끄덕였다.

현재는 우경이 마교를 장악하고 있지만, 그가 사라지고 문성이 마교를 장악한다면 수백 년간 이어지던 정파와 마교의 싸움도 종지부를 찍을 수 있다 생각했기 때문이다.

한편 문성과 마운성 역시 복면 무리들에 의해 공격을 받고 있는 상태였지만, 다행히도 그들의 주위로 혈마와 함께 암영자가 복면 무리들을 상대하고 있었기 때문에 무사할 수 있었다.

암영자는 홍련교에서도 뛰어난 무공을 지닌 자들을 암암리에 선출한 고수들이기에 혈비도 무랑의 무사들 역시 뛰어난 무공을 지니고 있다지만 거의 대부분이 환갑을 넘긴 노마들을 상대하기에는 역부족이라 할 수 있었다.

장천이 암영신군으로 있을 때 드러난 암영자의 세력은 그 삼 분의 일이 넘지 않았다. 마교의 권력 쟁투에 나설 생각이 없는 자들이 많은 데다가 모두 홍련교의 본단에 있었던 것이 아니기 때문이다.

현재 이곳에 있는 암영자의 숫자는 삼십여 명 정도에 지나지 않았지만 거의 대부분이 구파일방의 장문인과 비교해서도 뒤지지 않는 무공을 지니고 있어 복면무사들도 상대가 되지 않음은 당연한 일이었다.

그들의 주위로 백여 명이 넘는 복면무사들의 시신이 늘어져 있지만, 암영자는 한두 명이 죽임을 당했을 뿐이기에 그것을 여실히 드러내고 있었다.

"대단하군요!"

문성은 암영자의 무공이 이렇게 뛰어나리라고는 생각지도 못했기에 탄성을 내지르고 있었는데, 이에 귀대인 율명이 웃음을 지으며 말했다.

"크크크, 그나저나 일이 우습게 되어버렸군요."

"그렇습니다. 거사를 치르기 전에 이런 일이 생기다니 말입니다."

율명의 말에 마운성 역시 고개를 끄덕였다. 하지만 지금은 그런 것보다 교를 습격한 자들의 정체가 궁금할 수밖에 없었다.

백여 명 정도가 암영자에 의해 죽임을 당했다고는 하지만, 그들의 무공은 범상한 것이 아닌지라 만약 이들이 아니었다면 문성이나 자신 모두 살아남지 못했을 것임을 잘 알고 있었기 때문이다.

도대체 이러한 실력을 지닌 무사들이 어디에서 나타났는지 의문일 수밖에 없었다.

한편 이들의 싸움을 지켜보며 미간을 찌푸리고 있는 사람이 있었는데, 바로 혈마와 귀대인 율명과 함께 문성에게 온 전대 마교의 교주 유문영이었다.

'암영자의 무공이 강한 것은 알고 있었지만 이 정도이리라고는 생각지도 못했군. 음귀단의 무사들 백 명을 쓰러뜨리고도 두 명 정도밖에 피해를 입지 않았다니 말이야.'

유문영, 그는 놀랍게도 복면무사들의 정체를 알고 있었는데 그들이 암영자를 상대로 어이없이 패하자 상당히 난감한 표정을 짓고 있었다.

음귀단 무사들의 숫자가 백오십 명에 이를 정도이기에 이들을 처리할 수 있다 생각했는데, 실제로 맞닥뜨리니 전혀 예상 밖의 결과가 나왔기 때문이다.

'장천 놈의 수족이 될 자들을 모두 잘라내려 했는데 그리 쉬운 일이 아니군……'

이제 남은 음귀단의 숫자는 삼십이 넘지 않았기에 암영자의 숫자를 줄이려 했던 계획은 완전히 실패했다고 생각한 유문영이었다.

사실 유문영의 얼굴을 하고 있는 이는 비도문 삼대방가에 속하는 무인인 하종(河鍾)으로 그는 혈비도 무랑이 아닌 구궁을 따르고 있는 자였다.

현 비도문의 문주인 혈비도 무랑이 전대 무랑인 장춘이의 아들 장천을 중심으로 천하를 쟁패하려는 야욕을 꿈꾼다면 구궁의 무리들은 천하 쟁패보다는 비도문의 문규에 따라 무림의 어두운 곳에서 천하를 쟁패하려는 자들을 처리하는 것만이 진정한 비도문의 일이라 생각하고 있었다.

그런 이유로 비도문의 내려오는 문규를 무시한 장천과 현 비도문의 문주 혈비도 무랑을 축출하고 구궁을 문주로 세우기 위하여 움직이고 있었다.

하종은 구궁의 명령을 받고 유문영으로 변장하여 혈마와 암영자와 함께 이곳으로 온 것이다.

"응?"

이런저런 생각에 잠겨 있다 하나의 기운이 다가옴을 느끼며 고개를 돌린 하종은 멀리서 누군가가 경공을 펼치며 암영자가 있는 곳으로 오고 있는 것을 볼 수 있었다.

그의 경공이 결코 범상치 않은 수준인지라 암영자들은 긴장한 표정으로 그를 주시했는데, 율명이 상대의 모습을 확인하고는 크게 놀라며 소리쳤다.

"암영신군!"

"암영신군?"

율명의 말에 다가오는 인물이 장천임을 알자 좌중에 있던 사람들은 크게 반가워했다.

장춘삼과 헤어진 장천이 근처에 있던 마교도에게 교주가 있는 곳을 물어 찾아온 것이다.

"형님!"

문성은 장천이 다가오자 크게 기뻐하는 표정으로 소리치니 그런 그의 모습에 장천 역시 안면에 미소를 지으며 말했다.

"오랜만이구나, 성아."

"형님!"

장천의 말에 문성은 참지 못하고 그에게 뛰어가 안겼다. 장천은 아직 어린 나이에 교주라는 무거운 직책이 힘들었을 문성의 머리를 쓰다듬어 주었다.

"다행이구나. 난 너에게 무슨 일이 있지는 않을까 걱정했단다."

"저와 운성만 있었다면 어려웠겠지만, 유 전 교주님과 혈마님과 율명님이 지켜주셔서 살 수 있었습니다."

문성의 말에 장천은 고개를 끄덕이고는 유문영에게 다가가 포권을 하며 말했다.

"장인어르신께 인사드립니다."

"흠… 오랜만이네."

장천이 이곳에서 가장 어른이라 할 수 있는 유문영에게 공손히 인사를 올리고는 이어 혈마와 율명에게 인사를 하자 그들은 오랜만에 만난 장천을 보며 크게 기뻐하는 표정을 지었다.

"자네가 이곳으로 올 줄은 생각지도 못했네."

"어쩌다 보니 일이 이렇게 되었습니다."

율명의 말에 장천은 미소 지으며 대답하니 혈마는 그를 보며 복면인에 대해서 물어보았다.

"그런데 이들 복면인은 정무맹에서 보낸 것인가?"

"아닙니다. 정무맹에 이러한 여력이 있었다면 어찌 멸천문의 전각에 머물러 있었겠습니까?"

"음… 그렇다면 이들은……?"

"혈비도 무랑이 암암리에 키우고 있던 또 하나의 세력입니다."

"혈비도 무랑!"

장천의 말에 좌중에 있던 사람들은 모두 크게 놀랄 수밖에 없었다. 혈비도 무랑에게 이러한 세력이 있으리라고는 생각지 못했기 때문이다.

"혈비도 무랑은 무림의 명문대파들과 중소문파 간의 불화와 정사마의 관계를 교묘히 이용하여 무림의 세력을 크게 감소시킨 후 자신이 키우던 세력으로 무림을 쟁패하려 했던 것 같습니다."

"그런……."

장천이 자신이 생각하던 것을 이야기하자 사람들은 모두 입을 다물 수가 없었다.

혈비도 무랑이 무공으로는 천하제일에 이르렀다고는 하지만 수많은 세월을 독행천하로만 일관하였기에 처음 멸천문이 만들어졌을 때에 그의 변덕이라 생각했었는데, 이러한 복면의 세력을 키운 것을 보니 단순히 변덕이 아니라는 것을 알 수 있었기 때문이다.

자신들이 싸운 복면인들은 하나같이 뛰어난 무공을 지니고 있었으니 이러한 세력을 키우기 위해선 적어도 수십 년의 시간이 필요하기 때문이다.

"그렇다면 무림은 철저하게 혈비도 무랑에 의해 농락당한 셈이군."

"그렇습니다. 그러니 하루빨리 정사마의 모든 무인들은 힘을 합쳐야 합니다. 그렇지 않다면 무랑의 무림 제패는 어느 누구도 막지 못할 것입니다."

"음……."

율명은 장천의 이야기를 듣고 이제 일은 단순히 무림의 한 세력에 국한된 것이 아니라는 것을 알 수 있었다.

"자네의 생각은 어떠한가?"

"일단 살아남은 홍련교의 무사들을 모아 정무맹이 있는 멸천문의 본단으로 향하게 하는 것이 좋을 듯합니다. 일단은 그곳에서 전력을 정비하여 적습을 대비하며 각 파에 사람들을 보내 원군을 청해야 할 듯합니다."

장천의 말을 들은 율명은 고개를 끄덕이며 암영자를 보며 소리쳤다.

"모두 멸천문의 본단으로 이동한다!"

"예!"

율명의 명이 떨어지자 암영자는 멸천문의 본단으로 이동했고, 장천 역시 문성과 마운성과 함께 정무맹의 사람들이 있는 곳으로 몸을 날렸다.

수백 명에 이르는 비도문 음귀단의 습격으로 마교는 상당한 피해를 입었다. 하지만 단숨에 마교의 무리들을 전멸시킬 수 있는 여력이 있음에도 그들은 마교에 어느 정도의 피해를 입히자 물러서기 시작했다.

그 탓에 우경을 비롯한 마교의 무사들은 간신히 숨통을 틀 수 있었고, 남아 있는 여력을 다한 그들은 우경을 선두로 간신히 정무맹이 있는 멸천문의 본단으로 피할 수 있었다.

외부에 있던 마교의 무리들이 멸천문으로 들어가자 반 시진 정도가 지난 후 서서히 복면의 무리들이 그 모습을 드러내기 시작했고, 군웅들은 그 모습에 경악을 감추지 못했다.

처음 그 모습을 드러냈을 때는 많아야 수백에 지나지 않을 것이라 생각했던 것이 시간이 지나면서 그 숫자가 점점 늘어나 수천에 이르는데, 어찌 놀라지 않겠는가?

마교의 인물들과 힘을 합치면 어찌할 수 있을 것이란 생각은 잠시 후 절망으로 바뀌고 말았으니 군웅들의 사기는 크게 떨어질 수밖에 없었다.

"일을 어쩌면 좋단 말입니까."

화산파의 문주 악인명은 눈앞에 보이는 현실이 도저히 믿어지지 않았다. 다행히 마교가 복면무사들의 습격을 받았을 때 멸천문의 본단에 있었던 정무맹의 무사들은 공격을 받지 않았지만, 그렇다고 이들에 대한 공포가 없는 것은 아니었다.

자신들을 밀어붙이던 마교의 무리들을 오백의 무사가 휩쓸었다는 것은 이들이 정무맹에 왔다면 그 이상의 피해를 입었을 것이다.

그런 복면 무리들이 자신들의 눈앞에 수천이나 늘어서 있었으니 아무리 뛰어난 머리를 지니고 있는 자들이라 할지라도 방도를 찾을 수가 없는 것은 당연했다.

하지만 혈비도 무랑의 야욕을 아는 이상 지금 죽는다 하더라도 물러설 수 없다 생각하는 그였기에 검을 잡은 손에는 힘이 들어가 있었다.

이러한 모습은 다른 이들 역시 마찬가지였기에 정무맹 수뇌부는 이곳에서 살아 나갈 수 없다는 생각에 절망감이 비추어졌지만 그것도 잠시, 정파 무인으로서의 자긍심이 그들의 투지를 일깨우는 듯했다.

복면의 무리들이 멸천문의 본단을 완전히 감싸자 한 무인이 앞으로 걸음을 옮겼는데, 그의 모습을 확인한 사람들은 자신도 모르게 소리치기 시작했다.

"혈비도 무랑!"

무림의 군웅들에게 모습을 드러낸 혈비도 무랑은 잠시 멸천문의 본단에 있는 이들을 응시하고는 내력을 돋우어 소리쳤다.

"본좌는 쓸데없는 희생을 바라지 않는다! 너희들 중 본좌를 꺾을 자

신이 있는 자는 앞으로 나서라! 만약 본좌를 꺾는다면 너희들을 둘러싸고 있는 음귀단을 물러나게 하겠다!'

"……!!"

그의 예상 밖의 제안에 정무맹과 홍련교의 사람들은 모두 놀랄 수밖에 없었다. 그들의 힘이라면 확실히 자신들을 제압할 수 있음에도 자신들에게 유리한 제안을 해왔기 때문이다.

하지만 솔직히 그것 역시 쉬운 일은 아니었다. 상대는 천하제일고수인 혈비도 무랑, 정무맹에선 천무성자와 신검 진인 두 사람이 싸워도 패한 상대를 꺾을 고수가 존재하지 않았기 때문이다.

혈비도 무랑의 외침에 어느 누구도 감히 나설 생각을 하지 못하고 있었는데, 그때 한 남자가 병장기를 뽑아 들고는 소리쳤다.

"미천한 실력이지만 본좌가 천하제일고수인 혈비도 무랑 대협께 한 수 배울까 하오!'

그 말과 함께 그가 수장 높이의 성벽에서 몸을 날리자 마치 깃털이 떨어지는 것과 같은 부드러운 신형에 사람들의 입에선 탄성이 터져 나왔다.

경공을 펼치며 성벽 아래로 몸을 날린 이는 놀랍게도 장천의 부친이자 쌍도문의 문주인 장춘삼이었다.

"쌍도문의 문주다!'

"쾌쌍도 장 대협이다!'

"와아!!"

장춘삼이 혈비도 무랑과 싸우기 위해 나서자 정무맹과 홍련교의 군웅들은 크게 함성을 지르기 시작했다. 이전에는 강북십웅의 한 사람이었을 뿐 강호에서 그리 두각을 나타낸 인물이 아니었지만, 멸천문 개파

대전 때 혈비도 무랑과 겨루었던 것이 소문이 퍼져 그의 무공이 소문보다 강함이 알려져 있었다.

물론 혈비도 무랑에게 패했다고는 하지만, 그 당시에는 멸천문의 함정 때문에 어수선한 탓도 있었기에 군웅들 사이에선 그가 혈비도 무랑과 싸운다면 승패를 알 수 없다는 이야기도 나오고 있었다.

그런 와중에 장춘삼이 앞으로 나서자 군웅들이 함성을 지르는 것은 당연한 일이었다.

성벽에서 뛰어내린 장춘삼은 두 손에 쌍도를 쥐고는 혈비도 무랑의 삼 장 앞으로 다가가 정중히 포권을 했는데, 일단은 적이지만 상대는 무림에서 그보다 배분이 높은 인물로 알려져 있기 때문이다.

"무림 말학 장춘삼이 선배님께 한 수 배움을 청하겠습니다."

"자네라면 나의 상대로 부족함이 없네!"

장춘삼, 그리고 혈비도 무랑 장춘일, 두 사람은 비도문의 형제였지만 지금 이 자리에서 그 사실을 알고 있는 사람은 극히 소수에 지나지 않았다.

형제가 서로 적이 되어 겨룸에도 그들의 눈에는 추호의 망설임도 보이지 않고 있었으니 참으로 잔인한 운명이라 할 수 있었다.

잠시간 서로를 노려보던 두 사람 중 먼저 선공을 가한 사람은 장춘삼이었다.

"합!"

내력을 극성으로 끌어올림과 동시에 장춘삼은 오른발로 박차고 몸을 날리니 혈비도 무랑은 품에서 두 개의 비도를 꺼내어 들었다.

상대가 비도를 꺼내어 들자 장춘삼은 공중에서 몸을 틀어 일도를 휘둘렀고, 도에서 강렬한 기운이 서리는가 싶더니 혈비도 무랑을 향해 푸르스름한 강기가 날아갔다.

이에 혈비도 무랑은 피할 생각을 하지 않고, 손에 들고 있는 비도를 들어 강기를 향해 날렸다.

"천섬비도술 쇄(碎)!"

일류급, 아니, 절정에 달한 무인이라 할지라도 그 기세를 보면 자신도 모르게 뒷걸음질칠 정도의 강기를 향해 혈비도 무랑이 손에 들고 있던 비도를 내던지자 충돌하는 순간 강렬한 파쇄음과 함께 비도는 사방으로 부서져 날아갔다.

그 파쇄의 기세에 강기의 기운은 산산이 부수어졌는데, 그것은 방어가 아니었다.

파쇄음과 함께 사방으로 퍼져 나가던 비도의 파편은 한순간 마치 자석에 끌려가는 듯한 모습으로 그 방향을 바꾸어 장춘삼을 향해 빠른 기세로 뻗어 나갔던 것이다.

그 때문에 두 사람의 대결을 보던 사람들은 크게 놀랄 수밖에 없었다.

무림에서 검을 부수어 그 파편을 이용하여 싸우는 파검술(破劍術)이 없는 것은 아니지만, 상대의 강기를 막음과 함께 파괴된 비도의 파편으로 상대를 공격하는 수법을 어디에서 들어봤겠는가?

그것도 파편 하나가 아닌 사방으로 퍼져 나간 수십 개의 파편을 하나의 목표를 향해 조종한다는 것은 무공의 선인이라도 불가능하다 여겨질 정도였다.

그러나 장춘삼 역시 그렇게 간단한 무인이 아니었기에 자신을 향해 수많은 파편들이 날카로운 파공음을 내며 밀려들어 오자 두 개의 도를 자신의 몸 주위로 빠르게 휘두르기 시작했다.

"쌍용승천도법 제이식 쌍용탈피!"

그가 시전하고 있는 무공은 바로 쌍도문의 입문도법인 쌍용승천도법의 제이식 쌍용탈피의 초식으로 그의 도에 어리던 기운은 하나의 막을 형성하며 쇄도해 들어오던 수십 개의 파편을 땅에 떨구었다.

"와아아!!"

장춘삼이 비도의 파편을 막아내자 정무맹의 무인들은 그의 무공에 크게 감탄하여 크게 함성을 내질렀다.

파편이 부서지며 그에게 쇄도해 들어간 시간은 눈 깜짝할 사이 정도에 불과했음에도 그것을 모두 막아냈다는 것은 천무성자나 신검 진인 정도의 경지에 도달했다고 할 수 있었기 때문이다.

생각보다 장춘삼의 무공이 뛰어남에 어쩌면 혈비도 무랑을 쓰러뜨릴 수 있을 것이라는 희망을 얻었다.

천섬비도술 쇄를 막아낸 장춘삼은 기다리지 않고 앞으로 몸을 날렸고, 그의 주위로 강한 바람이 일렁이며 무랑을 향해 밀려들어 갔다.

"광풍도!"

장춘삼은 단순히 손에 들고 있던 두 개의 도를 들고 몸을 날렸을 뿐임에도 그의 주위로 강렬한 도영이 일렁여 그 숫자를 헤아릴 수 없음에 마치 강한 바람이 그를 향해 밀려들어 가는 듯하게 보였다.

그 수많은 도영 하나하나가 단순히 허초가 아닌 능히 사람을 두 동강 낼 수 있을 듯한 기세였다. 장춘삼이 광풍도로 자신을 향해 쇄도해 들어오자 무랑은 가볍게 왼발로 땅을 구르니 대지를 진천시키는 듯한 굉음이 울려 퍼지며 땅이 수많은 도영과 함께 장춘삼을 삼켜 버릴 듯 솟구쳐 올라왔다.

"끄윽!!"

무랑은 진각을 이용하여 대지에 내력을 전달하여 대지로써 장춘삼을 공격한 것이다.

강렬한 폭발의 기세를 막지 못한 장춘삼은 순식간에 수장의 위로 튕겨져 올라가니 혈비도 무랑은 기다리지 않고 품에서 세 개의 비도를 꺼내어 그를 향해 내던졌다.

"연환비도 삼곡격!"

그가 비도를 내던지자 푸르스름한 강기를 뿜으며 사방으로 퍼지는가 싶더니 곡선을 그리며 장춘삼을 향해 뻗어 나갔다.

혈비도 무랑이 내던지는 비도는 단순한 공격이 아니었기에 장춘삼은 급히 몸을 틀어 두 개의 비도를 강기로 쳐냈지만, 등으로 쇄도해 들어오는 나머지 하나의 비도를 막기에는 공중에서 몸을 움직이는 것이 쉽지 않았다.

"끄윽!!"

하지만 경공 하나만으로도 무림에서 다섯 손가락 안에 들어갈 수 있는 실력을 지니고 있는 장춘삼은 급히 용천혈로 내력을 밀어 넣어 허공답보의 방식으로 받을 차 몸을 틀었기에 무랑의 비도는 그의 등줄기를 스치고 지나갈 뿐이었다.

하지만 완전히 피하지는 못해 피육이 크게 베어지며 붉은 피가 그의 장삼을 붉게 물들였다.

그의 등줄기를 스치고 지나간 비도는 공중에서 다시 곡선을 그리며 방향을 선회하여 그의 심장을 향해 뻗어왔고, 이에 장춘삼은 다시 허공답보를 사용하여 몸을 틀어 그것을 피했지만 비도는 다시 어깨를 베며 스쳐 지나갔다.

비도는 이기어검의 수법인 듯 사방을 휘저으며 그의 몸을 향해 쉴 새 없이 움직이는지라 허공답보의 수법으로 계속 공격을 피하고 있어도 제대로 된 공격은 할 수 없었다.

그러한 공격은 족히 일 다경 이상 계속되었기에 장춘삼은 공중에서 허공답보의 수법을 사용하여 땅에 발을 대지 못한 상태로 비도를 피하다가 온몸에 계속 상처가 늘어가고 있었다.

"끅!!"

이렇게 되면 내력이 소진되어 비도를 피할 수 없음을 아는 장춘삼은 급히 혀를 깨물었고, 뜨거운 피가 그의 입 안을 맴돌았다.

슈슈슉!

무랑의 이기어검의 수법으로 다시 방향을 선회한 비도는 또다시 쇄도해 들어왔고, 이에 장춘삼은 입에 머금은 피에 내력을 실어서는 비도를 향해 내뱉었다.

장춘삼이 급히 시전한 수법은 정파인들이 꺼려하는 좌도방문의 수법 중 하나로 상대와 겨룰 때 입에 머금은 피에 내력을 실어 상대를 공격하는 수법이었다.

이러한 방법의 암기에는 철감람(鐵橄欖)이라는 것이 있어 입에 머금고 있다 상대에게 내쏘는 것이 있는데, 내공이 높은 장춘삼은 입에 머금은 피로도 바위를 꿰뚫을 정도의 위력을 발휘했다.

장춘삼이 내뱉은 내력이 실린 피는 그를 향해 쇄도해 들어오는 비도에 적중했고, 그 기세에 비도는 날아오던 궤도가 바뀌어졌다.

비도의 방향이 바뀌자 장춘삼은 오른손의 도를 들어 비도를 내쳐 떨굼으로써 간신히 땅에 착지할 수 있었다.

허공답보로 일 다경 이상이나 공중에 머물러 있는 것도 어렵지만, 이기어검의 수법을 입에 머금은 피로 궤도를 바꾸어 떨구어내는 수법도 거의 신기에 가까운지라 이것을 지켜보고 있던 사람들은 입을 다물 수가 없었다.

하지만 다른 이보다 더 놀라고 있는 사람이 있었는데, 바로 파사대협과 그의 사제인 파천신도 강양이었다.

그들은 자신들이 은연중에 무시하던 장춘삼이 설마 저 정도의 고수라고는 생각지도 못했기 때문이다.

"멸천문의 개파대전 때 혈비도 무랑과 싸웠다는 이야기는 들었지만 이 정도의 고수라고는 생각지도 못했습니다."

강호에서 혈비도 무랑은 그 얼굴이 거의 드러나지 않았는데, 수많은 사람들이 그의 일 초식을 견디지 못하고 죽임을 당했기 때문이다.

그런 이유로 혈비도 무랑과 일전을 겨루어 살아남았다는 자체가 강호에서는 절정의 고수로 분류됨은 어쩔 수 없는 일이었다.

하나 자신들이 우습게 본 쌍도문의 문주 쾌쌍도 장춘삼은 밀리고는 있지만 그와의 일전에서 뛰어난 무용을 보이고 있었으니 강양이 이렇게 놀라는 것도 어쩌면 당연한 일이었다.

파사대협 우문강은 이 일전을 보며 얼굴이 시뻘겋게 물들어져 있었는데, 그것은 자신의 무공이 약해서가 아닌 장춘삼과 같은 이를 상대로 감숙의 제일인자가 누구인가를 다투었던 것이 부끄러워서였다.

실제로 겨루었다면 자신이 십 초를 버티지 못했을 것임을 알 수 있었기 때문이다.

"부끄러울 뿐이군."

"그렇습니다."

파사대협의 말에 강양 역시 고개를 끄덕이며 답했다. 두 사람은 이제 감숙성의 제일인자라는 명예보다는 장춘삼이 살아 돌아와 자신들과

한 잔의 술을 나눌 수 있었으면 하는 생각뿐이었다.

공동파의 무인들이 이런 생각을 하고 있을 때에도 장춘삼과 혈비도 무랑의 격전은 계속되고 있었다. 이기어도의 수법으로 인하여 공중에서 상당한 내력을 소모한 장춘삼은 온몸이 물에 젖은 듯한 모습이었다.

이렇게 싸움이 계속된다면 반 시진도 버티지 못하고 내력이 다해 쓰러질 것은 눈에 선한 일이기에 그것을 보고 있던 장천으로선 당장이라도 땅을 박차고 아버지를 돕고 싶을 뿐이었다.

하지만 두 사람의 대결에 자신이 뛰쳐나간다면 복면의 무사들이 당장 별천문의 본단으로 밀려들어 올 것이 뻔한 일인지라 한숨만이 나올 뿐이었다.

이렇게 될 것을 알았다면 장춘삼이 아닌 자신이 나갔어야 한다는 후회가 가득했지만, 시간을 되돌릴 수는 없는 일인지라 패하더라도 제발 살아 돌아오기만을 바랄 뿐이었다.

무랑을 향해 도를 겨누고 있는 장춘삼, 하지만 이미 상당히 지쳐 있는지 도의 끝은 떨리고 있었으니 그 모습을 보며 무랑은 그에게 말했다.

"이 한 수로 끝을 내겠다."

"……."

"후회하느냐?"

무랑의 말에 장춘삼은 잠시 눈빛이 흔들리는가 싶더니 천천히 고개를 저으며 말했다.

"후회한다 해도 돌이킬 수 없는 순간까지 왔습니다. 제가 죽는다면 저의 원수를 갚기 위해 천이가 나서겠지요."

"……."

"전 형님과 장로님들의 계획이 마음에 들지 않습니다. 그리고 지금 이 순간도 그것에 승복할 수가 없습니다."

"그것이 운명이라면 어쩔 수 없겠지……."

"…대계가 성공하기를 빌겠습니다."

"…고맙다."

"하지만 대계는 모두에게 불행만을 안겨줄 것입니다."

"…알고 있다."

혈비도 무랑의 대답을 들은 장춘삼은 남아 있는 내력을 모두 끌어올렸고, 그의 몸에서 강렬한 기도가 뿜어져 나오자 멀리 있던 사람들의 숨마저 막힐 정도였다.

장춘삼이 마지막 한 수로 끝을 내리는 것을 안 혈비도 무랑 역시 품에서 하나의 비도를 꺼내어 들었다.

이에 장춘삼은 잠시 숨을 몰아쉬는가 싶더니 그를 향하여 몸을 날렸다.

"선학뇌명(仙鶴雷鳴)!"

무랑을 향해 몸을 날린 장춘삼우 하순간 오른발로 땅을 구르며 하늘로 몸을 날렸다.

그리고 몸을 솟구친 그는 한순간 그 움직임이 변화하는가 싶더니 하늘을 찢어버릴 듯한 파공음과 함께 혈비도 무랑을 향해 쇄도해 들어갔다.

"끄으윽!"

강렬한 파공음에 주위에 있던 사람들은 그 음파를 견디지 못하고 신음을 내지르며 손을 들어서는 귀를 막았고, 내력이 약한 이들은 이 음파에 고막이 찢어지며 혼절하는 이도 있었다.

자신의 모든 것을 담은 장춘삼의 선학뇌명의 초식에 혈비도 무랑 역시 고막이 찢어질 것 같은 고통을 느꼈다.

하지만 그는 단 한 발자국도 물러서지 않았고, 장춘삼의 모습을 보며 손을 들어 비도를 날렸다.

"섬광비도 섬(閃)."

무랑의 손에서 날아간 비도는 빛과 같은 속도로 장춘삼의 미간을 향해 날아갔다.

그리고 다음 순간 비도는 마치 빛이 통과하는 것과 같이 그의 미간을 통과하며 빛의 선을 그리곤 하늘로 끝도 없이 뻗어 올라갔다.

정적의 순간, 사람들은 마치 시간이 멈추어진 듯한 착각을 일으키고 있었는데, 장춘삼이 마지막으로 휘두른 두 개의 도는 혈비도 무랑의 양쪽 관자놀이에 닿아 있었지만, 그것뿐이었다.

생명의 힘이 다한 장춘삼의 내력은 무랑의 호신강기를 깨뜨릴 수 없었던 것이다.

털썩!

그리고 잠시 후 손에 들려 있던 두 자루의 도가 천천히 밑으로 처지는가 싶더니 장춘삼의 신형은 천천히 무너지며 땅으로 쓰러졌다.

혈비도 무랑이 마지막으로 시전한 섬광비도 섬은 정확히 그의 미간을 꿰뚫고 지나간 것이다.

"아버지!!"

장춘삼이 쓰러지자 절규하는 듯한 목소리가 터져 나오며 한 청년이 뛰쳐나왔는데, 바로 장천이었다.

장천은 한달음에 뛰어와 장춘삼을 안고 그의 맥을 짚어보았지만 이제 더 이상 이승의 사람이 아니었기에 눈물을 흘렸다.

"아버지!! 흑흑흑……."

처음 아무것도 모른 채 관에서 빠져나왔을 때 얼마나 두려움을 느꼈는가? 이 세상에 아는 친인이라고는 단 한 명도 없었고, 사방을 둘러싸고 있는 무인들을 보며 외로움과 두려움만이 가득했었던 때. 장춘삼은 그런 그에게 처음으로 다가온 사람이었고, 아무것도 모르는 그에게 따뜻함이 무엇인지 가르쳐 준 사람이었다.

그런 사람이 자신의 품에서 싸늘하게 식어가는 것을 보며 장천은 심장이 부서지는 듯한 느낌을 받아야 했고, 흐르는 눈물은 점차 그 색깔이 붉어지기 시작했다.

아버지의 죽음에 대한 분노와 슬픔이 그에게 피눈물을 흘리게 하고 있는 것이다.

이것을 지켜보고 있는 모든 이들은 그의 모습이 처절하여 마치 자신의 일인 것 같은 느낌을 받았다.

잠시 후 그에게로 한 명의 남자가 몸을 날려왔는데, 바로 장천의 의형제인 동방명언이었다.

"장천……."

피눈물을 흘리며 통곡하는 그가 걱정이 되어 오기는 했지만, 어떠한 말도 어떠한 행동도 할 수 없었기에 혼잣말처럼 그의 이름을 조용히 부를 뿐이었다.

한참을 양부인 장춘삼의 시신을 붙잡고 통곡하던 장천은 고개를 돌려 살부의 원수인 혈비도 무량을 노려보았는데, 그 기세가 얼마나 날카로운지 곁에 있던 동방명언이 숨이 막힐 지경이었다.

세상의 모든 것을 죽여 버릴 듯한 강렬한 살기에 무공을 익히고 있음에도 견딜 수 없을 정도였으니 장천의 분노가 얼마나 큰 것인가를 말해 주고 있었다.

"크크크……."

하지만 장천의 이런 살기 어린 눈초리에도 혈비도 무랑은 아무렇지도 않은지 그저 웃음을 흘리고 있었으니 그것은 마치 장천을 조롱하고 있는 듯한 웃음이었다.

"분한가? 그렇다면 나를 죽여라!"

"으드득!"

"크크크……."

노기 어린 눈으로 자신을 노려보고 있는 장천을 보며 혈비도 무랑이 다시 웃음을 흘리자 그런 무랑을 보며 장천은 아버지의 시신을 들고는 몸을 일으켰다.

"장천……."

동방명언은 그의 모습에 어찌할 바를 찾지 못하고 있었으니 장천은 아버지의 시신을 그에게 넘겨주며 말했다.

"아버지를 부탁한다."

"…알았다."

그의 말에 동방명언은 지금 자신이 할 수 있는 일은 그것밖에 없음을 알기에 고개를 끄덕이고는 장춘삼의 시신을 받고 몸을 날렸다.

동방명언이 아버지의 시신을 가지고 사라지자 장춘삼은 무랑을 노려보며 천천히 입을 열었다.

"당신이 저에게 무공을 전수해 주었지만, 살부의 원한은 가르침의 은혜를 넘을 수밖에 없습니다. 당신을… 당신을 죽이겠습니다."

"크크크, 너의 실력으로 말인가?"

"제 자신이 죽는다 하더라도 당신을 죽이겠습니다."

그 말과 함께 장천이 화룡신도와 냉혈검을 뽑아 들자 그의 주위로 강렬한 기도가 유형화되어서는 퍼지기 시작했다.

'이런… 부동심을 기른 것인가… 일이 쉽지 않겠군.'

그런 장천을 보며 무랑으로선 미간을 찌푸릴 수밖에 없었다.

혈비도 무랑은 장춘삼을 죽이긴 했지만, 솔직히 그가 중원의 살마라할지라도 자신의 친인을 죽이고 싶겠는가?

하지만 그가 이루고자 하는 일을 완성시키기 위해선 장천에게 가장가까운 친인이라 할 수 있는 자를 죽여야 했다.

그리고 그것을 빌미로 장천에게서 극한에 달하는 노기를 끌어내야했다.

열두 명의 장로가 죽음으로써 이루어낸 대법의 기운은 그의 뇌 속에잠자고 있으며 그것은 과거의 기억을 억누르고 있었다.

대법의 완성을 위해선 먼저 장천이 노기로 전신의 진기를 폭발시켜야만 마지막 열쇠를 사용하여 완성시킬 수 있었다.

그렇기 때문에 무랑은 장춘삼을 죽일 수밖에 없었는데, 전혀 예상밖으로 친인의 죽음에도 장천은 마지막 한 가닥의 부동심은 버리지 않고 있었던 것이다.

그 때문에 무랑은 어떻게 해야 그에게 마지막 남은 부동심의 가닥을끊어놓을 수 있을까를 고심할 수밖에 없었는데, 장천은 그가 생각할 시간을 주지 않으려는 듯 무랑을 향해 몸을 날렸다.

"수라분화!!"

무랑을 향해 몸을 날린 장천은 그대로 좌수의 일검을 내뻗었고, 검은 수백 개의 검영을 만들어내며 그를 향해 쇄도해 들어갔다.

"흥! 태청산수!"

자신을 향해 밀려들어 오는 검영을 보며 무랑은 콧방귀를 뀌며 두 손을 양쪽으로 뻗어 곤륜의 태청산수의 수법으로 장천의 검영을 모두 막아내었고, 장천은 검을 뒤로 뺀 후 우수의 도를 휘둘렀다.

"태산반참!"

방금 전의 검이 산검이라면 우수의 도는 강렬한 기운을 내포하고 있는 일격이기에 무랑은 감히 그것을 막을 생각을 하지 못하고 보법을 사용하여 급히 오른쪽으로 몸을 피했다.

"쾌풍낙엽!"

무랑이 보법을 사용하여 몸을 피하자 장천은 그의 뒤를 따르듯이 움직이며 쾌검을 시전했고 써늘한 냉기의 검이 무랑을 향해 무수히 쇄도해 들어갔다.

한기로 인하여 무랑의 얼굴과 몸에는 서리가 맺힐 정도였는데, 그는 눈에 보이지도 않는 쾌검을 한 치 정도의 차로 피하며 반격의 기회를 엿보고 있었다.

워낙 검이 빠른지라 품에 있는 비도를 꺼내어 들 시간조차 생기지 않았지만 혈비도 무랑은 비도술만 있는 것이 아닌 구파일방의 모든 무공을 섭렵하고 있었기에 어렵지 않게 방법을 찾을 수 있었다.

"강룡십팔장 제십이장 쌍룡취수(雙龍取水)!"

장천이 쾌검으로 자신을 밀어붙이자 그는 개방의 비전인 강룡십팔장을 사용했고, 손을 뻗자 엄청난 수강이 마치 용이 몸부림치는 것과 같은 모습으로 장천을 향해 뻗어 나갔다.

"화룡패천!"

보통 사람이라면 양강의 무학 중에서도 수위에 속하는 강룡십팔장의 공격을 정면으로 막아설 생각을 하지 못하겠지만, 장천은 화룡패천의 초식으로 화룡신도를 휘둘러 쌍룡취수의 강기에 맞대응해 나갔다.

쿠구궁!!

두 개의 양강의 무공이 만들어낸 강기가 충돌하자 엄청난 굉음이 대지를 크게 흔들 정도였는데, 무랑과 장천 사이의 거리는 불과 일 장 정도에 불과한지라 두 사람은 강기의 폭발에 휩쓸려서 뒤쪽으로 크게 밀려 나갈 수밖에 없었다.

"끄으윽!!"

하지만 두 사람 중 더 피해가 큰 사람은 장천이었다. 무랑의 쌍룡취수의 공격을 본 후 화룡패천의 초식을 시전했기에 폭발의 여파가 그에게 더 많은 타격을 주었던 것이다.

마치 바람에 낙엽이 날리는 듯한 모습으로 뒤로 날아가 버린 그는 간신히 신형을 유지하여 착지할 수 있었지만, 입에서 피를 뿜으며 그 자리에서 무릎을 꿇을 수밖에 없었다.

상대의 강한 공격에 그것을 피할 생각을 하지 않고 정면으로 상대하려는 탓에 큰 내상을 입고 만 것이다.

물론 내상을 입은 것은 무랑 역시 마찬가지였는데, 그는 장천이 움직이지 못하는 것을 보며 내력을 돌려 요상공으로 내상을 치료하기 시작했다.

그것을 본 장천 역시 급히 진기를 돌려 내상을 치유하기 시작했으나 안타깝게도 상대적으로 내상이 덜한 무랑이 한발 앞서 몸을 치유하고는 장천을 향해 비도를 날렸다.

"직선비도 정!"

그의 손에서 벗어난 비도는 느린 속도로 내상을 치유하고 있는 장천을 향해 뻗어 나갔는데, 비도의 강맹한 기운은 태산이라도 부수어 버릴 기세였다.

일 장의 거리까지 비도가 밀려왔을 때 장천은 내상을 구 할 정도 치유할 수 있었기에 급히 화룡신도를 휘둘러 비도를 향해 내려쳤다.

쿵!!

하지만 엄청난 내력이 실려 있는 비도를 팔성 정도의 내력이 실려 있는 화룡신도로는 당할 수 없었기에 비도에 실린 기운이 화룡신도를 타고 들어와서는 장천에게 큰 타격을 안겨주었다.

"끄악!!"

강렬한 내력의 타격에 장천은 뒤로 다섯 발자국이나 밀려난 후 걸음을 멈출 수 있었고 또다시 입에서 피를 뿜으며 무릎을 꿇고 말았다.

역시나 하 노인이 가져다 준 신단으로 몸을 치유한 혈비도 무랑에게 장천은 상대가 되질 않고 있었다.

물론 그것은 성급하게 초식을 시전하여 무랑을 밀어붙이려 하던 것도 이유가 있었지만, 장천은 자신의 무공이 아직 그에 미치지 못함을 한탄할 수밖에 없었다.

"크크크, 겨우 그 정도의 실력으로 본좌에게 대항하려 했단 말인가."

"끄으윽."

그의 조롱 어린 말에 장천은 온몸이 찢겨지는 것과 같은 고통을 참으며 일어섰으나 워낙 내상이 심각한지라 두 손의 신병은 그대로 아래로 처진 채 움직일 생각을 하지 않았다.

마음 같아서는 당장이라도 달려가고 싶은 그였으나 몸은 그의 의지를 받아주지 않고 있었으니 무랑은 그런 장천을 잠시 응시하다 뒤를 보며 소리쳤다.

"그자를 데려와라!"

무랑의 말에 복면인들 몇 명이 한 남자를 끌고 왔는데, 그는 장천과 함께 마교를 치러 갔다 남겨진 데비드였다.

데비드는 그 싸움에서 상당한 상처를 입은 듯 상처를 감싼 천으로는 붉은 피의 흔적이 여기저기 엿보이고 있었는데, 제대로 움직일 힘조차 없는지 다리를 끌며 복면인들의 손에서 아무런 저항도 하지 못하고 있었다.

"무슨 짓이냐!"

그것을 보며 장천은 더 이상 참지 못하고 무랑을 보며 소리쳤지만, 무랑은 입가에 미소를 짓고는 말했다.

"네 녀석의 자질을 보고 잠시 흥미를 느꼈다만 애석하게도 나의 흥미를 충족시키지 못했다."

"무슨 말이지?"

"크크크, 본좌는 천하제일인이다. 중원의 어떠한 무공도 본좌의 일신 무공에 범접하지 못하는 것에 실망하여 네 녀석에게 나의 무공을 전수히여 나의 무료함을 달래려 했으나 애석하게도 천무성골의 자질을 가지고 있는 네 녀석도 본좌의 무료함을 달랠 수가 없었다."

"크윽……."

그의 말에 장천으로선 참담함을 느낄 수밖에 없었다. 그가 자신에게 무공을 가르쳐 주었던 것이 천하제일인의 무료함을 달래기 위한 하나의 유희였다는 것 때문이었다.

물론 자세히 생각한다면 그것이 앞뒤가 맞지 않는 말임을 알 수 있었겠지만 지금의 장천으로선 그것을 생각하지 못하고 있었다.

"이제 네 녀석의 무공으로 본좌의 무료함을 달랠 수 없으니 다른 것으로 즐거움을 찾을 수밖에. 크크크."

장천을 향해 웃음을 날린 그는 데비드를 끌고 온 복면인을 보며 손가락을 마주쳐 소리를 냈고, 잠시 후 복면인은 데비드를 땅에 무릎 꿇린 후 허리에 차고 있던 도를 꺼내어 들었다.

"헉! 무슨 짓을 하려는 게냐!"

장천으로선 그것을 보며 크게 놀랄 수밖에 없었으니 무랑은 그에게 조소를 날리며 말했다.

"베어라!"

그 말과 함께 네 명의 복면인은 들고 있던 도를 들어서는 그대로 데비드의 사지를 향해 내려쳤고, 날카로운 칼에 데비드의 사지는 붉은 피를 뿌리며 사방으로 떨구어졌다.

"끄아악!!"

사지가 잘려져 나간 데비드가 고통스러운 비명을 내질렀고, 이에 장천은 충격을 금치 못했다.

"데비드!"

서역에서 온 이방인으로 중원의 무공을 배우고자 홍련교에 입교한 사람, 장천이 교를 배신했음에도 불구하고 그 처지를 이해하고 도와준 그는 장천에게는 어느 누구보다도 중요한 사람이었다.

그런 그가 자신 때문에 사지가 잘려져 나가자 장천이 견딜 수 없음은 당연한 일이었다.

하지만 큰 내상에 제대로 움직일 수 없는 그로서는 도저히 데비드를 도와줄 수 없었기에 가슴이 찢어지는 듯한 고통을 느낄 수밖에 없었다.

"이런이런……."

그런 장천의 고통을 아는지 모르는지 무랑은 데비드의 고통스러운 비명에 혀를 차는 모습을 보이며 천천히 그에게로 걸어가서는 그의 혈도를 짚었다.

그러자 잘려진 그의 사지에서 흐르는 피는 점차 줄어들고 있었으니 혈도를 짚어 지혈을 한 것이다.

물론 지혈을 했다 해도 고통이 사라지는 것은 아닌지라 잘려져 나간 사지의 고통으로 데비드는 온몸에서 땀을 흘리며 신음을 하고 있었다.

"자네의 표정을 보니 나의 무료함이 조금은 풀리는 듯하군. 하하하하!"

친구의 모습을 보며 괴로워하는 장천의 표정을 보며 무랑은 무엇이 그리 즐거운지 앙천대소를 터뜨리니 그의 모습에 장천은 물론 정파나 홍련교의 사람들은 분노한 마음이 가득했다.

하지만 이들 중 어느 한 사람도 감히 혈비도 무랑에게 달려들 생각을 하지 못하고 있었다. 이곳에 있는 어떠한 이도 그의 상대가 될 수 없었기 때문이다.

"이런… 흥미가 떨어지는데, 그 정도의 내상으로 덤벼들 생각조차 못하다니. 이니, 두려움 때문인가?"

"크윽… 으드득."

그의 말에 장천으로선 이를 갈 수밖에 없었는데, 무랑은 데비드의 목줄기를 잡아 들어 올려서는 장천을 마주 보게 한 후 말했다.

"부족해… 너무 부족해. 이 정도로는 너무 부족해."

그 말과 함께 혈비도 무랑은 녀석의 목줄기로 자신의 내력을 집어넣었고, 잠시 후 고통스러워하던 데비드의 얼굴이 조금은 편해지고 있었다.

무랑은 자신의 내력을 사용하여 그의 몸을 치유하고 있는 것이다.

"자자! 그럼 두 번째 일을 시작할까?"

데비드의 잘려진 사지에서 흘러나오던 피가 완전히 멎자 무랑은 장천을 향해 미소 짓고는 방금 전과는 다른 힘을 그의 목줄기를 통해 불어넣었다.

"끄아아악!!"

그 순간 데비드는 사지가 잘려져 나갔을 때와는 비교도 할 수 없는 고통에 비명을 지르기 시작했다. 무랑은 그의 목줄기를 통해 분골착근의 수법을 사용한 것이다.

분골착근의 수법은 무공을 익힌 자도 견디기 어려운 그러한 고문이었기에, 무공을 잃은 후 사지까지 잘려져 나간 데비드가 견딜 수 있는 것이 아니었다.

하지만 목을 잡고 있는 무랑의 손에서는 분골착근의 수법만 아니라 그의 몸에 진기를 불어넣는 것도 같이 하고 있었으니 고통은 고통대로 느끼지만 죽지도 못하는 그러한 형국이었다.

이러한 고통을 당하는 데비드는 제발 죽여달라 소리치고 싶었지만, 분골착근의 수법은 그런 말조차 하지 못할 정도로 고통스러운 것이었기에 비명 외에 어떠한 것도 입 밖에 내뱉지 못하고 있었다.

"아이! 호로자식아!"

데비드의 이런 모습에 장천은 무랑을 보며 욕설을 내뱉었지만, 무랑은 그저 비웃음만을 그에게 날릴 뿐 자신의 수법을 거둘 생각은 없었다.

'분노해라.'

무랑으로선 솔직히 자신의 이러한 행동이 마음에 들 리가 없었다. 하지만 그에게는 장천의 마지막 남은 부동심의 한 가닥을 끊어야 했기에 이러한 일을 자행하고 있는 것이다.

하지만 장천은 무인으로서 어느 정도의 완성을 가지고 있는지라 의형제의 이러한 고통스러운 표정을 보면서도 부동심의 한 가닥을 끊지 않고 있었다.

'동생을 너무 쉽게 죽였나……'

형제의 의도 중요하지만 부모의 정만큼은 달하지 못한다는 것을 알고 있는 무랑으로선 자신이 고통을 주는 이가 장천의 의형제가 아닌 장춘삼이었으면 어떻게 됐을까 하는 생각이 들었다.

하지만 잠시 후 이내 고개를 저었는데, 아무리 문파의 대의를 위한 일이라고는 하나 자신의 동생에게 지금과 같은 고통을 줄 자신은 없었다.

솔직히 동생을 고통없이 보낸 것 역시 그에게는 큰 결심을 한 일이었기 때문이다.

장천의 노기가 극성까지 오르지 않는다면 지금 하는 일은 쓸모없다는 것을 알고 있는 무랑은 잠시 후 분골착근의 수법을 멈추고는 데비드의 몸을 복면무사들이 있는 곳으로 집어 던졌다.

"흠……."

장천의 모습에 흥미가 떨어진 듯한 그의 표정은 더 잔혹한 일을 벌일 수 없을까 하는 표정이 가득했으니 장천으로선 자신의 앞에 있는 무랑이란 자가 악귀가 아닐까 하는 생각까지 들 정도였다.

자신이 알고 있는 무공 중 요상공을 사용하여 급히 내상을 치유하고 있던 장천은 어느 정도 몸을 치유할 수 있었기에 천천히 자리에서 일어나 무랑을 향해 화룡신도를 겨누었다.

"호오!"

그리 오랜 시간이 아니었음에도 심각한 내상을 치유한 것을 보며 무랑은 놀랍다는 표정을 지으니 장천은 이를 갈며 그를 향해 몸을 날렸다.

"화령용천!!"

혈비도 무랑을 향해 쇄도해 들어간 장천이 그대로 그를 향해 화령용천의 초식을 시전하자 뜨거운 열기를 머금은 강기가 그를 향해 빠른 속도로 밀려들어 갔다.

강렬한 양강의 강기는 가까운 거리에서 막는다면 자신 역시 그 여파에 휩쓸린다는 것을 알고 있는 무랑은 몸을 날려 피했는데 이것은 장천이 노리고 있던 것, 그의 신형은 무랑이 아닌 다른 곳으로 향하고 있었다.

"이런!"

장천의 움직임을 보며 무랑은 혀를 차고 말았으니 그가 몸을 날린 곳은 자신이 아닌 사지가 잘려져 나간 데비드가 있는 곳이었기 때문이다.

"한령빙해!"

데비드가 떨구어진 곳으로 몸을 날린 장천이 그의 곁에 있는 네 명의 복면무사를 향해 냉혈검을 내지르자 검강이 빠른 속도로 뻗어 나가 그들의 몸을 꿰뚫어 버렸다.

"끅!!"

갑작스러운 공격에 네 명의 복면인이 쓰러지자 장천은 급히 데비드의 몸을 업고는 급히 멸천문의 본단으로 몸을 날렸다.

"그렇게 쉽게 보내줄 수는 없지!"

의형제를 업고 도주하는 장천을 보며 무랑은 공중에서 허공을 박차고는 그대로 몸을 날렸고, 그의 신형은 번개같이 장천의 앞을 가로막고는 그의 다리를 향해 몸을 회전하며 일각을 날렸다.

"지룡회선각(地龍回旋脚)!"

낮게 밀려오는 무랑의 일각에 장천은 급히 땅을 박차고는 그를 뛰어넘어 도주하려 했지만 무랑은 낮은 자세에서 몸을 눕히고는 궁신탄영의 수법으로 재빨리 공중으로 튀어 오르며 회전해서는 장천을 공격해 들어갔다.

쿵!!

그의 공격에 장천은 급히 자신 역시 발을 내지르며 그의 공격을 맞받아쳤지만, 데비드를 업고 있는 상태에서 몸의 운신이 어려운지라 강한 타격에 밀려서는 뒤로 튕겨져 버리고 말았다.

다행히 신형을 안정시켜 땅에 처박히는 것은 면할 수 있었지만, 무랑이 자신의 앞을 막는 이상 데비드를 안전한 곳으로 옮길 수 없다는 것을 알고는 미간을 찌푸렸다.

사지가 잘려져 나간 데비드는 빨리 치료를 받지 않는다면 목숨마저 위험할 수도 있었던지라 마음이 급했지만, 무랑은 그런 아량을 보여줄 생각이 없어 보였다.

"불안한가? 크크크."

이런 장천을 보며 무랑은 재밌다는 표정을 지으며 조소를 터뜨리고 있기에 장천은 노기가 치솟아오르는 것을 느꼈지만, 어찌할 바를 찾을 수가 없어 암담했다.

"나… 나를 죽여줘……."

그때 장천의 귀로 데비드가 자신을 죽여달라고 하는 말이 들려왔지만, 장천은 그의 목숨을 포기할 수 없었다.

"조금만 참아. 널 반드시 구해줄 테니까!"

"…나… 날… 죽여줘……."

데비드는 연신 자신을 죽여달라고만 하고 있었다. 솔직히 장천 자신이 데비드의 신세라면 그 역시 자신을 죽여달라고 말했을 수도 있었다.

사지가 잘려져 나가 있는 상태에서는 평범한 인간보다 못할 것은 분명한 일이니, 어느 누가 살고 싶은 생각이 들겠는가?

하지만 의형제인 장천으로선 자신의 모든 인생을 포기하는 한이 있어도 데비드를 죽게 할 수는 없었다.

혀를 깨물어 자결할 힘조차 없는 데비드는 그저 자신의 신세 한탄에 눈물만 흘릴 뿐이었다. 원통하고 괴로운 심정을 어느 누가 알 수 있겠는가?

장천은 이런 데비드의 눈물을 보며 자신 역시 분통함이 느껴지고 있었다.

슈슈슉!!

무랑은 원통함마저 삼킬 시간을 주지 않고 발 밑에 있던 돌멩이를 차서 그들에게 날렸고, 손짓 하나하나에도 내력이 실리는 그인지라 돌멩이는 강한 파공음과 함께 장천들을 향해 날아왔다.

챙!!

장천은 급히 화룡신도의 도면으로 돌멩이를 막았지만, 그런 무랑을 보며 노기가 더욱더 치솟아올라 오고 있었다.

진퇴양난의 상황인지라 장천은 무랑을 쓰러뜨리지 않고는 어떠한 것도 할 수 없다는 것을 깨달았기에 조심스럽게 데비드를 내려놓은 후 그를 보며 말했다.

"정녕 저희를 놓아줄 수 없습니까?"

"두 사람 모두 어깨 위의 물건을 놓고 간다면야 보내줄 수 있지."

"흥!"

무랑의 말에 장천은 참지 못하고 콧방귀를 뀌며 달려들었고, 이에 다시 두 사람의 대결이 시작되었다.

이미 몸 안의 진기를 이용하여 내상을 모두 치유한 장천이 빠른 속도로 몸을 날리자 그의 신형은 두세 개로 늘어나는 듯했다.

"이형환위라."

장천의 신법에 고개를 끄덕이며 중얼거리던 무랑은 품에서 비도를 꺼내어 가볍게 뒤로 가져갔고, 그 순간 날카로운 소리가 들려왔다. 어느 사이엔가 장천은 그의 뒤로 돌아와서는 화룡신도를 휘둘렀던 것인데, 무랑은 너무 쉽게 그의 공격을 막은 것이다.

"쾌섬일점!!"

무랑의 비도에 의해 화룡신도의 공격이 막히자 좌수의 냉혈검을 내질렀고, 이에 무랑은 몸을 앞으로 숙이며 뒤로 쓸어 올리는 듯한 모습으로 왼발로 장천의 턱을 공격해 들어갔다.

그의 일각에 장천은 몸을 뒤로 숙이며 화룡신도를 대각선으로 휘둘러 그의 몸을 베어 들어갔고, 무랑은 똑같은 자세로 화룡신도의 공격을 피하며 다시 오른발을 휘둘러 장천을 공격했다.

이러한 두 사람의 공방은 더욱더 빠른 속도로 진행되었고, 두 사람 사이에는 강한 내공의 기운에 돌풍이 일어나며 주위의 모든 것을 휩쓸어 버릴 듯했다.

계속되는 공격이 전혀 무랑에게 위협이 되지 못함을 느낀 장천은 뒤로 물러서려 했는데, 그 순간 허벅지 쪽에서 뜨거운 기운이 밀려오자 크게 놀랄 수밖에 없었다.

'천잠사?'

무랑은 어느새 주위에 천잠사로 천잠만변진을 만들어 움직임을 봉쇄하고 있었던 것이다.

"주위를 신경 써야 되지 않겠는가."

장천을 향해 미소를 지으며 중얼거린 무랑이 손가락을 움직이자 바닥에 깔려 있던 천잠사 중 일부가 급히 장천을 향해 빠른 속도로 밀려들어 왔다.

"합!"

급히 허공으로 몸을 날려 천잠사에 몸이 엉키는 것을 피한 장천은 양의심공을 사용하여 좌수와 우수에 화의 무공과 소수마공을 끌어올렸다.

"빙천대지(氷天大地)!"

내력을 극성으로 끌어올린 장천이 냉혈검으로 빙천대지의 초식을 사용하니 검기가 하늘을 뒤덮는가 싶더니 주위의 모든 것을 얼려 버릴 듯한 기세로 퍼져 나갔다.

"흥!"

천잠사는 그 특성상 가지는 유연함 때문에 십대병기로도 쉽게 끊어지지 않는데, 그것을 음공으로 얼리게 되면 유연함이 사라져 끊어질 수밖에 없었다. 그 때문에 무랑은 급히 내력을 돋우어 천잠사에 열기를 가했고, 빙천대지로 얼어붙던 천잠사는 강한 열기를 뿜었다.

이에 장천은 기다렸다는 듯이 화의 무공을 돋운 화룡신도를 휘둘렀다.

"분염멸사(焚炎滅邪)!"

음공의 냉기를 떨쳐 내기 위하여 무랑이 열기를 사용한 것을 틈타

화의 무공의 뜨거운 화기를 주위에 떨치자 무랑에 의해 열기까지 머금 었던 천잠사는 더 이상 버티지 못하고 일순간 검은 재가 되어 타버리 고 말았다.

"호오!"

예상치도 못한 일격을 당한 무랑은 장천의 기지에 탄복할 수밖에 없 었다. 설마 이런 방법으로 천잠만변진을 깨버릴 것이라곤 생각지도 못 했기 때문이다.

"탄검암통!"

천잠사를 모두 태워 버린 장천은 그대로 몸을 돌려 무랑을 향해 탄 검암통을 시전했고, 예리한 기운이 섬전과 같이 뻗어 나갔다.

"백보신권!"

물론 이런 공격이 천하의 무랑에게 통할 리는 없었다. 장천의 검기 를 백보신권으로 튕겨낸 그는 품에서 비도를 꺼내 집어 던졌다.

"섬광비도 뇌!"

그 순간 고막을 찢어버릴 듯한 벼락성과 함께 비도는 장천의 미간을 향해 뻗어 나갔다.

챙!

자신의 미간을 향해 날아오는 비도를 보며 장천은 화룡신도의 면으 로 그것을 튕겨낸 후 몸을 날리려 했지만, 섬광비도 뇌의 초식에 실린 힘이 워낙 강했던지라 그 자리에서 다섯 걸음이나 밀려나고 말았다.

"크크크. 멀었구나, 멀었어!"

"과연 그럴까!"

장천은 그의 말에 다시 발을 박차고는 냉혈검과 화룡신도를 휘둘렀 다.

"음양이기(陰陽二氣) 혼원마참(混元魔斬)!!"

냉혈검과 화룡신도의 강기가 맹렬한 속도로 그 기운이 하나로 합일되는가 싶더니 이내 그 기가 폭발하자 수많은 검과 도의 그림자가 온 세상을 뒤덮을 듯 사방으로 몰아쳤다.

한눈에 이것이 결코 쉽게 당해낼 수 없는 기운이라는 것을 알게 된 무랑은 품에서 아홉 개의 비도를 꺼내어 들어 급히 자신에게 몰아쳐 오는 기운을 향해 집어 던졌다.

"여의비도!"

그의 손에서 벗어난 비도는 순간 하나의 비도마다 수십 개의 그림자가 일렁이며 장천이 날린 초식에 맞섰다.

쿠구궁!!

그리고 다음 순간 이 두 개의 강렬한 공격이 충돌하자 굉음과 함께 강렬한 기의 돌풍이 사방으로 폭발하듯이 터져 나갔고, 두 사람은 그 기운에 뒤로 튕겨지듯이 밀려갔다.

돌풍이 사라지고 두 사람의 모습이 드러났는데 둘 모두 폭발과 함께 생겨난 날카로운 예기로 인하여 붉은 피가 온몸을 적시고 있었다.

하지만 이 두 초식을 나눔으로 장천과 무랑 모두 서로에게 쉽게 접근하지 못하고 있었는데, 그때 어느 누구도 예상하지 못한 일이 벌어지고 말았다.

"이 악적, 죽어라!"

"끄윽!!"

어느 순간엔가 무랑의 뒤로 나타난 여인이 그의 등에 검을 찔러 넣은 것이다.

무랑은 등줄기에서 뜨거운 기운이 밀려들어 오자 자신도 모르게 비도를 꺼내어 집어 던졌고, 다음 순간 여인의 외마디 비명이 울려 퍼졌다.

"꺄악!!"

그리고 다음 순간 장천은 하늘이 무너지는 듯한 충격을 받을 수밖에 없었다.

"어머니!"

강렬한 초식을 주고받아 주위에 대한 경계가 떨어진 틈을 타 무랑에게 암습을 가했던 여인은 바로 장천의 의모인 임아란이었다.

"임아란?"

무랑 역시 그녀를 알고 있었기에 등에 박힌 검을 빼고 옆으로 무너지듯이 피하며 중얼거렸다.

"어머니!"

무랑이 던진 비도는 한 치의 오차 없이 그녀의 가슴에 박혀 있었다.

그 때문에 장천은 방금 전까지 무랑과 싸우고 있던 것마저 잊은 채 급히 그녀를 향해 뛰어가 쓰러지는 몸을 안았다.

"어머니!"

"…천… 천아……."

가슴에 박힌 비도를 보며 멍한 표정을 짓고 있던 임아란은 쓰러지던 자신을 안은 사람이 사랑하는 아들이라는 것을 알고는 고통스러운 와중에도 입을 열었다.

비도를 빼는 순간 임아란이 죽을 것임을 느낀 장천은 어찌할 바를 찾을 수가 없었는데, 임아란은 그런 장천을 보며 천천히 손을 들어 그의 볼을 쓰다듬었다.

그리고 마지막 힘이 끊어지며 그녀의 손은 천천히 떨구어지고 말았고, 장천은 온몸에 힘이 빠지며 자리에 주저앉고 말았다.

"끄아아아아!!"

이제 세상을 달리한 임아란의 주검을 부둥켜안으며 울부짖고 마는 장천이었다. 부친에 이어 모친까지 무랑의 손에 죽임을 당하자 마지막 남은 부동심이 깨어지고 만 것이다.

천천히 어머니의 시신을 내려놓는 장천의 눈은 시뻘겋게 물들어져 있었기에 그의 분노가 얼마나 큰지 알 수 있었다.

'이런!'

이런 장천의 모습은 무랑이 바라고 있었던 순간이지만, 결코 그것을 반갑게 맞을 수는 없었다.

그의 분노를 일으켜 대계를 성공시키는 일이 중요하긴 하지만, 장천의 양모인 임아란은 자신의 아들이자 대계를 뒤집으려 하는 적인 구궁의 손에 잡혀 있었다는 점 때문이다.

아마도 그것은 구궁이 꾸민 일일 것이 분명할 터이기에 그가 암계를 획책하고 있음을 말해 주고 있었다.

제56장
역천지계(逆天之計)

"끄아아!!"

괴성을 지르며 장천은 혈비도 무랑을 향해 달려들었는데, 그 기세는 마치 성난 호랑이와 다를 바가 없었다.

하지만 노기에 이성을 잃어버린 장천의 공격은 자신의 몸을 살피지 않은 공격인지라 무랑의 눈엔 여기저기 허점이 드러나고 있었다.

"끅!"

하지만 몸을 빠르게 놀리기에는 그의 상태 역시 좋지 못했다. 임아란에게 공격당한 상처가 생각보다 깊었기 때문이다.

이런 상태에서 장천의 맹렬한 공격을 피하자니 상처는 점점 벌어져 갔고, 몸의 움직임 역시 느려질 수밖에 없었다.

'대법을 완성시켜야 하는가……!'

자신의 몸이 좋지 못함을 안 무랑은 한시라도 빨리 대법을 완성시켜야겠다는 생각을 했지만, 일은 그리 쉬운 것이 아니었다.

가장 문제는 지금 이 순간 어디에선가 구궁이 기회를 노리고 있을 것이 분명했기 때문이다.

'할 수 없다! 장로님의 수완을 믿을 수밖에!'

대법을 완성하기에는 지금보다 좋은 기회를 다시는 찾을 수 없다는 생각에 무랑은 결심을 굳히고는 드디어 오랜 시간 계획해 왔던 일을 끝내기 위해서 몸에 있는 내력을 끌어올렸다.

열두 명의 장로들이 희생된 십이천무개정대법의 마지막 열쇠를 꺼내어 들려 하고 있는 것이다.

"하압!!"

뒤로 크게 물러나며 장천의 공격을 피한 무랑은 온몸의 기력을 양쪽 검지로 몰아넣었다. 그러자 손가락 끝으로 강렬한 기운이 흘러나오기 시작했다.

이것은 흡사 지공을 시전하려는 것과 같은 모습이었는데, 지공 하나를 시전하는 데 상당한 시간을 소모하는 것을 보아 지법의 위력이 범상치 않음을 말해 주고 있었다.

잠시 후 검지로 극성의 힘이 모이자 놀랍게도 그의 손가락에서 황금빛의 서기가 흘러나오기 시작했다.

하지만 장천은 노기로 인하여 전혀 상황을 판단하지 못하고 있는지라 맹렬한 기세로 그를 향해 달려들 뿐이었다.

무랑은 그가 다가오기를 기다리며 두 손가락에서 흘러나오는 기를 최대한 갈무리했고, 장천이 삼 장 정도의 거리까지 다가오자 놀랍게도 서기가 흘러나오는 손가락을 자신의 양쪽 태양혈에 찔러 넣었다.

"헉!"

사람들은 그 모습에 크게 경악할 수밖에 없었다. 태양혈은 약간의 충격만 줘도 죽고 마는 사혈에 속하는데, 자신의 손가락으로 그곳을 꿰뚫는 것은 자결하는 것으로밖에 보이지 않았기 때문이다.

하지만 모든 이의 경악과는 달리 무랑은 죽지 않고 오히려 몸에서 황금빛 서기가 피어오르고 있었다.

"섬전시(閃電矢)!"

이때 무랑을 향해 어디에선가 하나의 화살이 날아왔는데, 그것은 바로 진천벽력궁의 화살 중 하나인 섬전시였다.

구궁, 그는 바로 이 순간을 노리고 있었다. 지금까지 혈비도 무랑의 대계를 방해하지 않고 지하에 암약하고 있었던 것은 대계의 마지막 순간 모든 것을 뒤집어 버리기 위함이었다.

장천의 몸에 서려 있는 십이천무개정대법을 완성하기 위해선 분노의 기운으로 선천진기가 크게 격발되는 순간 불광개천공(佛光開天功)의 대법으로 막혀 있는 혈도를 타통해 주어야 했다.

하지만 불광개천공을 시작하면 시전자는 어떠한 공격도 방어할 수 없고 오로지 십이천무개정대법의 미지막 열쇠의 역할만이 가능한지라 구궁은 그 순간을 노려 개정대법을 막음과 동시에 가장 문젯거리라 할 수 있는 무랑을 죽이려 한 것이다.

이러한 구궁의 계략에 무랑은 큰 위기에 봉착하고 말았다.

'구궁!!'

무랑 역시 구궁이 자신에게 화살을 쏜 것은 알 수 있었지만, 일단 불광개천공이 시전된 이상 어떠한 것도 할 수가 없었기에 화살은 여지없이 무랑의 단전을 꿰뚫고 나갔다.

"끄윽!!"

강렬한 위력의 화살이 단전을 꿰뚫고 나가자 무랑은 신음을 내지를 수밖에 없었고 단전이 파괴되며 불광개천공의 서기가 사방으로 흩어지는 것을 느꼈다.

"크하하하!"

자신의 화살이 무랑의 단전을 꿰뚫자 구궁은 계략이 모두 성공했음을 느끼며 크게 대소를 터뜨렸다. 이제 모든 것이 자신의 뜻대로 이루어졌다 생각했기 때문이다.

하지만 상대는 무림제일인인 무랑, 그렇게 쉽게 볼 인물이 아니었다.

이미 익혀서는 안 되는 무공을 익힘으로써 인간이 참을 수 없는 고통의 시간을 수십 년간 보낸 무랑에게 단전이 꿰뚫린 고통은 일상에 있었던 하나의 순간에 지나지 않기 때문이다.

물론 단전이 파괴되며 공력이 사방으로 흩어지고는 있었지만, 무랑은 산공의 고통을 참으며 대법을 완성시킬 수 있는 정신력이 있었던 것이다.

"불광개천(佛光開天) 천무타동(天武拖動)!!"

단전이 꿰뚫림과 동시에 몸을 날린 무랑은 그대로 장천을 향하여 두 손을 뻗었고, 다음 순간 황금색의 기운이 사방으로 퍼지며 장천의 각 요혈로 밀려들어 갔다.

"헉!"

이것을 지켜보던 구궁은 크게 경악할 수밖에 없었다. 설마 단전이 꿰뚫린 상태에서도 무랑이 대법을 완성시키리라고는 생각지도 못했기 때문이다.

단전이 파훼됐을 때 느껴지는 고통은 인간이 견딜 수 없을 정도로 엄청난 것으로 보통의 인간이 온몸이 찢겨지는 고통에 손끝 하나 움직일 수 없는데, 무랑은 산공의 고통을 견뎌내며 몸을 움직이고 있었기 때문이다.

한편 장천의 몸으로 파고든 불광의 기운은 요혈을 타통하며 밀려갔고, 장천은 엄청난 고통에 비명을 내질렀다.

"끄아악!!"

그리고 다음 순간 장천은 두 손에 들고 있던 신병을 땅으로 떨어뜨렸고, 그의 눈은 잠시 후 불광의 기운이 퍼지며 금안(金眼)이 되어갔다.

"끄윽!!"

마지막 힘을 다하여 대법을 완성시킨 무랑이 쓰러지자 복면인들 틈에서 한 남자가 황급히 그를 부르며 뛰어나왔다.

"문주!!"

그는 수십 년간 그의 곁에서 함께 일을 했던 하노였다.

"문주!"

"장로… 전… 괜찮습니다."

하지만 단전이 파훼된 이가 괜찮을 리 있겠는가? 하노는 급히 그의 몸에 진기를 불어넣었다.

자신이 주체하지도 못할 엄청난 내력을 가지고 있었던 무랑의 몸은 단전이 파훼됨과 동시에 진기가 사방으로 폭발하며 몸이 파열되고 있었다.

그 때문에 진기를 불어넣어 주려 해도 혈도가 가닥가닥 끊어져 있는지라 진기가 들어갈 통로가 없어 하노가 불어넣어 주는 진기는 흩어지기만 할 뿐 상세에 아무런 도움을 주지 못했다.

그 때문에 하노는 진기 주입을 멈출 수밖에 없었고, 그런 하노를 보며 무랑이 힘겹게 물었다.

"처… 천이는……."

무랑의 말에 하노는 몸을 일으켜 장천을 보여주려 했으나 이미 신경과 혈도가 끊어져 버린 무랑에겐 어둠밖에 보이지 않았다.

하노 역시 장천의 상태가 궁금한지라 그를 바라보았는데, 장천은 경직되어 아무런 움직임도 보이지 않고 있는 상태였다.

"흥! 죽어라! 벽력시(霹靂矢)!"

한편 구궁은 장천의 대법을 완성시킬 생각이 없었기에 그를 향해 벽력시를 날렸고, 날카로운 파공음을 내며 화살은 멈추어 서 있는 장천을 향해 뻗어 나갔다.

"이런!"

하노는 크게 놀라 그 화살을 막기 위해 몸을 날리려 했으나 화살을 막기에는 거리가 떨어져 있었다.

쿠구궁!!

그리고 잠시 후 벽력시는 큰 굉음과 함께 폭발하며 장천은 물론 하노와 무랑까지 휩쓸어 버렸다.

"크하하하하!! 무림을 기만하고 천하를 농락하려던 자의 최후이다! 강호의 협객들이여, 이 사악한 자들에게 진정한 무림의 힘을 보여주자!"

벽력시에 의해 폭발이 일어나자 구궁은 크게 대소를 터뜨리며 소리쳤고, 잠시 후 사방에서 함성 소리가 크게 울려 퍼지며 수많은 무인들이 모습을 드러내었다.

"와아아아!!"

"악도들을 몰아내자!!"

사방에서 몰려나오고 있는 무인들의 숫자는 족히 이만을 넘을 듯한 엄청난 숫자였기에 이것을 보고 있던 자들은 크게 경악할 수밖에 없었다.

도대체 어디서 이러한 자들이 몰려왔는지 이해할 수 없었는데, 이자들은 바로 대사련을 비롯한 사파의 무사들과 과거 멸천문에 포함되어 있었던 중소문파들의 무사들이었다.

정사마 중 가장 숫자가 많은 것은 바로 사파였다. 물론 고수들의 숫자는 다른 세력에 비해 가장 적었지만, 숫자만은 정파와 마교에 비해서 두 배가 넘었다.

또 멸천문은 수많은 중소방파들이 모여 만들어진 연합체, 본단이 무너진 상황에도 아직 많은 수가 남아 있었던 것이다.

그런데 이들은 어떻게 한꺼번에 이곳으로 모여들어 구궁의 지시대로 움직이고 있는 것인가?

구궁, 그는 바로 이 순간을 노리고 지금까지 지하에서 암약하며 모습을 드러내지 않고 있었던 것이다.

이미 비도문의 사람들 중 자신과 뜻을 같이하고 있는 사람으로 하여금 모든 계획을 들어 알고 있는 구궁은 무랑이 멸천문을 버릴 것을 알고 있었기에 그것을 이용하여 사람들을 끌어 모으고 있었다.

음귀단의 무사들이 수천에 이르며 무공이 뛰어난 것은 알고 있었지만, 많은 수의 무사들과 싸운다면 패배를 면치 못할 것은 당연한 일이었다.

이것을 알고 있던 구궁은 무랑이 노리는 것을 말해 주며 멸천문의 사람들이 가지는 배신감을 이용하여 자신에게 끌어들였고, 대사련이 무너지며 흩어진 사파 역시 강력한 힘으로 하나씩 규합해 나갔다.

무랑이라는 거대한 그림자는 이들에게 엄청난 공포를 가져다 주었기에 이들은 구궁을 믿게 되었다.

그리고 구궁은 대법의 한순간을 노리고 그것을 막으며 무랑과 장천을 죽이고 구심점이 사라져 흔들리는 음귀단을 자신이 데려온 사파와 멸천문 무사들의 힘으로 쓸어버리는 역천지계를 사용한 것이다.

"와아아아!!"

수많은 군웅들이 함성을 지르며 밀려오자 음귀단의 무사들 역시 크게 당황할 수밖에 없었다.

그들이 뛰어난 무공을 지니고는 있었지만, 벽력시로 인하여 그들을 이끌고 있던 무랑과 하 노인이 폭발에 휩쓸려 생사를 알지 못하는 상황에서 어찌할 바를 찾지 못하고 있었던 것이다.

우왕좌왕하는 음귀단의 무사들은 강호에 대한 경험 역시 그리 많은 것은 아니었으니 구심점을 잃은 이들이 제대로 구궁의 무리들에 대항하지 못하는 것은 당연한 일이었는데, 그때 강렬한 내력을 실은 목소리가 울려 퍼졌다.

"음귀단의 무사들은 삼합진(三合陣)을 펼쳐라!"

그 목소리는 음귀단의 무사들이 익히 알고 있는 것으로 바로 이들을 교육시켰다고 할 수 있는 비도문의 장로 하노의 목소리였다.

명령이 떨어지자 음귀단의 무사들은 재빨리 진을 형성하기 시작했고, 일각도 되지 않는 시간에 수천의 무사들이 삼합진을 이루었다.

삼합진은 비도문의 대규모 군진 중의 하나로 천, 지, 인의 삼 기로 구분이 되어 적을 상대하는 진세였다.

비교적 간단한 것이 강호의 삼재진과 비슷했지만, 비도문의 비도술이라는 특유의 무공이 합쳐지면서 삼재진과는 비교도 되지 않는 힘을 지니고 있었다.

"지기발공(地旗發攻)!"

하 노인이 소리치자 지기에 해당되는 음귀단의 무사들이 품에서 비도를 꺼내어 자신들을 향해 밀려들어 오는 무림의 군웅들을 향해 내던 졌다. 수천 개의 비도가 강한 파공음을 내며 적들에게 쏟아졌다.

"끄아악!"

"헉!!"

음귀단의 무사들이 익히고 있는 비도술은 정통 비도문의 비도술에 비해 위력이 떨어지긴 하지만 무림에선 상승에 이르는 비도술이었기에 수천 개의 비도가 뻗어 나가는 기세는 결코 범상한 것이 아니었다.

단 한 번의 공격이지만, 이것으로 인하여 수백 명의 무사들이 비도에 의해 목숨을 잃고 말았으니 실로 가공할 힘을 지닌 무리들이라 할 수 있었다.

음귀단의 비도술로 순식간에 수백 명의 무사들이 쓰러지자 함성을 내지르며 공격해 들어오던 군웅들로서는 섬뜩할 수밖에 없었다.

이들이 이만을 넘는 숫자를 이루고는 있지만, 제대로 군사 훈련을 받은 것이 아닌지라 수백 명이 비도에 의해 순식간에 죽임을 당하자 겁을 집어먹은 것이다.

이것을 지켜보던 구궁은 미간을 찌푸릴 수밖에 없었다. 음귀단의 무사들이 강하다는 것은 알고 있었지만, 설마 한 번의 공격으로 군웅들이 겁을 집어먹으리라고는 생각지도 못했기 때문이다.

그저 숫자만으로 밀어붙여도 승기가 확실한 싸움에서 저들의 망설이는 모습을 보니 노기마저 치솟아올랐다.

"모두 진격을 멈추시오!"

겁을 집어먹은 이상 이대로 충돌했다가는 음귀단을 제압하지 못할 것임을 안 구궁은 급히 소리를 질러 진격을 멈추게 했다.

무턱대고 공격하기보단 음귀단을 포위하여 사기를 꺾는 것이 나으리라 생각했기 때문이다.

구궁의 명령이 떨어지자 군웅들은 삼합진을 이루고 있는 음귀단의 무사들과 대치했다. 시간이 지나고 자신들이 수만에 이르고 있다는 것을 인식한 군웅들은 그제야 비도에 의한 두려움을 해소할 수 있었고, 이에 구궁은 야심 어린 표정으로 그들의 앞에 섰다.

구궁이 군웅들의 앞에 서자 무랑을 부축하고 있던 하노는 분노를 참을 수 없었다. 설마 그가 부친을 해하는 패륜을 저지르리라고는 생각도 못했기 때문이다.

"구궁, 네 이놈!!"

구궁이 군웅들의 앞으로 나오자 하노는 무랑을 음귀단 무사에게 맡긴 후 몸을 날렸고, 그의 신형은 섬전과 같이 뻗어 나갔다.

그러나 하노가 자신에게 쇄도해 들어오고 있음에도 구궁은 전혀 두려움을 느끼지 않고 있었다.

그가 진천벽력궁을 지니고 있다고는 하지만 무공 자체는 하노에 비해 크게 떨어진다 할 수 있었으니 이상할 수밖에 없었다.

하지만 잠시 후 하노가 공격해 옴에도 전혀 두려워하지 않은 이유를 알 수 있었으니, 그가 오 장 거리까지 다가오자 그의 주위로 두 명의 인영이 빠르게 튀어나와서는 하노를 향해 강기를 내쏘았다.

"헉!"

강기의 기세가 범상치 않은 것을 깨달은 하노는 급히 몸을 틀어서는 그것을 피했으니, 겨우 몸을 추스른 그는 자신을 향해 강기를 날린 상대를 쳐다보았다.

"십대신병?"

하노에게 강기를 날린 자들의 손에는 십대신병 중 하나인 유성신창과 귀혼부가 들려져 있었다.

"설마!"

유성신창과 귀혼부는 진형과 유강이 가지고 있었던 것으로 구궁을 찾으라고 보낸 이후 소식이 끊어졌는데, 그것을 다른 이가 소유하고 있었던 것이다.

자신의 눈앞에 유성신창과 귀혼부를 들고 있는 자들을 보며 하노는 일이 쉽지 않다는 생각이 들었다. 이미 이자들은 신병상의 무공을 익히고 있었기 때문이다.

십대신병에는 그 신병의 특성을 살린 무공이 존재하고 있어 그 하나하나의 무공을 극성으로 익힌다면 천하제일을 논할 수 있을 정도였다.

진형이나 유강 역시 이 무공을 익히고 있었다고는 하지만, 그들은 비도문의 수족으로 이용할 뿐이었기에 완전한 무공을 전수하지 않았지만, 지금 하노의 앞에 있는 자들은 완전한 신병상의 무공을 지니고 있었다.

어떻게 무공이 유출되었는지는 모르겠지만 일이 결코 쉽지 않음에 미간을 찌푸리는 하노였으나 이자들에게 자신이 패할 것이라고는 생각하지 않았다.

십대신병의 무공이 뛰어나다는 것은 알고 있지만 이미 그것은 비도문에 의해서 낱낱이 파헤쳐져 있는 상태였기 때문이다.

그가 걱정하고 있는 것은 그들을 쓰러뜨릴 수 있느냐가 아니었다.

이들 무공의 약점을 알고 있다 해도 그것은 지극히 작은 부분, 어느 정도의 출혈을 감안해야 했기에 답답한 마음이 드는 것이다.

이들을 처리하면 내력의 손실을 막을 수가 없었다.

"칠성광쇄(七星光殺)!!"

하노가 망설이는 것을 보며 먼저 선공을 가한 것은 유성신창을 들고 있는 무인이었다. 그는 빠른 속도로 그에게 쇄도해 들어가 창을 내질렀고, 다음 순간 일곱 개의 빛이 밀려들어 갔다.

"흥!"

이미 유성신창의 무공을 거의 파악하고 있는 하노가 콧방귀를 뀌며 두 손을 휘젓자 섬전과 같이 밀려들어 오던 일곱 개의 창영은 그의 손에 의해 튕겨 사방으로 흩어졌다.

유성신창의 공세를 흩어버린 하노는 미종보를 사용하여 상대의 가까이에 붙어 녀석의 가슴에 일장을 날리려 했지만, 상대는 그만이 아니었다.

"마종아(魔宗牙)!!"

귀혼부를 들고 있던 자가 동료가 당하는 것을 보곤 귀혼부의 초식을 사용하여 공격해 들어온 것이다.

"합!"

일장으로 상대를 쓰러뜨린다면 자신 역시 귀혼부에 당하는지라 신형을 돌려 우수로 진력이 실린 귀혼부를 이화접목의 수법으로 방향을 변화시킨 후 일각을 내질러 상대의 허리를 후려쳤다.

"끄윽!!"

귀혼부에 서린 진력을 그대로 돌려주는 수법을 사용하자 신음을 내지르며 상대가 나가떨어졌다. 다시 몸을 돌려 유성신창을 들고 있는 자를 쓰러뜨리려 했지만 이미 그의 신형은 뒤로 물러나 있었다.

"유성일광!!"

빛과 같은 속도로 밀려들어 오는 창은 그대로 하노의 미간을 향했다.

이들의 공격에 하노는 난색을 보였다. 유성신창과 귀혼부는 각자 상대를 공격하는 간격이 달랐기에 이들의 합공은 결코 만만히 볼 게 아니었다.

밀려오는 유성신창의 강기를 고개를 돌려 피한 후 창을 잡아 상대의 공격을 봉쇄하여 앞으로 나섰지만, 상대 역시 쉬운 인물이 아니었다.

손목을 돌리자 창은 크게 휘어지며 빠른 속도로 회전을 하여 하노의 손을 뜨겁게 달궜다.

"크흑!!"

뜨거운 열기가 밀려와 할 수 없이 손을 놓을 수밖에 없자 창은 펴지지 않고 더욱 휘어지니 한순간 하노의 목덜미를 노리며 밀려들어 왔다.

전에 이것을 들고 있던 진형은 부친에게 창술을 이어받긴 했지만, 그것은 유성신창에는 어울리지 않는 창술이었다.

유성신창은 극성으로 꺾어도 부러지지 않을 정도의 유연함을 가지고 있었기에 신창의 무공상에는 이런 유연함을 이용한 무공 또한 존재했다.

상대가 사용하는 초식이 바로 이 유연함을 이용한 역류성광(逆流星光)이었다.

유성신창의 유연함을 알고 있었던 하노는 몸을 굽혀 공격을 피할 수는 있었으나 상대의 창은 마치 뱀과 같이 하노를 쫓아 움직이고 있었다.

이런 식으로 시간을 끌 순 없는 일인지라 하노는 내력을 아껴야 하겠다는 생각을 버리곤 좌수로 내력을 끌어올려 일장을 날렸는데, 바로 소림의 반선수였다.

쿠구궁!!

하노의 손에서 뻗어 나온 수강은 그대로 유성신창의 무인에게 적중했고, 상대는 그대로 외마디 비명과 함께 나가떨어졌다.

동료가 쓰러지자 귀혼부의 무사가 밀어닥쳤지만 이내 우수로 방출된 장력에 의해 그 역시 고혼이 되어버리자 음귀단의 무사들은 승리의 함성을 내질렀다.

신병을 지니고 있다 하지만 하노의 무공은 단순히 신병의 힘으로 감당할 수 있는 것이 아니었기에 싸움을 지켜보던 구궁은 탄복할 수밖에 없었다.

"구궁! 이번엔 네 차례다!"

두 명의 무인을 쓰러뜨린 하노는 크게 소리치며 구궁을 향해 몸을 날렸는데, 또 다른 인영이 구궁의 뒤쪽에서 튀어나오며 하노를 향해 일장을 날렸다.

"대력금강장(大力金剛掌)!!"

그의 손에서 뻗어 나온 것은 금광의 빛을 띠는 대력금강장의 장강으로 그 기운이 태산을 뒤엎을 정도였다.

"반야장(般若掌)!!"

미처 피할 시간도 없이 밀려든 장력에 하노는 반야장을 사용하여 상대의 일장을 간신히 막을 수 있었지만 갑작스러운 공격에 칠성 정도의 내력만을 끌어올렸기에 강맹한 기운에 다섯 보를 뒤 물러날 수밖에 없었다.

"노진!!"

하노의 앞을 가로막은 이는 바로 구궁과 행동을 같이하던 소림의 파계승 노진이었다.

한편 소림의 장문인은 이들의 손에서 소림의 칠십이절예 중 하나인 반선수에 대력금강장, 반야장까지 나오자 놀라 입을 다물 수가 없었다.

"무상 사제? 헉! 설마!"

하지만 다음 순간 소림의 방장은 대력금강장을 시전한 자를 확인하고는 놀라움이 더욱 컸으니, 상대가 한때 소림제일기재였던 노진이었기 때문이다.

그가 지닌 노진이라는 이름은 그의 속가 이름으로 원래는 소림 방장인 무진의 사제로 무상이라는 법명을 지니고 있었다.

무당과 소림에 큰 죄를 짓고 도망친 자에게 소림은 법명인 무상이라는 이름을 지우고 그를 노진이라 말하고 있었지만, 소림 방장 무진 대사는 자신이 아끼던 사제이기도 했던지라 아직 무상이란 옛 법명으로 부르고 있었다.

"저분이 소림의 분이십니까?!"

방장의 말에 옆에 있던 소림의 정필이 크게 놀라 물어보니 방장은 고개를 끄덕이며 말했다.

"너희들에겐 노진이라 알려져 있을 것이다."

"노진! 설마!"

정필은 자신의 사형인 정운에게서 무당의 운검 진인과의 일을 들은 적이 있었던지라 크게 놀랄 수밖에 없었다.

냉혈검과 함께 사라진 소림의 제일기재가 나타났다는 것은 실로 엄

청난 일이라 할 수 있었으니 방장인 무진으로선 그저 사제의 모습에
고개를 저을 뿐이었다.

"무상 사제… 아미타불……."

하노와 싸우는 노진은 신병은 들고 있지 않았지만, 소림제일기재였
던 자답게 상당히 강한 무공을 지니고 있었다.

쿠구궁!!

황금빛 강기가 내려칠 때마다 하노는 그것을 막을 엄두를 내지 못하
고 몸을 피하는 데 급급하고 있었는데, 두 명의 신병의 소유자와 싸우
며 내력을 소실한 탓에 그와 비등한 싸움을 하고 있었던 것이다.

"하하하!! 무상 대사! 강호를 어지럽게 한 악도의 목을 쳐 무림의 정
의를 보여주시오!"

구궁은 무상에게 크게 대소를 터뜨리며 말했고, 이에 하노는 이를
갈 수밖에 없었다.

그의 무공이 강하지 않고 비도문에서의 영향력이 없다는 생각에 그
저 하룻강아지쯤으로 여겼는데 중요한 순간에 대호로 변해 주인을 해
하려 하니 어찌 이가 갈리지 않겠는가?

하지만 이 두 사람의 싸움은 그리 오래가지 않았으니 이곳에 모여
있는 수많은 군웅들의 귀를 멀게 할 정도의 엄청난 목소리가 뒤쪽에서
터져 나왔기 때문이다.

"총관!!"

"헉!"

음성에 실린 내력은 도저히 상상할 수도 없을 정도로 엄청났는데,
소림의 사자후라 할지라도 이 정도는 되지 않을 것이다.

"총관! 문 총관은 어디 있는 게요!"

그리고 다음 순간 이어져 들려오는 말에 하노는 크게 놀랄 수밖에 없었는데, 그 음성이 낯설지 않았기 때문이다.

"소주?"

"문 총관! 문 총관!"

문 총관을 부르는 그 소리는 마치 부잣집 도련님이 자신을 시중 봐 주는 사람이 오지 않음에 짜증을 부리는 것과 같은 투였고, 하노는 자신이 노진과 싸우고 있다는 것을 잊어버린 채 급히 뒤쪽으로 몸을 날렸다.

"문 총관! 문 총관! 문 총관!!"

"소주!"

소리를 지르는 인물의 앞으로 간 하노는 급히 무릎을 꿇고 대답했는데 상대는 그를 보더니 화를 내며 소리쳤다.

"왜 이렇게 늦어! 그리고 넌 누구냐? 문 총관이 아니잖아!"

"소주, 하 장로입니다."

"하 장로?"

하노의 말에 그는 이상하다는 표정을 지었다. 그가 아는 하 장로의 모습이 아니기 때문이었다.

하지만 잠시 후 그가 어느 정도 비슷하다는 것을 알 수 있었기에 그제야 자신이 처해진 상황을 눈치 채곤 고개를 끄덕이며 말했다.

"아! 그렇군. 대법이 완성되었는가?"

"그렇습니다, 소주!"

"소주는 무슨 소주! 대법이 완성되었으니 이제 내가 문주가 아니던가!"

"예, 문주님."

그의 다그침에 하노는 포권을 하며 대답했고, 이에 상대는 만족한 표정을 지었다. 하지만 잠시 주위를 살펴보던 그는 다시 미간을 찌푸리고는 말했다.

"내 주위에 있는 자들은 무엇이냐?"

그의 말에 하노는 이마에서 식은땀을 흘리며 작은 목소리로 대답했다.

"그것이… 대계가 조금 틀어졌습니다."

"대계가?"

"예. 저희가 뜻한 대로 움직이긴 했으나 마지막에 생각지도 않은 녀석이 저희 일을 방해해서."

"생각지도 않은 자라면 누군가?"

"…문주의 백부이신 장춘일의 아들인 장화영입니다."

"장화영? 아! 창녀의 성씨를 고집하던 그 멍청한 녀석 말인가!"

그의 말에 하노는 잠시 망설일 수밖에 없었다. 그가 말하고 있는 창녀는 비도문을 이끌었던 혈비도 무랑 장춘일의 아내를 말하기 때문이었다.

확실히 그녀의 신분이 천하기는 하였으나 지금까지 문주로 모셨던 사람의 아내인지라 뭐라 반박하고 싶었지만, 상대가 문파의 문주이기에 할 수 없이 고개를 끄덕이며 대답했다.

"그렇습니다."

"흥! 그 멍청이가 본 문의 대계를 방해하다니, 어이가 없군!"

구궁이 비도문의 대계를 방해했다는 말에 그는 어이가 없는지 콧방귀를 뀌었다.

하노를 보며 연신 투덜거리듯 말하고 있는 청년은 바로 구궁이 날린 벽력시의 폭발에 휩쓸렸던 장천이다.

하지만 장천이라고 보기에는 너무 달라진 모습이었다. 과거 어리숙하고 순박했던 모습과는 달리 그는 부유한 집안에서 태어난 자식과도 같이 오만함이 가득한 그런 모습이었다.

두 눈에는 맑은 정광이 흐르곤 있었지만 상대를 경시하는 눈빛이었는데, 그는 주위에서 적이라 생각되는 자들을 보며 마음에 들지 않는다는 듯 말했다.

"꽤 많이 모아왔군. 이들을 데리고 온 자가 장화영이더냐?"

"예, 그렇습니다."

"쯧쯧… 누가 쓰레기 아니랄까 봐 강호의 쓰레기들만 잔뜩 모아가지고 왔군. 하긴 화영 그 녀석에게 어울릴 만한 자들이다."

"……."

자신 이외의 모든 이들을 하찮게 보는 말투에 하노는 뭐라 말을 할 수 없는 심정이 들었다. 과거 대법에 들어가기 전 소주의 성격을 잘 알고 있기는 했지만, 지금까지 지켜보았던 장천을 잘 알고 있는지라 조금은 십십한 마음이 들었기 때문이다.

"녀석만 죽이면 모든 일이 마무리되는 것인가?"

"그것이… 그 아이를 죽인다 해도 이들은 물러서지 않을 것입니다."

"그래? 쳇! 대법에서 깨자마자 귀찮은 일투성이군. 알았다."

그의 말에 하노는 무엇이 생각났는지 급히 포권을 하며 말했다.

"문주님께 도움을 청할 것이 있습니다."

"나에게?"

"대법을 푼 문주의 백부님께서 큰 부상을 입어 사경을 헤매고 있습니다."

"백부?"

"예. 만 권의 의서를 통달하시고, 무선의 내력을 가지고 계시는 문주님이라면 충분히 그분을 살리실 수 있을 것입니다."

하노의 말에 장천은 미간을 찌푸렸다. 그로선 지금 그가 하는 말이 마음에 들지 않았기 때문이다.

"현재 음귀단의 무사는 문주의 백부님을 따르고 있습니다. 그분에게 정식으로 이양을 받아야만 음귀단의 완전한 충성을 받으실 수 있으리라 사료되옵니다."

"음… 알았다."

하노의 말은 틀린 것이 아니었고, 장천 역시 자신이 비도문의 정통 계승자라 할지라도 그것만으로 음귀단의 무사들을 충성하게 만들 수 없다 생각했기 때문이다.

하나의 세력을 다스리기 위해선 혼자만의 힘으로는 불가능하다는 것을 알고 있는 장천은 비도문에서 자신의 부하라고 할 수 있는 사람이 없는 만큼 음귀단의 젊은 무사들은 반드시 필요했다.

마음에 들지는 않지만 어쩔 수 없다는 표정을 지으며 장천은 하노의 뒤를 따라 혈비도 무랑이 있는 곳으로 걸음을 옮겼다.

한편 이것을 보고 있던 정사마의 군웅들은 도저히 정신을 차릴 수가 없었으니, 일대를 크게 진동시킨 거대한 내력이 담긴 목소리도 있었지만 갑자기 쌍도문의 소주라고 알려져 있는 장천이 무랑의 부하들에게 공손히 절을 받으며 명령을 내리고 있었기 때문이다.

한편 장천의 모습을 지켜보던 구궁은 얼굴색이 시퍼렇게 변하고 있었다. 설마 벽력시의 화살에서도 그가 살아 나올 것은 생각지도 못했기 때문이다.

하지만 그보다 더 두려워하는 것은 따로 있었으니, 바로 어린 시절 그에 대한 악몽이었다.

비도문 이십칠대문주의 독자인 그는 천무성골이라는 가문의 무골을 그대로 타고난 것은 물론 뛰어난 머리를 지니고 있어 비도문에서 큰 기대를 가지고 있던 사람이었다.

하지만 그보다 더 두려운 것은 자신의 목적을 위해선 어떠한 이라도 죽일 수 있는 성격을 지니고 있다는 것이다.

자신이 세운 대계를 위해서 십삼장로를 포섭하여 일주일도 넘지 않는 시간에 가문에 복속하고 있던 비도문의 식솔 일천을 죽일 정도로 차가운 성정을 지니고 있었다.

과감하고 잔인한 그의 성정으로 인하여 그 당시 많은 이들이 두려움을 느끼고 있었는데, 그것은 구궁 역시 마찬가지였다.

모친의 죽음 이후 잠시간 비도문에서 어린 시절을 보낸 구궁은 장천에게 그리 달가운 존재가 아니었기에 대법에 의해 잠들기 전까지 구궁은 장천에게 많은 고난을 겪었고, 그 때문에 어린 시절 장천은 그에게 귀신보다 더 무서운 존재였다.

그런 소주가 다시 세상에 그 모습을 드러내었으니 마음속 깊은 곳에 잠겨 있던 두려움이 다시 새어 나온 것이다.

"자… 장천… 으드득……."

하지만 잠시 후 구궁은 자신이 느끼고 있는 두려움에 이가 갈렸다. 수십 년이 지난 지금에도 그를 아직도 두려워하는 자신에 대한 분노이기도 했다.

한편 장천은 쓰러져 있는 혈비도 무랑의 곁으로 다가갔는데, 그의 모습을 보며 마음에 들지 않는다는 듯이 헛바닥을 차며 말했다.

"쯧… 단전이 꿰뚫려 버렸군."

"구궁이 지니고 있던 진천벽력궁의 화살에 당했습니다."

"진천벽력궁? 그 따위 잡기에 당할 정도였던가?"

"불광개천공을 운용하고 있는 중이었던지라 제대로 된 방어를 할 수가 없었습니다."

"흥!"

불광개천공이 무엇인지 알고 있는 장천은 콧방귀를 뀌며 미간을 찌푸렸다.

몸을 낮춘 장천은 그의 상태를 알아보기 위하여 맥문을 잡았는데, 다음 순간 조금 놀란 표정을 지었다.

"흡성대법이라도 익혔는가?"

맥문을 통해 알아본 그의 몸은 수많은 진기가 마구 뒤엉켜 있었는데, 그 하나하나가 강성하지 않은 것이 없어 섣불리 손을 댈 수 없었다.

그런 이유로 장천은 혹시 그가 흡성대법으로 타인의 내력을 빨아들이는 속성의 무공을 익힌 것이 아닐까 하고 물어본 것인데 이에 하노는 고개를 저으며 말했다.

"그런 것은 아닙니다. 다만 대계의 완성을 위하여 내공을 늘리려 무리하게 많은 영약을 복용한 탓에 이질의 진기가 융합되지 못한 듯합니다."

"그것대로 내버려 두었으면 상세가 심해지지는 않았을 것이다. 이것저것 가릴 것 없이 무공을 익혀 상태가 더 엉망이군. 혹시 이런 상태로 적을 상대한 것인가?"

"예. 문주의 백부님은 골격 자체는 뛰어나시지 않지만 누구보다 뛰어난 오성을 지니고 있으셨습니다."

"하긴 무문의 인물답지 않게 선비에 가까웠던 자였지. 그런 유약함이 하찮은 계집에게 끌려 본 문을 버리게 했고 말이야. 멍청한 녀석!"

자신의 백부임에도 불구하고 장천은 그를 윗사람으로 생각지도 않고 있었으나 이대로 죽게 할 수는 없는지라 하노를 보며 계속 말을 이었다.

"단전이 파괴되며 모여 있던 진기가 사방으로 폭발한 듯 퍼져 체내의 모든 맥이 끊어졌다. 이자를 살리기 위해선 만영금침술(萬靈金針術)과 함께 체내에서 이종의 진기를 뽑아내며 썩은 피를 없애줄 거머리 오천 마리, 그리고 빠져나간 피를 보충하기 위해 그와 가까운 자의 피가 필요하다."

그의 말에 하노는 난감함을 느낄 수밖에 없었다.

만영금침술은 일만 개에 달하는 금침을 몸에 꽂는 시술법이다.

비도문에서 비장되어 오는 의선금침대법이라는 의서에 나오는 것으로 만천화우의 수법으로 일순간 온몸의 혈맥에 금침을 꽂아야 하는 보통의 의원은 생각할 수 없는 비도문 고유의 침술법이었다.

물론 이 대법은 암기의 하나인 비도를 다루는 문파인만큼 사천당가와 비교해서 뒤지지 않는 암기술을 지니고 있는 비도문에는 전혀 문제가 되는 것이 아니었다.

하지만 지금 계절에 거머리를 구하려면 멀리 남만까지 가야 했고, 무량의 피를 이은 자는 현재 구궁뿐인데 애석하게도 그는 적의 편에 서 있었다.

하노에게 준비해야 할 것을 말한 장천은 손을 들어 그의 정수리에 내력을 주입했고, 무랑은 그대로 가사 상태에 빠졌다.

체내의 모든 혈도가 끊겨져 있는 상태인지라 혈을 짚어도 소용이 없었기에 직접 뇌에 진기를 주입하여 가사 상태를 만들었던 것이다.

"이곳에서 시술은 불가능하니, 본 문으로 돌아가도록 하자."

"예."

장천의 말에 고개를 끄덕이며 대답한 하노는 음귀단의 각 대주들에게 지시를 내렸고, 그들은 빠른 속도로 움직이며 하나의 진세를 이루기 시작했다.

음귀단의 무사들이 움직이자 그들을 포위하고 있던 군웅들은 크게 긴장하기 시작했고, 이에 구궁은 사람들을 다그치며 소리쳤다.

"무엇을 하는 것입니까! 악적들을 내쳐 강호의 도의를 세웁시다!"

구궁의 말에 정신을 차린 사람들은 병장기를 들고는 그들을 향해 함성을 지르며 달려들기 시작했다.

군웅들이 함성을 내지르며 공격해 오자 장천은 미간을 찌푸렸다. 강호의 쓰레기 같은 자들이 감히 자신의 앞에서 검을 뽑아 들고 덤비는 것이 마음에 들지 않았기 때문이다.

물론 이들의 숫자는 뛰어난 무공을 지니고 있는 고수라 할지라도 두려움을 느낄 정도로 많았지만, 장천에게 그런 것은 문제가 되지 않았다.

지금 자신의 몸에 흐르고 있는 내력이라면 수만, 아니, 수십만이 있다 하더라도 자신의 몸 하나는 보중할 수 있는 자신감이 있었기 때문이다.

하지만 무랑과의 싸움 동안에 냉혈검과 화룡신도는 어디로 떨어졌는지 그 모습이 보이지 않았고, 또 장천 역시 자신이 이러한 무기를 가지고 있었는지조차 알지 못했기에 적수공권으로 수만의 무리들을 상대할 수 없는지라 주위를 돌아보았다.

쓸 만한 무기가 없을까 하는 생각이었는데, 그때 장천은 은빛의 실타래가 떨어져 있는 것을 볼 수 있었다.

"이건?"

몸을 숙여 집어보니 역시나 자신이 생각한 대로 천잠사인지라 이것으로 저들의 기세를 꺾어야겠다는 생각에 입가에 미소를 띠었다.

"합!!"

마음이 결정된 이상 지체할 것이 없다 생각한 장천은 자신들을 향해 밀려오는 군웅들을 향해 몸을 날렸다. 그의 마음속에는 현재 자신의 무위를 시험해 보고 싶은 생각이 가득했다.

"갈!!"

음귀단 무리들을 단숨에 넘어선 장천은 고함을 지르며 몰려오는 무림의 군웅들을 향하여 내력을 돋우어 소리쳤는데, 그 음성이 천지를 뒤흔드는 듯한 기운을 만들어냈다.

장천의 몸에서 뿜어져 나오는 엄청난 기도에 함성을 지르며 달려들던 이들은 자신도 모르게 발을 멈추고 말았으니 이미 대법을 통해 천하제일고수의 좌에 도달한 장천의 기도에 자신도 모르게 경직되어 버린 것이다.

마치 이 순간은 시간이 멈추어 버린 것과 같은 모습이기에 장천의 외침에 멈추어 선 사람들이나 음귀단 무사들 역시 멍한 표정을 감출수가 없었다.

하지만 그것은 잠시 후 장천의 움직임에 의해서 깨어지고 말았으니 그가 오른손을 가볍게 휘두르자 허공에서 은빛이 번쩍였다.

"응?"

"이게?"

선두에 서 있던 무인들은 무너지는 자신들의 신형을 보며 놀란 표정을 지었는데, 아무런 느낌이 없었음에도 자신의 시야가 땅으로 떨어지고 있었기 때문이다.

그리고 다음 순간 선두에 서 있던 수십 명의 몸에서 일거에 붉은 피가 허공으로 치솟았다. 그들의 몸은 허리에서부터 양분이 되어버린 것이다.

장천이 집어 들었던 천잠사를 휘두르자 미처 느낄 수도 없는 사이에 몸이 두 동강 나 죽임을 당한 것이다.

단 일 수에 수십의 무사들이 죽임을 당하는 것을 보자 사람들은 공포에 젖기 시작했다. 또다시 장천의 손이 움직이자 수십의 무사들이 같은 모습으로 두 동강이 난 채 땅으로 쓰러졌다.

"하하하하! 이거 재밌군!"

장천은 자신의 손에 순식간에 백 명에 가까운 이들이 쓰러지는 것을 보며 즐거운 미소를 날렸다. 대법이 실행되기 전 성격에 비한다면 엄청난 변화라 할 수 있었다.

사람을 죽이는 것을 즐기는 그의 성정에 하노는 미간을 찌푸렸다. 차라리 대법을 실행하지 않았던 것이 좋지 않았을까 하는 생각이 들었기 때문이다.

무릇 한 무리 지도자의 자질이라 하는 것은 때에 따라서 잔인한 손속도 필요한 것이지만, 그것을 즐겨서는 안 되기 때문이다.

'이대로라면… 무림을 지배한다 해도 십 년을 넘지 못한다.'

비도문의 대계로 인하여 무림의 세력이 많이 줄어들긴 했지만, 그렇다고 그들이 완전히 사라진 것은 아니었다.

과거 오랑캐의 손에 중원이 점령당한 후 각지에서 일어서는 무사들을 보며 조정에서는 무림을 말살하려 수많은 시도를 해왔지만, 그것은 단 한 번도 성공하지 못했다.

물론 수많은 무림인들이 죽임을 당했지만, 그들은 지하에서 암약하며 일어서고 또 일어서 중원의 땅을 점령한 오랑캐들에 맞서 싸워 승리를 쟁취했기 때문이다.

무력으로 강호를 다스린다는 것은 불가능한 일, 하노는 내심 장천의 성정을 생각하며 기억이 되살아난다면 무수한 희생으로 만들어진 기반이지만 덕으로 다스렸으면 하는 생각이 있었다. 그러나 다시 깨어낸 장천은 덕이라는 것을 전혀 모르고 있었다.

그런 모습에 하노로선 자신이 중원에 대살성을 만든 것이 아닐까 하는 생각에 안타까움과 함께 왠지 모를 좌절감마저 느끼고 있었다.

현재 그의 눈앞에는 자신의 무공에 취해 사람들 죽이기를 마치 어린아이가 재미로 개미를 밟아 죽이는 것과 다를 바 없이 하는 장천의 모습이 보여지고 있었기 때문이다.

구궁이 모아놓은 자들 중 고수들이 없는 것은 아니지만, 그들 대부분은 그저 한 수의 재간만을 믿고 힘없는 백성들이나 괴롭힐 줄 아는 사파의 삼류 쓰레기들이 대부분이었으니 장천의 하늘과도 같은 무공을 보자 공포에 젖어 비명을 내지르며 도주하기 바쁠 뿐이었다.

"사람 살려!"

"으아악!!"

"크하하하!!"

아비규환의 모습, 장천은 무랑이 떨어뜨린 천잠사를 들고는 마치 겁먹은 양 떼를 쫓는 늑대와 같은 모습으로 사방을 돌아다니며 살생을 즐기고 있었다.

계속되는 그런 모습에 하노는 불안한 모습을 감출 수가 없어 급히 그의 곁으로 몸을 날려서는 말했다.

"문주!"

"응? 무슨 일인가?"

강호의 쓰레기들을 청소하고 있다는 생각에 즐거운 기분이 가득하던 장천은 갑자기 하 장로가 자신을 부르자 기분이 나쁠 수밖에 없었다.

그 때문에 빨리 비키지 않는다면 그마저 베어버릴 것 같은 눈빛을 보였고, 이에 하노는 등줄기에서 식은땀이 흘러내렸다.

"이런 잡배들을 상대로 문주님의 손을 더럽힐 필요가 있겠습니까."

"음……."

과연 그의 말대로 자신의 손으로 처리하기에는 너무 미천한 것들이라 생각한 장천은 잠시 생각에 잠기는 듯하다 고개를 끄덕였고, 이에 하노는 그제야 안도의 한숨을 내쉴 수 있었다.

'재미없군… 윽.'

하지만 유희를 멈춰야 한다는 생각에 투덜거리던 장천이었는데, 그때 머리에서 강렬한 통증이 밀려왔다.

"크윽!!"

"문주!"

갑자기 장천이 머리를 감싸 쥐며 쓰러지자 하노는 크게 놀라 그에게 다가갔다. 장천은 더욱더 심해지는 통증에 참지 못하고 비명을 내지르고 말았다.

"끄아아!!"

"문주! 문주!!"

영문을 알 수 없는 하노는 어찌할 방도를 찾지 못하여 급히 음귀단의 대주들을 보며 소리쳤다.

"이곳을 빠져나간다!!"

장천이 상태가 좋지 않다는 것을 깨달은 그는 문주를 빨리 의원에게 보여야겠다는 생각이었다. 그의 명령에 음귀단의 무사들은 자신들을 감싸고 있는 무림의 군웅들을 향해 몸을 날리며 이들을 베어 넘기기 시작했다.

장천에 의해 이미 사기가 크게 떨어진 이들은 음귀단의 검에 그저 도망가기에 급급할 뿐이었기에 하노는 장천을 업고 몸을 날리기 시작했다.

구궁은 어떻게든 이 싸움을 수습하기 위해 사람들을 독려하고 있었지만, 무공은 물론 사기에서도 크게 차이가 나는 싸움은 이미 그의 패배로 굳어져 이를 갈며 물러설 수밖에 없었다.

삽시간에 전열이 무너지며 수많은 사람들이 죽임을 당하였는데, 훗날 사람들은 이날의 싸움을 멸천대전이라 불렀다.

이 싸움으로 인하여 정사마 모두의 세력은 크나큰 손실을 입고 말았다. 하지만 이 싸움에서 유일하게 얻은 소득이라면 비도문에 의해 위기에 처한 이들이 하나의 연합을 이루었다는 것이다.

비도문에 의해 피폐화된 무림을 구하기 위하여 정사마의 수뇌부들은 과거 무림맹이 있었던 하남의 무림맹 건물에 집결하니 수많은 군웅들이 정사마 통합 결정을 고대하며 하남으로 모여들기 시작했다.

과거 정파의 모임이라 할 수 있는 무림맹의 회의실에서는 정사마의 수뇌부들이 비도문을 쓰러뜨리기 위한 회의에 들어가 있었지만, 어느 누구도 쉽게 입을 열지 못하고 있었다.

그동안 멸천문과의 싸움에서 입은 피해가 적지 않은 데다가 구궁에 의해 모인 수만의 군웅 역시 비도문의 음귀단과의 싸움으로 큰 피해를 입어 비도문의 문도들을 상대할 방도가 없었기 때문이다.

물론 숫자로는 아직 이들이 비도문에 비해서 수배, 아니, 십수 배는 더 많다 할 수 있었지만, 멸천문과의 싸움에서 정사마 대부분의 고수들이 죽임을 당했기에 상황은 좋지 못했다.

워낙 한 사람 한 사람의 무공이 뛰어난 자들인지라 단순히 많은 수로 밀어붙인다는 것은 불가능에 가까웠기 때문이다.

"정사마의 일류급 고수들을 모두 합한다 하더라도 기껏해야 삼천을 넘지 못하니 적도들을 쓰러뜨린다는 것은 불가능할 수밖에 없습니다."

"십 년, 아니, 오 년의 시간이라도 있다면 어떻게 할 수 있을 텐데……."

지금의 상황은 이러하지만 명문정파나 마교의 저력은 무시할 것이 못 된다. 이들에게 십 년 정도의 시간이라도 주어진다면 어떻게든 속성으로 고수들을 배출하여 적도들과 대항할 수 있을지 몰랐지만, 사정은 그리 좋게 흘러가는 것이 아닌지라 여기저기에선 한탄만이 흘러나오고 있었다.

또 신검 진인이나 천무성자, 그리고 쌍도문의 문주였던 장춘삼과 같은 당대에 내로라할 수 있는 고수가 없는 지금, 군웅들을 이끌 수 있는 사람이 없다는 것도 큰 문제였다.

무림의 양대산맥이라 할 수 있는 소림사와 무당이 있다고는 하지만,

멸천문과의 싸움에서 가장 먼저 무너져 버린 소림사는 이미 무림에서 그 이름이 퇴색되어진 지 오래였고, 무당 역시 신검 진인의 죽음 이후 무림을 대표할 수 있는 고수를 배출하지 못하고 있는 형편이었다.

그나마 다행이라면 쌍도문의 무사인 신궁 구궁과 소림사의 방장인 무진과 같은 배분이며 비도문의 장로급 인물과 비등한 싸움을 하여 소림에서 다시 법명을 돌려받은 무상이 있다는 것이지만, 두 사람 모두 정사마의 연합을 이끌기에는 역량이 조금 부족하다 할 수 있었다.

신궁 구궁의 경우에는 대사련과 멸천문의 잔당들을 설득한 공로가 있지만 무공이 그리 뛰어나다 볼 수 없었고, 무상의 경우에는 한때 소림에서 죄를 짓고 도망쳤다는 것에 많은 이들의 신임을 얻지 못했기 때문이다.

회의장은 일단은 소림의 무진이 임시로 모임의 회주를 담당하고 있었지만, 마교와 대사련의 수뇌부는 힘이 다한 소림이 과거의 명성을 등에 업고 회주의 좌에 앉아 있는 것을 마음에 들어하지 않고 있는 표정이 역력하니 이들의 회의는 진전을 보이지 않고 있었다.

그저 기능성없는 몇 가지 이야기나 시간이 필요하다는 말만 오가고 있을 뿐 어떠한 의견도 나오지 않고 있는 형편인지라 사람들은 그저 암담한 표정으로 자리에 앉아 있을 뿐이었다.

'멍청한 것들, 아직까지도 자존심에 묶여 대세를 바라보지 못하다니 한심할 뿐이군.'

구궁은 그간의 공적을 인정받아 배분이나 무공으로 본다면 회의에 참석할 수 없음에도 불구하고 이곳에서 한자리를 차지하고 있었다.

일단은 쌍도문 문주의 직을 차지하고 있는 것도 이 자리에 참석하게 되는 데 많은 도움을 주었다고 할 수 있었다.

"흠흠."

이렇게 간다면 아무것도 되지 않을 것이라 생각한 구궁은 사람들의 시선을 모으기 위해 잠시 헛기침을 하니, 수뇌들은 자연히 그에게로 시선이 돌아갔다.

"아미타불. 쌍도문의 문주께서 무슨 고견이라도 있으신지요?"

맹주의 직을 맡고 있는 소림 방장 무진 대사가 묻자 구궁은 사람들을 보며 포권하고는 말했다.

"외람된 말씀이지만, 지금 이 상태로는 비도문의 득세를 막는 것은 불가능하다 생각됩니다. 이런 상황에서 어줍지 않은 힘으로 그들에게 대항한다는 것은 섶을 지고 불길로 뛰어드는 것밖에 되지 않는다 생각합니다."

"그것은 우리 역시 느끼고 있는 바이나 방법이 없지 않소이까?"

구궁의 말에 대사련에 속해 있는 청봉방의 방주가 당연한 소리를 왜 또 하느냐는 표정으로 답하니 구궁은 비장한 표정을 지으며 말했다.

"예. 그렇기 때문에 차라리 오 년간 봉문을 하는 것이 어떨까 말씀드리는 것입니다."

"봉문!!"

"그게 무슨 말이오!"

제57장
자폐(自閉)

구궁의 말에 회의장에 있던 모든 사람들은 크게 놀란 표정을 지었다. 비도문이 득세하고 있는 상황에서 봉문을 선언한다는 것은 그들에게 무림을 넘겨준다는 것과 다를 바 없기 때문이다.

"무슨 말을 하는 거요! 봉문이라니, 무림을 그자들의 손에 넘겨주자는 말입니까!"

마교의 우경은 구궁의 말에 화를 내며 소리쳤고, 많은 이들이 그의 말에 동조하는 듯했다.

하지만 마교의 다른 이 중 그와 의견을 달리하는 사람이 있었다.

"사실상 무림은 비도문의 손에 넘어간 것이 아닙니까?"

"무슨 말씀이십니까?"

우경의 말에 이견을 단 이는 바로 전대 마교의 교주인 유문영이었다.

비도문 음귀단의 공격으로 크게 세력이 줄어든 시점에 등장한 암영자와 유문영은 마교의 정식 교주라 할 수 있는 문성을 보필하며 마교 내에서 자신들의 세력을 크게 키워놓고 있었다.

구파일방에서 뛰어난 고수들 태반이 죽임을 당한 시점에서 마교에서 갑자기 등장한 암영자란 존재는 반드시 필요할 수밖에 없었다.

우경 역시 이런 것을 잘 알고 있는지라 암영자를 받아들일 수밖에 없었지만, 사사건건 자신의 일을 방해하고 있는 유문영과 암영자가 보기 좋을 리 없었다.

"군자의 복수는 십 년도 늦지 않다 하였습니다. 지금이야 강호를 비도문에 내어주게 되지만, 힘을 모아 때를 기다린다면 그들을 몰아내는 것도 그리 어렵지는 않을 것입니다."

"음……."

과연 마교의 유문영이 하는 말이 틀리지는 않는지라 정파나 사파의 수뇌들도 잠시 생각에 잠겨 그것을 헤아려 보았다.

"하나, 우리들이 힘을 모으는 시간에 그들 역시 가만히 앉아 있지만은 않을 것이 아닙니까?"

우경의 말에 몇몇 이들이 고개를 끄덕이니 사람들 역시 그것을 걱정하고 있었던 것이다. 지금 힘을 키우기 위해 강호를 그들에게 넘겨주는 것은 어렵지 않으나 음귀단이라는 존재를 키운 비도문이 가만히 앉아 그것을 지켜볼 리는 없었기 때문이다.

하지만 구궁은 그것을 예상하고 있었는지 주위에 있는 사람들을 훑어보곤 가볍게 손바닥을 쳤다. 그러자 십여 명의 무사들이 무엇인가를 들고 회의장 안으로 들어왔다.

무사들의 손에는 비단으로 감싸여진 물건들이 들려 있었는데, 그들은 회의장의 탁자에 그것을 내려놓고는 비단을 풀기 시작했다.

"오오오!"

"저것은!"

비단이 벗겨지며 안에 있는 물건의 모습이 드러나자 사람들은 크게 탄성을 내지를 수밖에 없었다. 그곳에는 무림의 십대신병이 들어 있었기 때문이다.

"구 대협! 이것은 무림십대신병이 아닙니까?"

"그렇습니다, 악 문주님. 십대신병 중 본 문의 배신자인 장천이란 자가 쓰고 있었던 화룡신도와 냉혈검, 그리고 저의 부하가 가지고 있었던 귀혼부와 유성신창입니다."

"음."

무림십대신병은 하나만 있어도 천하제일을 논할 수 있는 신병이라는 것을 알고 있었기에 사람들은 침음을 흘렸다. 그것에 대한 욕심이 없을 수 없기 때문이다.

"이것 외에도 제가 알기로는 홍련교의 암영자 분들과 함께하시는 과서 혈교의 교주인 혈마 대협께서 촉마겸을, 그리고 마교의 태상장로이신 우경님이 천마 어르신이 가지고 계시던 천마패를 가지고 계시며, 본 문의 곽무진 소협이 파사신검을, 그리고 제가 진천벽력궁을 가지고 있습니다."

"오오!"

"저희들에겐 혈비도 무랑의 독문무기인 탈혼섬광구비도와 전설로 남아 있는 신목검객 어르신이 가지고 있던 자랑신화목검만이 없을 뿐입니다. 이 신병을 바탕으로 정사마의 모든 분들이 힘을 키운다면 그들을 강호에서 몰아내는 것이 가능하리라 생각합니다."

십대신병 중 여덟 가지가 자신들의 손에 있으리라고는 생각지도 못했던 정사파의 수뇌들은 구궁의 말에 수긍할 수 있었다. 십대신병이라는 존재는 이들에게 희망을 주기에 충분했기 때문이다.

"십대신병은 각자 신병상의 무공이 존재하여 그것을 익히고 신병을 들고 싸운다면 태산을 무너뜨릴 수 있을 정도라 합니다. 일단은 봉문을 통해 한쪽으로 힘을 키움과 동시에 기재들을 선발하여 각종 영약과 무공, 그리고 신병의 힘을 모두 동원하여 혈비도 무랑과 본 문의 배신자인 장천을 상대하게 한다면 무림의 진정한 대의를 세울 수 있을 것입니다. 물론 각 파에서 기재가 선출된다면 본인은 가지고 있던 십대신병의 네 가지를 그들에게 아무런 조건 없이 내줄 것입니다."

"오오오!"

그 말에 사람들은 구궁의 의견을 따를 수밖에 없는 꼴이 되었다. 만약 자파에서 기재를 선발하여 십대신병을 하나 받게 된다면 그것으로 인하여 문파가 성할 것이 당연하기 때문이다.

당년에 천무성자와 신검 진인이 각자 화룡신도와 냉혈검으로 강호에서 크게 이름을 떨치고 자파의 이름을 높게 한 것을 생각한다면 어느 누구도 거부하지 못할 조건이었다.

구궁은 이들의 눈을 보며 회심의 미소를 흘렸다. 자신이 생각했던 대로 일이 흘러가고 있었기 때문이다.

'마음에 들지 않는군.'

한편 이런 모습을 보고 있던 마교의 교주인 문성은 미간을 찌푸렸다. 마치 구궁이 신병이라는 미끼로 정사파의 수뇌들을 꾀고 있는 듯 보였기 때문이다.

[율명 어르신은 저자를 어떻게 생각하십니까?]

문성은 귀대인 율명이 구궁에 대해서 어떻게 생각하는지 알아보고 싶어 전음으로 물어보았고, 이에 율명은 조심스럽게 고개를 끄덕이며 말했다.

[대사련과 멸천문의 잔당을 끌어들여 자신의 편으로 만든 것이나 신병을 이용하여 정사마 모두를 자신의 뜻으로 이끈 것을 보면 심계가 뛰어난 자라 할 수 있습니다.]

[그렇군요. 제가 어떻게 했으면 좋겠습니까?]

솔직히 아직 경험이 그리 많지 않은 문성은 율명에게 앞으로의 처신에 대해서 조언받는 것을 즐겨 했으니 율명은 조심스럽게 자신의 의견을 밝혔다.

[일단은 정사의 다른 수뇌들과 함께 움직이는 것이 좋을 듯합니다.]

[그렇게 하도록 하지요. 하나 율명 어르신께서 몇 가지 수고를 해주셔야겠습니다.]

[다른 생각이라도 있으신지요?]

[경공과 은신술이 뛰어난 자로 하여금 저자를 감시하는 것이 좋을 듯합니다.]

[알겠습니다.]

문성의 말에 율명은 고개를 끄덕였다. 그 역시 구궁을 의심하고 있었기 때문이다.

이날의 회의로 전 무림의 명문 문파는 일제히 오 년간의 봉문을 선언했고, 이것은 강호에 큰 반향을 일으키기 충분했다.

물론 이들에 끼지 못하는 작은 문파들의 활동은 계속 이어지기는 했지만, 그들이 무림에 끼치는 영향은 극미하다 할 수 있었다.

하지만 이들이 모두 봉문을 선언했음에도 불구하고 비도문의 활동은 그리 활발하게 이루어지지 않았다.

예상대로라면 정사마의 명문 문파들이 봉문을 선언했다는 것은 이들이 비도문에 패배를 시인했다고 해도 과언이 아니라 할 수 있음에도 비도문은 자신의 영역권 이상의 활동은 벌이지 않고 있었다.

강호의 핵으로 등장한 비도문은 강한 힘을 중원에 떨치고 있었지만, 이들 중 어느 누구도 비도문의 문파가 어디에 위치해 있는지 아는 자는 없었다.

비밀로 알려져 있는 비도문, 그곳은 바로 과거 장천이 우연히 알게 된 무랑촌이란 곳에 위치해 있었는데, 무랑촌의 주위에는 수십 개의 진이 있어 생로를 알지 못하는 이는 어느 누구도 이곳에 접근할 수 없었다.

비도문의 한 전각 앞에선 한 노인이 안절부절못하는 표정으로 한숨을 쉬고 있었는데, 바로 비도문의 유일한 장로라 할 수 있는 하노였다.

그는 연신 고개를 돌려 전각을 보며 불안한 표정을 짓고 있었다.

잠시 후 문이 열리며 전각에서 한 노인이 밖으로 나오자 하노는 급히 그에게 달려가 물었다.

"문 의원, 문주께서는 어떠십니까?"

전각에서 나온 이는 이곳 무랑촌의 유일한 의원으로 문파에서 내려오는 모든 의서를 섭렵하여 화타에 버금가는 의술을 가지고 있는 명의였다.

물론 이 의원이 무랑촌을 벗어난 적은 단 한 번도 없는지라 강호에는 크게 알려져 있지 않았지만, 무랑촌에서 문 의원의 치료를 받고 병이 완쾌되지 않은 이가 없었으니 하노도 그에게 큰 기대를 하고 있었다.

하지만 그의 기대와는 달리 문 의원은 고개를 내저으며 자신이 진맥한 바를 말했다.

"아무래도 문주님이 호전될 기미는 보이지 않습니다."

"그런……."

문 의원의 말에 하노는 안타까운 표정으로 말했다. 그로서도 지금의 상황은 예측하지 못하고 있었기 때문이다.

"일단은 몸을 보하는 약재를 처방하긴 했지만, 저로서도 이 이상은 어찌할 방법이 없습니다."

"알겠습니다. 문 의원, 수고하셨소이다."

"휴… 문주님의 병을 고치지 못했는데 수고는 무슨 수고입니까."

문 의원 역시 자신의 의술로 문주를 고치지 못한 것이 미안했는지 수고했다는 그의 말에 고개를 저으며 걸음을 옮겼다.

그가 가는 것을 보던 하노는 전각 안으로 들어갔다. 그곳에서는 한 젊은이가 침상에 앉아 멍한 표정을 짓고 있었으니 그는 바로 대법이 풀리면서 비도문의 문주가 된 장천이었다.

"문주님, 하 장로입니다."

안으로 들어선 하노는 그를 보며 말했지만 장천은 그의 말에도 아무런 미동도 없이 촛점없는 눈으로 그저 멍하니 앞만 바라보고 있을 뿐이었다.

"휴……."

그의 모습에 하노는 그저 한숨밖에 나오지 않았다.

멸천문의 본단에서 대법이 완성되며 자신이 비도문의 소주였다는 것을 알게 된 장천은 얼마 후 머리에 큰 통증을 느끼며 기절하고 말았다.

다행히 얼마 지나지 않아 깨어나긴 했지만 그 후로 장천은 무엇 때문인지 그저 멍한 표정으로 아무 말도 하지 못하는 병에 걸리고 말았고, 하노로선 장천의 상태가 왜 이리 변했는지 알기 위해 급히 비도문으로 돌아와 그의 병세를 살피게 했다.

그리고 문 의원의 진단으로 하노는 그의 병세를 알게 되었는데, 바로 마음의 병이었다.

하지만 마음의 병의 원인이 무엇인지 알 수가 없었다.

"문주, 도대체 무엇이 마음의 병을 만든 것입니까?"

하노는 멍한 표정으로 앉아 있는 장천을 보며 말했지만, 역시나 아무런 반응이 없기에 답답한 마음만이 커갈 뿐이었다.

할 수 없이 한숨을 내쉰 그는 아무런 소득도 없이 발길을 돌릴 수밖에 없었는데, 그때 등 뒤에서 작은 떨림이 느껴져 고개를 돌리자 문주인 장천의 눈에서 눈물이 흘러내리고 있는 것을 볼 수 있었다.

"문주!"

장천이 눈물을 흘리자 하노는 크게 놀라 그에게 다가가 소리쳤으나 그저 쉬지 않고 눈물만 흘릴 뿐 어떠한 미동도 어떠한 말도 없었다.

한참을 그렇게 장천을 바라보던 하노는 문득 한 가지 생각이 떠올라 혹시 그것이 아닐까 하는 생각에 조심스럽게 장천을 보며 물어보았다.

"무… 문주… 혹시… 기억이 나신 것입니까?"

장천 그는 대법이 완성되면서 한동안 지금까지의 기억을 잃고 과거 대법이 시행될 때까지의 기억만을 가지고 있었으니 하노는 혹시나 대법이 완성되는 동안의 기억이 떠오른 것이 아닐까 하는 생각에 물어본 것이다.

그러나 장천은 그런 물음에도 답하지 않고 그저 눈물만 흘리고 있었기에 하노는 길게 한숨을 쉬며 여종 하나에게 그를 보살피게 한 후 밖으로 나갔다.

하노가 밖으로 나가자 여종은 장천의 눈에서 흐르는 눈물을 보며 안타까운 표정으로 그의 눈물을 닦아주니 그때 장천의 손이 움직이며 그녀의 손목을 잡았다.

"에그머니나!"

갑자기 문주가 움직이자 여종은 크게 놀랄 수밖에 없었는데, 장천은 단지 그녀의 손목만을 잡을 뿐 어떠한 움직임도 보이지 않았다.

"휴……."

여종은 크게 놀란 가슴을 쓰다듬으며 안도의 한숨을 내쉬고는 장천을 바라보았다.

아직 앳된 얼굴로 쉼없이 눈물을 흘리는 모습은 어리기는 하지만 여종의 모성애를 일으키기에 충분했다. 여종은 무엇이 이 사람을 이렇게 눈물 흘리게 하는지 알 수는 없었지만 측은지심에 가까이 다가가 볼을 쓰다듬어 주었다.

나이로 본다면 여종이 장천의 진짜 나이에 비해 반도 되지 않지만, 그녀의 눈에는 그저 어린 남동생 정도로 보이는 것은 어쩔 수 없는 일이었다.

"귀하신 분이 무슨 일로 이렇게 눈물을 흘리시나요."

천천히 장천의 볼을 쓰다듬어 주던 여종은 장천을 가슴에 안아주었다.

장천을 감싸 안고 있는 여종의 이름은 민예(閔霓)였다.

무랑촌의 사람들은 모두 비도문 방계의 성씨, 즉 하, 문, 장씨의 성을 가진 사람들이 대부분이긴 하지만, 외부에서 사람들이 오기도 했다.

보통 무량촌 남자들의 성혼을 위해 외부에서 여인이 들어오거나, 이렇게 민예와 같이 여종과 같은 일을 하기 위해 어린 시절 데리고 오는 경우였다.

민예는 일곱 살 때 흉년이 들어 이곳으로 팔려온 여인으로 십 년간 여종의 일을 하며 비도문의 본각에서 일을 할 수 있게 된 것이다.

장천의 시중을 보게 된 것은 열일곱의 꽃다운 나이에 어느 정도 미색 또한 갖추고 있었기에 문주를 모시기에 적당하다 생각하여 보내진 것인데, 그녀는 장천의 모습을 보며 어린 시절 남동생의 모습이 생각나 연민을 감추지 못하고 있었다.

현재 장천의 병은 두 가지 기억의 혼재에서 나타난 자폐였다.

장천은 비도문의 유일한 종가의 후계로서 그저 무공과 학식을 쌓는 데 모든 것을 다했을 뿐, 사람이 사는 데 중요하다고 할 수 있는 인의예지의 사단 중 지를 제외한 어떤 것도 알지 못했다.

이런 이유로 대사를 행함에 손속이 잔인한 것은 어쩔 수 없었고, 자신과 종씨 가문을 제외하고는 어떤 자들도 천하다 생각하는 심성을 가지게 된 것이다.

하지만 대법이 실행되고 쌍도문에서 자라난 장천은 협과 의를 가장 중요시하는 쌍도문의 네 사형제들, 즉 등평, 구양생, 양우생, 장춘삼에게 철저하게 교육을 받았고, 그의 진실한 스승이라 할 수 있는 광무자에게선 엄격함과 함께 아랫사람을 대하는 데 중요한 덕목을 알게 모르게 배웠다.

또한 그의 양모이자 숙모라 할 수 있는 임아란과 남궁소화 등에게서 애(愛)에 대해 몸으로 느끼며 자라왔으니, 과거의 자신과 지금의 자신의 모습이 겹치면서 마음속의 갈등을 겪게 된 것이다.

그리고 이 사랑하는 많은 사람들의 죽음이 어린 시절 자신의 계획에 있었던 일이라는 것을 알게 되자 그 슬픔으로 인한 자괴를 피할 수 없어 현실에 대한 갈등으로 이렇게 스스로 마음을 가두어두는 자폐증에 걸리게 된 것이다.

하나 이것은 어쩌면 당연한 결과라 할 수 있었다. 이 대법을 만든 비도문의 사람 역시 이러한 결과를 예측하고 단 한 번도 이 대법을 사용하지 않은 것이었다.

사람의 심성이란 것은 그의 태어난 환경에 의해 변하는 것인지라 두 삶을 살 수밖에 없는 대법에서 마음이 혼재되었을 때의 결과가 좋지 않다는 것을 알았기 때문이다.

장천 역시 이러한 문제를 잘 알고 있었지만 자만심으로 인하여 그것을 무시하고 대법을 시행한 것이 오늘날 이러한 결과를 만들고 말았다.

이런 것을 살펴본다면 이 어린 여종의 행동은 참으로 잘한 것이라 할 수 있을 것이다.

스스로 마음을 닫은 이를 다시 세상에 마음을 열게 하기 위해선 어떠한 행위보다는 그저 사람을 사랑할 수 있는 마음을 가지게 하는 것이 중요한 것이니, 어린 남동생을 생각하는 마음으로 장천을 쓰다듬고 보듬어주는 민예에게 알게 모르게 장천의 마음도 조금씩 풀리고 있었다.

하지만 한 번 닫은 마음이 그리 쉽게 열리는 것은 아니었으니 이러한 시간이 일 년 이상 이어져 가는 것은 어쩔 수 없는 일이었다.

화창한 여름날 민예는 이제 어느 정도 거동이 가능한 문주를 모시고 무랑촌 주위를 돌며 산책을 하고 있었다.

일 년을 넘게 보살핀 덕에 하노를 비롯하여 문파의 많은 사람들과 안면을 터 이렇게 문주인 장천과 단둘이 돌아다니는 것도 어렵지 않았다.

"문주님, 날씨가 참 좋죠?"

"……."

민예는 장천을 보며 미소 어린 표정으로 말했지만, 장천에게선 아무런 말도 없었다. 하지만 이러한 모습은 그동안 계속 보아왔던 것인지라 민예는 실망하지 않았다.

시간이 지나면 문주인 장천이 자신의 말에 답해줄 것이라는 생각에 쉼없이 말을 걸 뿐이었다.

무랑촌 서쪽에 위치한 작은 연못에 도착한 민예는 자리를 깔고 모시고 있는 장천을 앉히며 자신도 그 옆에 자리했는데, 상쾌한 바람이 목덜미를 스치는 것이 즐거워 만면에 미소가 떠날 줄을 몰랐다.

솔직히 무랑촌에서 십 년을 살았지만, 아직 그녀에게 이곳은 그저 타향과 다름이 없었기 때문에 남동생과 같은 장천과 있는 시간을 가장 즐기고 있었다.

그런 이유로 오랜만에 산책을 나온 것이 그녀에게는 크게 즐거운 일이었다.

잠시 후 품에서 옥소를 꺼내어 든 그녀는 장천을 보며 말했다.

"문주님, 오늘은 하 아주머니에게 배운 청향풍곡(淸香風曲)이란 것을 들려 드릴게요."

민예는 몇 년 전부터 비도문의 풍예관 관주인 하연화라는 여인에게 옥소를 배우고 있었기에 매번 장천의 앞에서 연주하는 것을 즐기고 있었다.

장천에게서는 어떠한 반응도 나오지 않고 있었지만 그저 들어주는 것만으로도 고맙다는 생각을 하는 그녀였다.

삐리리!

잠시 후 청아한 옥소의 음색이 연못가를 휘돌기 시작하자, 한여름의 오후에 들려오는 옥소의 음은 바람과 함께 흐르며 주위를 맑게 정화시키는 듯했다.

하지만 이러한 순간을 호기로 생각하며 때를 기다리는 자들이 있었는데, 보이지 않는 곳에서 하나둘씩 두 사람을 향해 조심스럽게 접근하고 있었다.

은밀하게 다가오는 이들은 전혀 발자국 소리가 들리지 않고 있는 것이 상당한 훈련을 받은 살수의 무리임을 알 수 있었다.

수십 개의 진세에 둘러싸여 있는 무랑촌을 들어오기란 불가능하다고 할 수 있음에도 이들의 숫자는 이십여 명이 넘고 있었다.

이들의 존재를 알지 못한 채 민예는 장천 앞에서 옥소를 부는 데 열중하고 있었다.

"휴! 어때요, 문주님?"

일각여 동안의 옥소 연주를 끝낸 민예는 장천을 보며 방긋 미소를 짓고 말했는데, 마치 그에게 칭찬이라도 바라는 듯한 모습이었다.

물론 장천이 아무런 말도 없는 것은 당연했지만, 민예는 그것이 마치 무언의 긍정이라도 되는 것처럼 장천을 안으며 말했다.

"어머! 칭찬을 다 해주시고. 고마워요, 문주님!"

북 치고 장구 치고 혼자 다 하는 민예였다.

물론 이런 상황이 거진 일 년이 넘어가니 그녀에게는 일상생활의 하나일 뿐이었다.

"더 듣고 싶으시다고요? 그럼 다른 곡을 들려 드릴게요."

그녀는 다시 한 번 옥소를 연주하려 했는데 그때 무엇인가 좋지 않은 기운이 다가오는 듯한 느낌이 들었다.

"응?"

이런 느낌을 느낀 적이 단 한 번도 없었던 민예는 그저 자신이 조금 예민해진 것이 아닐까 하는 생각을 했지만, 그래도 그녀가 다른 이들과 다른 것이 있다면 구태여 그런 느낌이 드는 곳에서 계속 남아 있을 필요는 없다 생각한 것이다.

자신이 하고 있는 일은 문주를 모시는 일인만큼 약간의 문제라도 예감이 된다면 자리를 피하고 문주의 안전과 편의를 도모하는 것이 우선이라는 것을 잘 알고 있는 그녀였다.

"아무래도 비라도 올 모양인가 봐요. 문주님, 우리 자리를 옮겨요."

그러한 생각에 민예는 옥소를 다시 집어넣고 장천과 함께 문으로 돌아가려 했는데, 그때 한쪽 숲에서 무엇인가가 빠른 속도로 자신들을 향해 뻗어오는 것을 볼 수 있었다.

"합!"

그것이 범상치 않은 것이라는 것을 안 민예가 급히 품에 넣어두었던 옥소를 꺼내어 그것을 내치자 날카로운 소리와 함께 그것은 땅으로 떨구어졌다.

"암기?"

땅으로 떨어진 것이 암기 중 하나인 승표라는 것을 안 민예는 크게 놀랄 수밖에 없었는데, 주위를 돌아봐도 어떠한 이의 기척도 느껴지지 않자 긴장감을 감출 수가 없었다.

한낱 여종에 불과하다고는 하지만 무랑촌에 있는 모든 주민들은 한수의 재간을 지니지 않은 이가 없었다.

문주를 모시는 민예라면 그 중요성이 더욱 큰 만큼 그녀 역시 무공을 익히고 있었는데, 그녀가 익히고 있는 것은 방금 전에 연주한 옥소를 이용한 무공과 하나의 각법이었다.

"누구냐!"

아무래도 상황이 좋지 않다고 생각한 민예는 급히 옥소를 들어서는 있는 힘을 다해 그것을 불려고 했다.

물론 사전에 어떠한 약속도 되지 않았지만, 내력을 다해 옥소를 분다면 그 소리를 사람들이 듣지 않을 리 없었기에 이상하다 생각하는 사람들이 이곳으로 올 것이라 생각했기 때문이다.

하지만 살수들은 민예에게 그러한 기회도 주지 않았으니, 그녀가 옥소를 불려 하자 두 인영이 빠른 속도로 튀어나와 그녀와 장천을 공격해 들어왔다.

"잇!!"

살수들이 장천을 향해 검을 들고 달려들자 크게 놀란 민예는 급히 장천의 허리를 잡고 몸을 돌려 옥소를 내뻗었고, 옥소는 수십 개의 잔영을 만들어내며 살수들의 몸을 감싸갔다.

채재쟁!!

하지만 살수들은 전문적으로 경공을 수련받았는지 옥소의 잔영을 검으로 내치며 양쪽으로 산개해 들어왔다.

자객들이 양쪽에서 공격해 들어오자 민예로선 당황할 수밖에 없었는데, 무공을 익혔다고는 하지만 아직 실전 경험이 없어 한 사람을 보호하면서 적을 상대하는 것은 어려운 일이었기 때문이다.

그녀는 급히 장천의 어깨를 잡고 한쪽 방향으로 옥소를, 한쪽 방향으로 일각을 내질러 적의 공격을 막아보려 했지만, 불안함에 시선을 어디에 둘지 모르다가 옥소 쪽의 공격을 완벽히 성공시키지 못했다.

"꺄악!!"

일각으로 한 명의 적을 내쳤지만, 한 자객이 장천에게 검을 내지르자 급히 몸을 돌려 그것을 막았지만 일검이 그녀의 어깨에 꽂히고 만 것이다.

민예는 어깨에서 밀려오는 고통에 비명을 내질렀지만, 문주를 보호해야겠다는 생각에 왼발을 회전하여 살수의 관자놀이를 후려쳤다.

"아! 아파! 흑흑……."

두 살수의 공격을 막기는 했지만, 검에 찔린 어깨의 고통과 함께 처음 목숨이 오가는 싸움을 하게 된 불안감에 눈에선 눈물이 흘러내리고 있었다.

싸움에 있어서 마음을 안정시키지 않는다면 실력은 크게 줄어드는 게 당연한 것인지라 민예의 상황은 극히 좋지 않았다.

두 명의 살수가 쓰러지자 숲에서 다시 일곱 명의 인영이 한꺼번에 모습을 드러내었다. 민예의 무공 실력을 간파하자 더 이상 시간을 끌 필요가 없다는 생각인 것이다.

두 명의 살수를 처리하는 데에도 버거웠던 민예로선 일곱 명의 살수가 나타나자 이제 절망감마저 느끼고 있었다.

'흑흑흑… 어떻게 하지… 문주님이라도 안전한 곳으로 모셔야 하는데… 흑흑흑.'

그녀는 자신은 어떻게 돼도 어떻게든 장천만은 안전한 곳으로 대피시키고 싶었지만, 살수들은 민예의 생각을 아는지 사방에서 포위하고 있는지라 어찌할 바를 찾을 수가 없었다.

"…많이… 아파……?"

"아? 문주님!"

그때 뒤에서 더듬거리는 듯한 음성이 들려오자 그것이 문주의 말이라는 것을 안 민예는 크게 놀랄 수밖에 없었다.

"많이… 아파?"

"문주님! 흑흑, 아니에요. 하나도 안 아파요! 흑흑흑."

일 년 동안 물심양면으로 시중을 들었던 문주가 처음으로 자신에게 말을 하자 이제 그녀는 자신의 주위에 살수가 있는지조차 잊고 감격했다.

물론 이러한 것을 전혀 아랑곳하지 않고 일곱의 살수는 일제히 두 사람을 향해 손에 들린 검을 내질렀다.

"까악!!"

그 모습에 민예는 놀라 자신도 모르게 눈을 감고 비명을 질렀는데, 한참이 있어도 통증이 전혀 느껴지지 않자 이상한 생각이 들었다.

'아플 사이도 없이 죽은 건가?'

일곱 개의 검은 빠져나갈 틈새도 없이 밀려들어 왔기에 민예는 자신이 죽은 것이 아닐까 생각했는데, 천천히 눈을 뜨자 놀라운 일이 벌어진 것을 볼 수 있었다.

자객들이 뻗은 검은 몸에 적중하지 않고 모두 장천의 손에 잡혀 있었기 때문이다.

하지만 날카로운 검을 잡았음에도 불구하고 장천의 손에는 한 방울의 피도 흐르지 않고 있었는데, 그의 손은 어느 사이엔가 하얗게 변해 있었다.

"소수마공?"

민예 역시 무공을 익힌지라 어느 정도 강호의 무공에 대한 지식이 있어 장천의 손이 하얗게 변한 것을 보며 그것이 소수마공이라는 것을 짐작할 수 있었다.

그것을 증명이라도 하는 듯 손에 잡힌 자객의 검은 하얗게 서리가 끼어 있었고, 장천이 작게 손목을 꺾자 날카로운 소리를 내며 부러졌다.

자신들의 검이 부러지자 자객들은 급히 몸을 뒤로 날려 피했고, 그와 함께 숲에서 열두 명 정도의 인영이 튀어나와 장천을 향해 암기를 뿌렸다.

백수십 개의 암기는 순식간에 두 사람을 모두 감싸는 듯하여 역시 빠져나갈 구멍이 보이지 않았다.

하지만 장천은 자신과 민예를 향해 날아오는 암기들을 보며 가볍게 오른손을 휘둘렀고, 그 순간 뜨거운 양강의 기운이 일대를 휘감는가 싶더니 그를 향해 날아오던 암기를 모두 튕겨내 사방으로 떨구었다.

"아!"

민예는 떨어진 암기 중 하나를 보고는 놀란 표정을 지었는데, 놀랍게도 암기는 양강의 기운에 의해서 날이 뭉툭하게 녹아 있었기 때문이다.

이 정도라면 적중했다 할지라도 두 사람의 내공 때문에 그리 큰 상처를 입힐 수 없었을 것은 분명했는데, 자객들이 이런 암기를 날릴 리는 없다는 것을 잘 아는 민예는 문주의 무공에 도저히 정신을 차릴 수가 없었다.

그녀 역시 무랑촌에서 양강의 무공을 익힌 사람을 본 적이 있었지만, 백수십 개의 암기를 순식간에 녹여 버릴 정도의 무공을 지닌 자는 본 적이 없었다.

하지만 암기를 모두 쳐냈다고 해서 이들의 위기가 사라진 것은 아니었고, 이제 열두 명의 자객들이 더 모습을 드러내어 민예와 장천을 감싸고 있는 자객들의 숫자는 민예의 일격에 쓰러졌던 처음 두 명과 장천의 손에 검이 부러진 자객 일곱 명까지 합쳐 모두 스물한 명으로 늘어나 있는 상태였다.

이들 모두가 민예에 비해 무공이 떨어지긴 하지만, 만약 그녀가 강호에 나간다면 충분히 강호의 일류고수로 이름을 떨칠 수 있을 것을 감안한다면 결코 쉽게 볼 수 있는 숫자가 아니었다.

또 이들의 움직임으로 무수히 많은 훈련을 거친 것을 알 수 있었으니 합격진과 연환진이 계속 밀려온다면 싸움은 힘들어질 수밖에 없었다.

물론 다행인 것은 장천이 무공을 시전하고 있다는 것이지만, 아직 완진히 정신을 치린 것이 아닌지라 그 힘을 예측할 수 없다는 것이다.

무랑이 쓰러진 후 사실상 천하제일고수의 자리에 앉은 그였지만, 자폐로 인한 정신 이상은 쉽게 볼 수 있는 것이 아니었다.

암기의 공격이 실패하자 자객들은 다시 합격진을 짜서는 장천을 향해 공격해 들어왔다.

어떠한 살기도 어떠한 기운도 느껴지지 않은 채 다가오고 있는 모습에 민예는 이들에 대해 더욱 두려움이 느껴지고 있었다.

무심일까? 이러한 자객들의 모습은 민예에게는 두려움을 안겨줄지 모르지만, 장천에게는 그저 산들바람에 흔들리는 나뭇가지 정도와 비

견딜까? 그 이상도 그 이하도 아니었다.

물론 평범한 사람이라면 이것을 무심이라 평할 수 있지만 솔직히 장천은 자폐의 상태라 이것은 무심이라고 보기에는 너무 과한 표현일 수도 있을 것이다.

그러나 득도에 이른 무심이건 자폐에 의한 무심이건 장천 그 자신의 그릇은 변하지 않았으니 그에게는 그저 숲길을 걷고 있음에 산들바람에 흔들리는 나뭇가지가 눈에 거슬리는 방해물일 수밖에 없었다.

자객들의 검이 자신을 향해 날아오자 눈에 거슬려 장천은 그것을 치우고자 했고, 어느 사이엔가 이십여 개의 검은 땅에 떨구어졌다.

"아!"

한순간의 일에 민예는 놀라 입을 다물 수가 없었다. 그녀는 장천이 움직이는 것조차 감지하지 못하고 있었기 때문이다.

그도 그럴 것이 옆에 있는 자가 숲길을 걸으며 눈에 거슬리는 것을 치우는 정도를 누가 신경이나 쓰겠는가?

너무나 자연스러운 움직임에 민예는 그것을 알아채지 못한 것이다.

단 일 수로 무기를 모두 빼앗겨 버리자 자객들 또한 자폐증에 걸렸다고 알려진 이가 이 정도의 무공을 지니고 있으리라고는 생각지도 못해 놀란 표정을 감추지 못했다.

하지만 강호의 자객이란 것은 하나의 살행이 주어졌을 때 그것이 실패했다면 이어지는 것은 죽음밖에 없었다.

그러한 이유로 자객들은 자신의 명이 끊길 때까지 하나의 목표를 포기하지 않기에 검을 모두 빼앗겼지만 다시 장천을 향해 공격해 들어갔다.

검을 빼앗기기는 했지만 맨손으로도 사람 하나를 죽일 수 있는 이들이 자객인지라 그 공격 또한 날카롭기 그지없었다.

물론 이러한 공격이 장천에게 전혀 통하지 않는 것은 어쩔 수 없는 일이었다.

또다시 자객들이 자신을 향해 몸을 날려오자 장천은 마치 눈앞에서 귀찮게 날아다니는 날벌레와 같은 것으로 그들을 취급했다.

"끅!"

"헉!"

한꺼번에 십여 명 이상의 자객들이 그를 향해 몸을 날렸지만 장천은 가볍게 손짓하는 것으로 그들의 목을 부러뜨려 절명시켰고, 이어지는 자객들 역시 그리 다르지 않은 손속으로 쓰러뜨렸다.

이렇게 스물한 명의 자객은 맨손으로 달려든 지 일각도 되지 않은 시간에 싸늘한 시체가 되어 대지에 몸을 맡겨야 했기에 자신이 모시고 있던 주인의 놀라운 실력에 민예는 놀라기보다는 한없는 공포를 느껴야 했다.

아무런 표정도 없이 스물한 명의 인간을 전멸시킨 것을 보았으니 아직 싸움 중에 사람이 죽는 것을 보지 못했던 그녀로선 당연한 결과라 할 수 있었다.

"아!"

놀란 민예는 그 자리에서 주저앉고 말았는데, 장천은 그 모습에 어떠한 표정도 어떠한 행동도 하지 않고 파리를 다 내쫓았다는 생각에 다시 자리에 앉아서는 멍한 모습으로 돌아와 있었다.

한편 이들의 싸움을 지켜보는 이가 있었는데, 그들은 하노와 암암리에 장천을 보호하고 있던 무사들이었다.

장천이 자객들에게 습격을 당하고 있음에도 그 모습을 드러내지 않은 것은 모두 하노의 지시였다.

"과연 문주님이십니다."

"병이 나은 것은 아니지만, 무공만큼은 건재하신 것 같군."

"그렇습니다. 그런데 장로님, 한 가지 여쭈어볼 것이 있습니다."

장천을 보호하고 있는 암검단의 단주 요명의 물어볼 것이 있다는 말에 하노는 그것을 짐작할 수 있었다.

"저 자객들을 내가 보낸 것은 아니냐 하는 것이냐?"

"…그렇습니다."

"저들은 본 장로가 보낸 자들이 아니네."

"그럼?!"

"구궁이 보낸 것이라 짐작되네. 무랑촌의 진세를 알고 문주님께 자객을 보낼 자는 그 외에는 생각해 볼 수 없겠지."

"하지만 후에 진세를 바꾸지 않았습니까?"

요명으로선 구궁이 무랑촌을 습격할 것에 대비해서 진세를 바꾸었기에 그가 어떻게 자객들을 보낼 수 있었을까 생각하여 말한 것이다.

"잊었는가? 그는 본 문도 모르는 사이에 대사련과 멸천문의 잔당을 자신의 수족으로 끌어들인 자이네. 그렇다고 한다면 본 문의 문도 중에서 그와 연이 닿아 있는 자가 없다고는 할 수 없겠지."

"아!"

요명으로선 혈족과도 같은 무랑촌의 사람 중에 배신자가 있다는 말에 조금 놀란 표정을 지었다.

솔직히 그러한 가능성을 생각하지 않은 것은 아니지만, 비도문이 생긴 이래 배신자가 구궁 외에는 없었기에 그것을 믿고 싶지 않았던 것도 있었다.

"부끄러운 일이지만 본 문을 과거와 같이 생각해서는 안 되네. 이제 본 문은 무림의 수호문이 아니라네."

"…그렇군요."

하노의 말에 요명으로선 비참함까지 밀려오고 있었다. 비도문의 숭고한 역사가 현세에 와서 더럽혀졌기 때문이다.

"자네는 총관인 문민에게 이제 계획한 대로 일을 시작하라 전하게."

"계획이라면?"

"문주님께서 아직 정신을 차리신 것은 아니지만 저 정도의 무학을 지니셨다면 이제 계획대로 무림에 본 문의 이름을 알려야겠지."

"…알겠습니다."

하노의 말에 요명은 고개를 끄덕이고는 사라졌다.

요명은 삼대가문 중 하나인 하노의 증손녀 사위였기에 그가 신임하고 있는 사람 중의 하나였다.

외부에서 들어온 사람이 비도문 삼대방가의 성씨를 얻기 위해선 문주의 허가가 필요했기 때문에 아직 요씨 성을 사용하고 있지만, 장천이 사폐에서 벗어난다면 제일 처음 삼대방가의 성씨 중 하나인 하씨의 성을 받을 인물이었다.

무학을 비롯하여 외지에서 들어온 사람 중 가장 뛰어난 인물인지라 하노는 장천이 정신을 차린다면 그를 문주의 측근으로 만들 생각이었다.

"이제부터가 시작인가."

지금까지는 장천의 상태가 좋지 못했기에 비도문은 은인자중하며 문주의 병세가 나아질 시기를 노리고 있었다.

하지만 완전히 병이 낫는다는 것은 그 기일을 예측할 수 없고, 강호의 상황 역시 그리 좋다고는 할 수 없었기에 과감하게 일을 시작한 것이다.

현재 강호는 정, 사, 마의 모든 명문 문파가 봉문을 한 상태이기는 했지만 그렇다고 완전히 활동이 없는 것은 아니었다.

문파는 봉문되었지만 상당히 비밀리에 강호에서 젊은이들을 모으고 있었기 때문이다.

하노가 개인적으로 데리고 있는 거지 세력은 개방과 같이 강호의 전체에 퍼져 소식을 전해주고 있기에 대충 강호의 사정을 알고 있었다.

물론 아직까지 각 문파에 잠입해 있는 비도문의 첩자가 없는 것은 아니지만, 구궁으로 인하여 그들 모두를 신용하는 것은 어려웠기에 첩자들이 보내온 소식은 배제해 놓고 있는 상태였다.

구궁이 십대신병 중 여덟 가지를 통해 비도문의 문주인 장천을 상대할 무사들을 기르고 있다는 것은 알고 있었지만, 단 일 년의 시간으로 이들이 장천을 상대할 수 없어 그것에 대해서는 그다지 신경 쓰고 있지 않았다.

가장 두려워하는 것은 비도문의 배신자라 할 수 있는 구궁의 움직임이었다. 암암리에 비도문이 수백 년이 넘는 시간 동안 소장해 놓은 무학서의 사본을 만든 덕에 시간이 더 지난다면 비도문조차 감당하기 어려운 세력을 만들 수 있었다.

물론 거지들에게 구궁의 움직임을 상세히 살피라 명령을 내렸지만, 상당히 은밀하게 움직이고 있는지 확실한 종적을 알 수가 없었다.

이런 이유로 장천의 상태가 아직 좋지는 않지만 최대한 빨리 비도문의 문도들을 강호로 내보내려 하는 것이다.

한편 하노가 이런저런 생각으로 고심하고 있는 동안 민예는 정신을 차릴 수 있었다.

"아!"

주위에 쓰러져 있는 자객들의 시신이 그녀에게 좋게 보일 리 없었기에 고개를 돌려 한동안 가슴을 진정시킨 민예는 장천을 보며 말했다.

"문주님."

민예는 조심스러운 목소리로 장천을 불렀지만 그가 아무런 미동도 없어 한숨이 흘러나왔다.

조심스럽게 장천을 부축한 민예는 문 내로 돌아서려 했는데, 그때 누군가가 자신들의 앞길을 막고 있는 것을 볼 수 있었다.

"아! 하 장로님!"

민예는 자신들의 앞을 막고 있는 사람이 하 장로라는 것을 알고는 놀라서 고개를 숙였는데, 하노는 그런 그녀에게 미소 지으며 말했다.

"수고했다. 네가 아니었으면 문주님이 위험하실 뻔했구나."

아무 말도 해주지 않았음에도 하 장로가 두 사람에게 일어난 일을 모두 알고 있는 것처럼 대답하자 민예로선 어찌할 바를 몰랐다.

솔직히 문주는 문주 자신이 구한 것이지 자신이 한 일이 아니기 때문이다.

"아닙니다. 문주님께서 무공을 사용하여 구해주시지 않았다면 저는 죽은 목숨이었을 것입니다."

그녀의 말에 하노는 고개를 끄덕이고는 말했다.

"오후에 천약방에 가서 구명천심환을 받아 복용하도록 해라."

"예? 구명천심환이라면!"

하노의 말에 그녀는 크게 놀랄 수밖에 없었는데, 구명천심환은 소림의 대환단이나 무당의 태청신단과 비등한 효능을 가진 것으로 그것을 먹는 이는 삼십 년의 내공이 증진되는 효과를 지니고 있었기 때문이다.

무랑촌에서 태어난 사람이라 할지라도 선택된 자들만 복용할 수 있는 신단을 외지에서 온 여종에 지나지 않은 민예에게 복용하라 하니 놀라는 것은 당연한 일이었다.

"앞으로 강호에 나가실 문주님을 보필하려면 너의 미천한 내공으로는 힘들 것이다."

하노의 말에 그녀는 드디어 자신이 여종의 신분에서 벗어났다는 것을 알 수 있었다.

문파 내에선 문주라 할지라도 하찮은 여종에게 시중을 받지만, 강호로 나갔을 때는 무공이 미천한 여종은 시중을 들 수 없었다.

이런 이유로 외지에 나가면 무공을 지니고 있는 여인들이 모여 있는 풍예관의 정식 무사들이 시중을 들었던 것이다.

하노가 강호로 나가는 문주를 보필하라 명한 것은 그녀가 이제 여종의 신분이 아닌 풍예관의 정식 무사가 되었다는 뜻인지라 감격하는 것은 당연하다 할 수 있었다.

"흑흑흑… 장로님, 고맙습니다."

돌아서서 걸어가는 하노를 보며 민예는 감격의 눈물을 흘렸다.

또 장천에게도 고마움을 느꼈는데, 미천한 집안에서 태어난 자신이 이제 무랑촌의 정식 식구가 될 수 있었던 것은 모두 장천을 시중들 수 있었기 때문이다.

감숙성 쌍도문, 과거 의문의 무리들로부터 습격을 당한 이후 폐허가 된 이곳은 정사마가 모두 합쳐진 정의련의 탄생 일 년 동안 다시 재건

되기 시작했다.

그리고 일 년이 지난 지금은 과거 전성기의 모습은 아니지만, 반 이상의 전각이 다시 원상태를 복구한 상태였다.

과거 쌍도문의 문주가 거처하던 천도전(天刀殿) 역시 다시 복구되며 장춘삼에 이어 새로운 문주가 자리를 하고 있었는데, 바로 정무맹과 마교의 무인들을 비도문의 손에서 구해내며 새로운 무림의 구성으로 떠오른 신궁 구궁이었다.

마치 황제의 옥좌와 같이 화려하기 그지없는 상좌에 앉은 구궁은 열두 명의 무인들이 시립한 가운데 한 무인에게서 보고를 받고 있었다.

이상한 것이라면 이들 중 어느 누구도 과거 쌍도문에 속해 있던 자가 없었고, 각자가 다른 병장기를 소유하고 있었다.

"실패했단 말인가?"

구궁은 잠시간이지만 보고를 듣는 것이 지루한지 거만한 자세로 앉아 고개를 땅에 박은 자세로 보고를 올리는 무사를 보며 말했고, 구궁의 말에 그지는 고개를 들 생각도 못한 채 떨리는 목소리로 말했다.

"죽여주십시오."

"흠……."

죽여달라고 말하는 그의 말에 구궁은 식상한 표정으로 손짓을 하니 잠시 후 하나의 인영이 나타나서는 그의 손에 곰방대를 들려주었다.

"어차피 성공할 것이라고는 생각지 않았지만, 의외군… 자폐증에 걸린 녀석이 직접 손을 쓰다니 말이야."

"밀전(密殿)의 일급살수 스물한 명이 그자가 손을 쓰자 일각을 버티지 못한 것을 감안한다면 그자를 암살한다는 것은 불가능하리라 생각됩니다."

구궁의 말에 시립하고 있던 무사 한 명이 정중하게 포권을 하며 자신의 생각을 밝히자 구궁 역시 고개를 끄덕이며 말했다.

"어쨌든 이번 일로 녀석의 상태를 알 수 있었던 것도 큰 수확이다. 하나 이번 일에 실패한 대가는 치러야 할 것이니, 전주는 이 자리에서 한 팔을 자르도록 하라."

"감사합니다."

구궁의 말에 보고를 하던 밀전의 전주는 고개를 숙여 인사하고는 좌수를 들어 오른쪽 어깨를 잡아 그대로 뽑아버렸고, 천도전은 순식간에 그의 피로 시뻘겋게 물들여졌다.

"돌아가서 어깨를 치료하도록 해라."

"예."

전주가 팔을 뽑은 것을 보며 구궁은 돌아가라 명했고, 전주는 어깨의 고통을 참으며 대답하고는 천도전에서 물러났다.

밀전의 전주가 물러나자 시립해 있던 무사들 중 쌍수검을 등에 차고 있는 날카로운 인상의 무인이 포권을 하며 말했다.

"문주, 최근 들어 은원단의 움직임이 심상치 않습니다."

"은원단? 무진이 맡고 있는 곳을 말하는가?"

은원단은 남은 쌍도문의 제자들로 이루어진 무단으로, 원래는 쌍도문의 중추 세력이라 할 수 있었지만 구궁이 문주가 되면서 구석으로 밀려난 무사들이다.

이제 쌍도문에 속해 있는 자들은 거의 팔 할 이상이 외부에서 들어온 자들이었기에 은원단은 각 단 중에서는 숫자가 가장 많지만 문파 내에서는 소외되었다.

이들은 쌍도문 삼대제장 중 수석인 곽무진을 중심으로 하나로 뭉쳐져 있었기에 쌍도문 내에서 구궁을 제외하고는 어느 누구의 지시도 받지 않고 있었다.

"이십여 명의 은원단 무사들이 외부로 나가 장천의 소재를 조사하고 있다 합니다."

"그들의 힘으로는 아무것도 할 수 없음을 알지 않는가?"

"하나 이들의 뒤에 하오문이 있지 않습니까?"

"강호의 잡배들이 모여 만들어진 문파다. 아직은 때가 아니니 그저 녀석들이 하는 것들만 감시하고 아무런 행동도 취하지 말아라."

"예."

그가 다시 자리로 돌아가자 구궁은 곰방대에서 담배 연기를 한 모금 내뿜더니 좌중에 있는 자들을 보며 말했다.

"일 년 동안은 그럭저럭 조용하게 지나갔지만, 비도문이 계속 침묵을 하고 있지는 않을 것이다. 그들이 나온다면 현 무림의 상태로는 일 년을 버티지 못할 것은 자명할 터, 정의청년단이 완성될 때까지 최대한 이들의 움직임을 지연시키도록 하라."

"예."

정의청년단, 정사마의 젊은 기재들이 모여 만들어지고 있는 무단으로 정사마의 모든 수뇌들이 모인 회의에서 구궁이 제의하여 일 년 전부터 만들어지고 있었다.

각 문파에서 보내온 수천 권의 무서로 최정예로 키워지고 있는 그들이기에 모든 과정을 마치게 되면 비도문의 음귀단과 비교해도 뒤지지 않을 힘을 만들 수 있기에 상당한 기대를 모으고 있었다.

구궁 역시 이들이 모든 과정을 마치고 출관하기만을 기다리고 있었지만, 이들이 출관하기까지는 적어도 삼사 년을 더 기다려야 되는 것을 알기에 비도문의 득세를 최대한 막으려 하는 것이다.

물론 이들은 단순히 비도문을 치기 위한 자들이 아니었다.

구궁은 이미 몇몇의 부하들을 이용하여 이들을 자신의 충실한 부하로 만들어가고 있었다.

음귀단이 비도문의 무사단이라면 이들 정의청년단은 구궁의 부하가 되어 그의 야욕을 완성시켜 줄 힘이었다.

구궁이 무림에 대한 야욕을 조금씩 이루어가고 있을 때 이들의 한편에서는 젊은 무사들이 움직이고 있었으니 바로 쌍도문의 진짜 무사들로 이루어진 은원단이었다.

쌍도문에서 만들어진 십삼 개 무단의 하나였지만 일 년이 넘는 기간 동안 단 한 번도 무림에 그 이름을 드러낸 적이 없는 그저 이름뿐인 무단이었다.

하지만 이들의 자긍심은 어느 누구보다 크다 할 수 있었는데, 자신들이 진정한 쌍도문의 문도라 생각하고 있기 때문이었다.

이들 무사들을 이끌고 있는 사람은 바로 곽무진으로 강호에는 이제 과거의 명호인 선풍도가 아닌 선풍검협이란 이름으로 강호오룡의 일인으로 자리 잡고 있었다.

최근 곽무진은 한 사람의 일로 상당히 골머리를 앓고 있었다.

"단주님! 어르신께서 또 술을 청하시는데 어떡해야 합니까?"

"휴… 어쩔 수 없지 않느냐. 내드려라."

"하지만 한두 병으로 해결될 것 같지 않으니 그렇죠."

"…음… 알았다. 내가 직접 가도록 하지."

"알겠습니다."

그의 말에 곽무진은 할 수 없다는 표정으로 자리에서 일어나 방 밖에 준비되어 있던 술 항아리를 들고 전각의 구석에 있는 방으로 걸음을 옮겼다.

"술 가져와! 술!"

방에 도착하자 한 남자의 목소리가 쩌렁쩌렁 울리고 있었는데, 곽무진은 고개를 좌우로 내젓고는 천천히 안으로 들어갔다.

방 안에는 침상 위에 덩치 큰 남자와 환갑은 넘은 듯한 노인이 고래고래 소리를 지르고 있는 모습을 볼 수 있었다.

"어라? 곽 단주 아닌가?"

"휴… 이게 마지막 술이니 제발 조용히 좀 하세요."

"이놈! 잔말 말고 냉큼 술이나 가져오너라!"

"……."

노인은 더 들을 것도 없다는 듯이 무진에게 술을 달라 소리쳤고, 이에 할 수 없다는 표정으로 무진은 그에게 술 항아리를 건넸다.

이미 상당한 술을 마셨는지 주위로는 백여 개가 넘는 술병과 항아리가 널려져 있었는데, 단 두 사람이 이렇듯 많은 술을 마셨다는 것이 무진으로선 도무지 믿어지지 않았다.

하지만 그로서는 이들을 어떻게 할 수 있는 방법이 없었는데, 구궁에 의해 이곳으로 온 자들이라면 당장에 목을 베었겠지만 이들 두 사람은 자신이 이곳으로 데려왔기 때문이다.

침상에 누워 있는 덩치 큰 장정은 바로 장천의 의형제인 데비드였고, 그의 앞에서 같이 술타령을 하고 있는 노인은 오림산이 있었을 때부터 쌍도문과 큰 연을 가지고 있었던 무림제일 명의인 견즉사의 호청명이었다.

멸천문의 본단에서 혈비도 무랑에게 사지가 잘려져 나간 데비드는 모든 일이 끝났을 때는 거의 죽은 목숨과 같았다고 해도 틀린 말이 아니었다.

무인의 몸으로 사지가 잘려져 나간다는 것은 이미 죽음보다 더 괴로운 일이기 때문이다. 하지만 우연인지 아니면 의도적인 것인지 때마침 무림제일 명의라고 알려져 있는 호청명이 구궁의 무리들과 함께 섞여 있었기에 그와 안면이 있었던 곽무진은 그에게 데비드를 치료해 달라고 청한 것이다.

다행히 호청명은 그의 청을 받아들여 데비드를 치료하게 됐는데, 놀랍게도 데비드의 잘려져 나간 사지를 신기에 가까운 접합술로 원래 상태로 돌려놓았다.

사지가 깨끗하게 잘려져 나가 호청명의 의술로 다시 접합하는 것은 성공하긴 했지만, 애석하게도 현재의 상태에선 다시 무공을 사용하는 것은 불가능했다.

하지만 곽무진은 데비드가 그동안 쌍도문을 위해 힘쓴 것을 알기에 그를 버려둘 수 없었고, 거의 일 년여가 넘는 기간 동안 견즉사의 호청명을 붙잡아놓고 데비드를 치료하게 했다.

물론 지금에 와서는 두 사람 모두 조금은 골칫거리로 변해 차라리 그때 치료만 하고 돌려보냈어야 했다는 후회를 하고 있었다.

"전 이만 돌아가겠습니다."

"응? 빨리 꺼져라. 네 녀석 얼굴 때문에 술맛이 떨어지니까 말이야."

"…알겠습니다."

곽무진의 말에 손짓을 하며 소리치는 호청명이었고, 그의 괴팍함에 곽무진으로선 한숨밖에 나오지 않았다.

그가 밖으로 나가자 호청명은 미소를 지으며 들고 있던 술병 하나를 넘기니 데비드는 술병을 받아 쥐고는 말했다.

"그나저나 언제까지 이곳에 있어야 할지 모르겠습니다, 어르신."

"아직은 멀었어. 네놈 사지의 혈맥 상태는 완벽하다 볼 수 없다."

"아니, 제 말은 그것이 아니라……."

"갑갑한가?"

호청명이 묻자 데비드는 술병을 내려놓으며 말했다.

"갑갑하기도 하지만, 천이가 어떻게 되었는지가 가장 궁금합니다. 어르신께선 뭐 알고 계신 것이 없습니까?"

데비드의 말에 호청명은 들고 있던 술을 단숨에 비워 버리고는 말했다.

"내가 하노 녀석의 명을 받고 너를 치료하기는 했지만, 내가 비도문에 속해 있다는 것을 알고 있는 자는 그 녀석 외에는 단 한 사람도 없다."

"그렇디면?"

"나와 같이 철저하게 비도문 내에서도 비밀로 되어 있는 자들은 일단은 녀석이 내린 명령을 받고는 있지만, 비도문 내부의 일에 대해서는 아무것도 아는 것이 없지. 그저 평소에는 하고 싶은 대로 살다가 가끔씩 던져 주는 일을 하는 것 외에는 아무것도 없다."

"그렇군요."

사실 데비드 역시 천하의 명의라고 알려져 있는 호청명이 비도문에 속해 있다는 걸 그에게 치료를 받으며 친해진 후에야 알 수 있었으니 다른 이들은 어떠하겠는가?

강호에서 얼굴을 드러냈으면서도 정체를 들키지 않는다는 것은 그만큼 비도문에서 주의를 기울이고 있다는 것으로 내부의 일을 모른다고 하는 것도 이상할 것은 없었다.

"비도문으로 가고 싶은 게냐?"

"글쎄요. 사지를 잘라 병신을 만들어놓은 곳에 왜 가고 싶겠습니까? 뭐 쓸 만한 비급이라도 하나 준다면 갈 수도 있지요."

"이놈, 일 년 가까이 누워 있더니 패기는 사라지고 넉살만 늘었구나!"

"그럴까요?"

"그래도 네놈이 천이와 인연이 있어 하노가 꽤 신경을 써주지 않았더냐? 소림의 대환단과 비교할 수 있는 구명천심환도 세 개나 소비해서 멀쩡하게 만들어놓았더니 이제 비급까지 달라고? 염치없는 놈."

호청명의 말에 데비드는 미소를 지었다. 구명천심환이란 신단으로 인하여 그 자신의 내공이 전과 비교할 수도 없을 정도로 늘었지만, 아직 혈맥이 타통되지 않아 영약의 대부분을 자신의 내공으로 화하지 못한 상태였다.

그런 이유로 상승무공의 비급이 필요한 것은 사실이지만, 이 정도까지 만들어준 것을 생각한다면 물에서 구해준 것에 보따리까지 청하는 것과 다를 바가 없었다.

그러나 이왕 얻는 것 뜯어낼 수 있는 것은 다 뜯어내는 것도 나쁘지 않다고 생각하는 데비드였다.

"이왕 구해주실 거면 남는 비급 하나만 주면 안 됩니까?"

"허허허, 그놈!"

데비드의 말에 호청명은 이제 할 말을 잃고 너털웃음을 흘리곤 다시 술을 한 모금 마시더니 품에서 한 권의 책을 꺼내어 그에게 던져 주었다.

"이건 무엇입니까?"

"하북팽가의 혼원벽력신공(混元霹靂神功)과 혼원벽력장(混元霹靂掌)의 비급이다. 네 녀석과 비슷한 녀석들이 살고 있는 하북팽가의 무공이라면 익히는 데 그리 문제는 없을 것 같다 생각하여 전에 하노 녀석에게 부탁해 놓은 것이다."

"아이구, 이거 고마워서 어떡합니까?"

호청명이 내놓은 비급을 보며 데비드가 입이 찢어질 듯한 모습으로 비급을 받아 들자 그의 넉살에 얼굴을 찡그리는 호청명이었다.

"되었다. 네 녀석에게 무엇을 바라겠느냐? 고놈, 처음에는 그러지 않더니 왜 이리 변했누?"

"하하하! 계속 어르신을 대하다 보니 저도 모르게 이렇게 변하는군요."

"흥! 잘났다, 이놈아!"

"하하하하!"

하지만 호통을 치는 호청명의 얼굴은 그리 싫지 않은 표정이었다.

호청명은 하노에 의해서 무림에 나온 이후로 성혼도 하지 못하고 혼자 살아가고 있었기에 그동안 보았던 환자들 중에서 가장 오랜 기간을 지내온 데비드가 아들처럼 생각되는 것은 인지상정이라 할 수 있었다.

"내일쯤 이곳을 떠날까 생각하고 있다."

"예?"

호청명의 갑작스러운 말에 데비드는 놀란 목소리로 되물었고, 그는 다시 술을 한 모금 마시며 말했다.

"근시일 안에 본 문이 강호에 모습을 드러낼 듯하구나."

"그렇군요."

"의술 이외에는 별 쓸모 없는 늙은이일지 모르지만 가만히 앉아 있을 수는 없구나."

"…그렇다면 저도 같이 가겠습니다."

"아서라. 지금의 네 녀석으로는 강호의 삼류무사도 이기기 어렵다."

"그런……."

"네 녀석의 사지 혈맥은 혼원벽력공과 벽력장을 수련한다면 한 달이내에 과거의 상태로 돌아갈 수 있을 것이다. 그때는 네 녀석이 강호에 나가서 뭐를 하든 막지 않을 테니 한 달 동안은 쌍도문에서 나올 생각은 꿈도 꾸지 말아라."

"…휴… 알겠습니다."

호청명의 말이 틀리지 않은지라 데비드로선 한숨을 쉬며 대답할 수밖에 없었다.

사실 호청명 역시 데비드와 헤어지는 것이 아쉽기는 마찬가지였지만, 아직 원상태로 회복을 하지 못한 데비드가 나선다면 필시 자신을 노리는 자에게 죽음을 면치 못할 것임을 잘 알고 있었기에 그를 막고 있는 것이다.

"물론 이곳에서 놀고만 있으라는 것은 아니다."

"예?"

"구궁의 손에는 능예라는 아이와 아들인 소천이란 놈, 또 쌍도문의 요운이란 녀석이 잡혀 있을 것이다. 넌 이곳에서 무진과 함께 이들 셋을 찾아보도록 하거라."

"음… 확실히 형수와 소천이를 인질로 구궁이 천이를 협박할 수도 있겠군요."

"일이 그렇게 된다면 비도문의 율법상 어쩔 수 없이 능예란 아이와 소천이란 녀석은 죽음을 면치 못할 것이다."

비도문은 율법이 상당히 엄한 문파였기에 가솔들이 적에게 사로잡혀 인질이 되어 협박당한다면 그들을 죽일 수밖에 없었던 것이다.

이런 이유로 호청명은 쌍도문에서 비도문보다 먼저 이들 세 사람의 종적을 찾으려 했지만, 애석하게도 알아낸 것은 전무했다.

호청명은 품에서 꺼낸 쪽지 하나를 데비드의 손에 건네준 후 조용히 말했다.

"이미 구궁의 주위에 첩자를 심어놓고 있으니 네 녀석은 은밀히 그자와 접선하여 일을 도모하도록 해라. 그자의 무공도 꽤 되니 문제는 없으리라 생각한다."

"알겠습니다."

"만약의 경우를 생각해 첩자에 관한 것은 무진이란 아이에게도 비밀로 해야 하니, 조심히 일을 도모하도록 해라."

"걱정도 많습니다. 맡겨만 주십시오."

"흥! 말솜씨만 늘었구나."

이렇게 중요한 당부를 끝으로 다음날 호청명은 아무도 알지 못하게 쌍도문을 빠져나갔다. 물론 호청명이 외부로 빠져나간 것은 구궁에게도 알려져 있었지만, 의술을 제외한다면 호청명은 그저 한 수 정도의 재간이 있는 늙은 노인에 지나지 않았기에 흘려 넘길 뿐이었다.

근 일 년 동안 침묵을 지켜왔던 비도문이 다시 세상에 모습을 드러내자 지금껏 정사의 명문정파들과 마교가 봉문을 하면서 득세를 해왔던 중소문파들은 긴장을 할 수밖에 없었다.

호랑이가 없어 여우가 왕의 노릇을 해왔을 뿐이지, 실제로 그들이 호랑이와 같은 기세를 가진 건 아니었기에 당연하다 할 수 있었다.

일 년간의 침묵 동안 비도문 역시 가만히 앉아 있지만은 않았다. 음귀단이라는 무림사에 찾을 수 없는 무사 집단 외에도 그에 비해서 실력은 떨어지지만 숫자는 두 배 정도에 가까운 귀령단을 앞세워 삽시간에 강호를 비도문의 아래로 정복해 가기 시작했기 때문이다.

이들에게 대항하는 유일한 세력이라면 감숙성에 자리를 잡고 있는 쌍도문뿐이었는데, 명문의 무문 중 봉문을 하지 않은 유일한 문파였다.

구궁이라는 존재를 축으로 수많은 중소문파들의 연합으로 이루어져 있는 이들은 비도문의 귀령단에 비해서는 그 힘이 미약할 수밖에 없었지만 숫자로만 본다면 몇 배에 달하고 있었기에 비도문의 득세를 막았던 것이다.

이로 인하여 강남은 비도문을, 강북은 쌍도문을 중심으로 한 중소문파의 연합으로 나누어졌다.

그러나 이상한 것이 있다면 비도문이 의외로 이 양분된 강호의 상황에 만족하고 있다는 것이다. 서로 간의 세력이 강남과 강북으로 나누어지자 비도문은 지금까지 파죽지세로 밀고 들어가던 기세를 멈추었다.

이러한 대치는 사 년 이상 지속됐고, 이젠 강남은 비도문을 중심으로 하는 무맹이, 강북은 쌍도문을 중심으로 하는 무맹이 자리 잡았다.

비도문이 강호에 모습을 드러낸 지 오 년째 되는 시기, 드디어 무림의 명문정파들은 일제히 자신들의 봉문을 풀고 세상에 발을 내디딜 날이 한 달밖에 남지 않았다. 강호는 사 년간의 양분된 평화의 시기가 끝나고 또다시 혼란이 시작되려 하는 것이다.

호북 청면현, 이곳에 위치한 연운객잔으로 외지에서 들어온 두 명의 여행객이 들어섰는데, 그들의 허리에 검이 들려 있는 것이 무인이라는 것을 말해 주고 있었다.

하지만 사람들의 시선을 끌고 있는 것은 그들이 무인이라는 것이 아닌 두 사람의 외모에 있었는데, 둘 모두 흔히 볼 수 없는 걸출한 외모를 지니고 있었기 때문이다.

청의를 입고 있는 젊은 청년은 마치 여인과 같이 새하얀 피부를 지니고 있는지라 여장을 한다면 어느 누구도 남자로 생각하지 못할 정도였고, 또 한 사람은 날카로운 검미가 귀끝까지 뻗어 있고 무표정한 모습이 쉽게 접근하기 어려운 인상이지만 여인네들이 본다면 이러한 모습에 더욱 흥미를 가질 듯한 외모였다.

이 두 미청년이 객잔 안으로 들어서자 객잔에 머물고 있던 사람들은 좀처럼 입을 다물지 못했다.

그들이 자리에 앉자 점소이가 급히 주문을 받기 위해 달려왔다. 두 사람의 복색을 보아 이름있는 집안의 자손이라 생각했기 때문이다.

"어서 오십시오."

"간단히 요기할 것과 소홍주 한 병을 가져오게."

"예, 잠시만 기다려 주십시오."

여인과 같은 외모를 지닌 미청년이 간단히 음식을 주문하자 점소이는 두세 번 고개를 조아리더니 주방으로 사라졌다.

그가 사라지자 미청년은 주위를 두리번거리고는 무엇인가 마음에 들지 않는다는 듯 미간을 찌푸렸다.

"휴… 정말 이곳에 기문숙이라는 분이 계실까요?"

미청년은 한숨을 쉬며 동료를 보며 말했으나 그의 물음에 상대는 아무런 대답도 하지 않았다. 하지만 이자의 입에서 나온 이름은 결코 간과할 수 없는 것이었다. 기문숙이란 이름은 바로 쌍도문에서 가장 배분이 높다고 할 수 있는 무인의 이름이기 때문이다.

기문숙의 이름을 말하고 있는 두 청년, 이 중 한 사람은 기문숙과 크게 관련이 있는 사람, 바로 장천이었다.

장천의 옆에서 한숨을 쉬고 있는 미청년은 남장을 하고 있는 그의 시종인 민예였다.

두 사람이 이곳으로 온 이유는 비도문으로 이곳 청면현의 농부 중 장천의 사숙조라 할 수 있는 기문숙이 있다는 정보가 들어왔기 때문이었다.

이것은 우연히 강북에 잠입해 있던 비도문의 첩자가 알아낸 것으로 장천은 그 소식을 듣고 급히 민예와 함께 청면현으로 온 것이다.

기문숙은 그에게 자연도라는 무공을 가르쳐 준 스승과도 같은 사람인데, 비도문의 행사로 인하여 무공이 전폐당했다는 것을 듣고 사방으로 수소문하고 다닌 끝에 겨우 그의 종적을 찾을 수 있었던 것이다.

자폐증에 걸린 지 오 년이 넘는 시간이 흐른 장천은 그 병이 나아 이제는 말을 할 수 있을 정도의 상태가 되었지만, 아직 완전히 마음을 열지는 않았는지 무표정한 모습은 변하지 않고 있었다.

자신의 말에 장천이 아무런 대답이 없자 민예는 뾰로퉁한 얼굴이 될 수밖에 없었다.

"문주님은 너무 재미없어."

아무도 듣지 않을 정도로 조용히 투덜거린 민예는 뭐 흥미를 끌 것이 없을까 하는 생각에 주위를 두리번거렸지만, 역시나 작은 마을이라 그녀의 눈길을 끌 만한 것은 없었다.

잠시 후 점소이가 두 사람의 앞에 음식을 내려놓자 장천은 천천히 고개를 들어 그에게 은원보 하나를 내밀며 말했다.

"몇 가지 물어볼 것이 있는데 말해 주겠는가?"

"아! 물론입죠. 말씀만 하십시오."

장천이 열 냥짜리 은원보를 내밀자 점소이가 놀라는 표정을 지으며 재빨리 말하니, 열 냥이라면 이곳에서 몇 년을 일해도 벌 수 없을 정도로 큰돈이기 때문이다.

"이 마을 근처에 기영이라는 사람이 있다고 하던데?"

장천의 말에 점소이는 잠시 생각에 잠기는 듯하다가 무엇이 생각났는지 손바닥을 치며 말했다.

"아! 기 의원님을 말씀하시는군요?"

"기 의원? 농부가 아니었던가?"

기영은 기문숙이 이곳에서 쓰고 있는 이름인데, 점소이가 의원이라고 하자 장천으로선 이상하게 생각하며 되물었다.

"아! 뭐 정식으로 의원 일을 하는 것은 아닙니다. 예전에 심명이란 노인네가 병을 앓은 적이 있었는데, 기 의원님이 병을 고쳐 준 후 마을 사람들은 그분을 기 의원님이라 부릅니다."

"음······."

무공이 뛰어난 사람 중에선 의술 역시 뛰어난 자들이 있었고, 기문숙 역시 과거에 곽무진의 상처를 고친 적도 있다는 것을 알고 있는 장천은 고개를 끄덕였다.

"손님께서는 그분의 소문을 듣고 오신 모양이군요?"

"응? 아! 그렇다네."

"그렇다면 잘 오셨습니다요. 정식으로 의원을 여신 분은 아니지만

이 마을에서 그분이 손을 봐주신 후 완쾌되지 않은 사람이 없을 정도지요. 거기에다 치료비도 그저 약값 정도 외에는 받지 않으니 그처럼 좋은 분이 어디 있겠습니까?"

점소이의 말을 미루어보아 마을에서 상당히 존경받고 있는 사람이라는 것을 알 수 있었으니 장천은 안도의 한숨을 쉴 수 있었다.

보통 무림인들이 무공을 잃게 되면 평범한 삶에 적응하지 못하고 폐인이 되는 것이 보통이기에 기문숙에 대해서 걱정을 하고 있었기 때문이다.

제58장
자연지도(自然之道)

객잔에서 간단히 식사를 끝낸 두 사람은 기문숙이 농사를 짓고 살고 있다는 곳으로 걸음을 옮겼다.

마을 자체가 그리 크지 않은 탓에 일각도 되지 않아 길게 늘어서 있는 평원이 그 모습을 드러내었으니 인가조차 쉽게 찾을 수 없었다.

과연 이런 곳에서 기문숙이 살고 있을까 하는 생각이 들 정도였는데, 한참 길을 걷던 장천은 자신도 모르게 걸음을 멈추었다.

그가 멈춘 곳은 길게 펼쳐져 있는 밭이었는데, 밭의 고랑에서 평범치 않은 기운이 느껴지고 있었기 때문이다.

"음……."

천천히 땅을 살펴보던 장천은 이내 침음을 흘리고 말았다. 단순히 밭을 일구기 위해서 괭이질을 했을 밭임에도 그 하나하나의 흐름에는 전혀 흐트러짐이 없었다.

길게 늘어서 있는 고랑은 마치 자로 그려져 있는 것과 같았고, 괭이질을 한 흙에는 작지만 자연의 기가 고스란히 살아 있었다.

본시 괭이로 일구지 않은 흙과 일군 흙의 차이는 기의 흐름이 원활하게 흐르느냐 흐르지 않느냐에 한 해의 경작이 큰 차이를 보이기 마련이다.

농부가 땀을 흘리며 정성스럽게 일군 밭은 그 하나하나에 기가 서려 있으며 작물의 뿌리가 마음껏 수분과 공기를 맡을 수 있는 일정한 틈이 있기 마련이다.

이러한 틈으로 지기(地氣)가 작물로 쉽게 흡수되어야만 작물이 잘 자랄 수 있는 것이니, 장천이 보고 있는 밭은 어디 하나 흠을 찾을 수 없을 정도였다.

비록 장천이 농사일을 배운 적이 없기는 하지만, 그의 눈에 보이는 밭은 풍요로운 작물을 재배할 수 있는 옥토였다.

밭이 아닌 한 걸음 밖의 땅과 비교하면 크게 차이가 나는 것이 장천의 생각을 더욱 굳히고 있었다.

"자연의 기인가……."

장천은 기문숙이 그에게 가르쳐 주었던 자연도(自然刀)의 기운이 흙에서 흘러나오는 것을 느꼈다.

'기 사숙조님이 무공을 회복하신 것일까?

이 정도의 기운을 낼 수 있다는 것은 무공을 회복했다고밖에 생각할 수 없었지만, 하노에게서 기문숙이 단전이 파괴되고 다리의 근맥이 잘려져 나갔다는 것을 들었기에 확신할 수는 없었다.

아무리 뛰어난 무공을 지니고 있다 하더라도 단전이 파괴되고 다리의 근맥이 잘려졌다면 다시 무공을 되찾는 것은 불가능하기 때문이다.

"문주님, 무슨 이상한 것이라도 발견하신 건가요?"

"응? 아니다. 가자, 민예."

"예."

민예의 말에 장천은 아무것도 아니라는 듯이 고개를 저으며 다시 기문숙이 살고 있다는 곳으로 걸음을 옮겼다.

실로 수년 만에 보는 기문숙인지라 장천은 무슨 말을 해야 할까 고민이 될 수밖에 없었다. 그가 그런 꼴이 된 것은 어쩌면 자신의 책임이라고 할 수 있기 때문이다.

혹시나 기문숙이 자신을 원망하고 있는 것은 아닐까 하는 생각에 마음이 아플 수밖에 없었으나 그것을 모두 제쳐 놓고서라도 장천은 기문숙을 만나고 싶었다.

반 시진 정도를 걸어가자 멀리 한 채의 민가가 그 모습을 드러내었다. 광활하기까지 한 평원에 지어져 있는 집은 기문숙이 살고 있다고 생각하기에는 너무나 초라한지라 장천으로선 마음이 아플 수밖에 없었다. 자신의 사숙조가 이러한 곳에서 힘들게 살아가고 있다는 것을 참을 수가 없었다.

가까이로 가자 집 근처에서 한 사람이 장작을 패고 있는 것을 볼 수 있었다.

장천은 그 남자가 기문숙이 아니라는 것을 알 수 있었는데, 칠 척에 가까운 키와 커다란 덩치는 마치 외공을 익힌 것과 같은 모습이었다.

하지만 더 가까이 다가가자 장천은 거한의 오른쪽 발이 허벅지에서부터 잘려져 나가 의족을 달고 있음을 볼 수 있었다.

무공을 행함에 한쪽 다리가 없다는 것은 힘을 완전히 적에게 전달시키기 어려운 것으로 외공을 익힌 사람에게는 더욱 치명적일 수밖에 없었다.

장천과 민예가 다가오자 젊은 거한은 장작 패던 것을 멈추고는 고개를 돌렸는데, 그의 기도가 범상치 않은 것이 다리가 잘려져 나가기 전에는 상당한 명성을 지니고 있었을 사람이라는 것을 예측할 수 있었다.

"누구시오?"

그는 일행을 향해 툭 던지듯이 물었으니 장천은 공손히 포권을 하고는 말했다.

"감숙에서 온 장천이라 합니다. 이곳에 기영 의원님이 계시다는 소문을 듣고 찾아오게 되었습니다."

"감숙?"

감숙이라면 호북에서 상당히 떨어져 있는 곳인지라 거한은 영문을 알 수 없다 생각했으니 기영이 이곳에서 의원으로 이름이 있다고는 하지만 그것이 감숙까지 전해질 정도는 아니기 때문이다.

장천과 민예의 옆구리에 검이 차여 있는 것을 본 그는 혹시 이들이 자신이 모시고 있는 어르신을 해코지하러 온 게 아닐까 하는 생각에 경계를 할 수밖에 없었다.

장천은 그의 눈초리에서 의중을 간파할 수 있었기에 천천히 허리에 차고 있던 검을 풀어 땅으로 내려놓고는 말했다.

"단지 기영 어르신을 뵙기 위해 온 것입니다. 필요하다면 저희들의 맥을 짚으셔도 무방합니다."

"아! 문… 아니, 형님!!"

그 말에 민예는 크게 놀랄 수밖에 없었는데, 장천은 강남 일대를 다스리고 있다 할 수 있는 비도문의 문주이기 때문이다.

만일 이 거한이 적이라면 목숨이 위태로울 수 있는 상황인지라 민예가 놀라는 것은 당연하나 장천은 고개를 저으며 말했다.

"너의 우려는 이해하나 이렇게 하지 않으면 어르신을 뵙기 어렵지 않겠느냐."

"하지만……."

"아우는 이 우형의 말을 따라주게."

"…휴……."

민예로선 문주의 말을 거역할 수 없는지라 할 수 없이 검을 풀어서는 땅으로 내려놓자 거한은 그제야 이들이 나쁜 마음으로 이곳에 오지 않았다는 것을 알 수 있었다.

"본인은 어르신을 모시고 있는 오승이라 하오. 지금 어르신께서는 여기서 백여 리 떨어진 곳에 있는 환자를 돌보러 가셨소이다."

"음……."

그 말에 장천으로선 침음을 흘릴 수밖에 없었다. 백여 리라면 결코 가까운 거리가 아니기 때문이다.

"그렇다면 그분이 오실 때까지 이곳에서 기다리면 안 되겠습니까?"

"…남는 방이 하나 있으니 그곳에서 기거하도록 하시오. 한 삼 일 정도 후면 돌아오실 것 같으니 말이오."

"감사합니다."

오승의 말에 장천은 포권을 하며 감사의 인사를 했고, 상대는 땅에 놓여져 있는 검을 가리키며 말했다.

"그것들은 내가 맡고 있겠소. 어르신께서는 그런 흉측한 물건을 싫어하시니 말이오."

"예. 그러도록 하십시오."

그 말에 장천은 공손히 답하고는 민예에게 검을 그에게 건네주라 명했다. 투덜거리던 민예는 할 수 없는지 검을 들어서는 그에게 건네주었는데, 그녀가 건네준 검을 받아 든 오승의 눈에 이채가 서렸다.

'상당한 보검이로군. 이런 검을 지니고 있다면 보통 사람이 아닐 텐데.'

오승은 장천의 몸에서 기운을 느낄 수는 없지만 이들의 말로 미루어 보아 무공을 익혔다는 것을 알 수 있었기에 장천이 상당한 경지에 달한 무사임을 짐작할 수 있었다.

오승, 그는 바로 한때 공공문의 정명을 대형으로 모시고 강호를 누비던 하오문의 소문주 신분이었다.

정명에게 공공문의 무공을 얻어 같은 나이의 젊은이들 중에서도 수위에 올랐던 그는 비도문의 손에 잡혔다가 단전을 파훼당한 후 오른쪽 다리가 썩어 들어가 불구의 몸이 되어버린 것이다.

그 이후 하오문으로 돌아가는 것을 포기하고 기문숙과 함께 이곳에 은거하며 살고 있었는데, 그와 함께 농사일에 주력하다 보니 자신도 모르게 외공이란 것을 익히게 되었고 지금에 와서는 어느 정도 내공을 찾고 있었다.

다행히 비도문에서 실수로 자신의 단전을 완전히 파괴하지 못했다고 생각한 오승이었으나 지금에 와서는 내공이 살아난 것에 아무런 감정도 느끼지 않았다.

기문숙과 같이 살면서 진정한 자연의 기운을 습득했고, 그것은 완전히 무인의 틀에서 벗어날 수 있는 경지에 들게 한 것이다.

지금의 그 자신이라면 웬만한 무공을 지니고 있는 자라 할지라도 파악할 수 있는 경지였는데, 그럼에도 불구하고 자신의 앞에 서 있는 두 사람의 무공을 알아볼 수 없는 것은 이 두 사람이 오승보다 뛰어난 무공을 지니고 있다는 것을 반증하고 있는 것이다.

오승은 이들의 무공을 잠시 시험해 볼 생각으로 들고 있던 도끼를 장천에게 건네주며 말했다.

"잠시 일이 있으니 장작을 패주시겠소?"

손님에게 이러한 일을 시킨다는 것은 예에서 벗어나는 일이지만, 장천은 아무 말 없이 그가 건네준 도끼를 받아 들었다.

과거 기문숙과 같이 살며 자연도를 배울 때 이러한 일을 해왔기 때문에 그리 낯설지 않은 탓도 있었고, 조금이나마 기문숙을 도울 수 있다면 더한 일이라도 마다하지 않을 생각도 있는 장천이었다.

오승이 건네준 도끼는 오랫동안 날을 갈지 않았는지 군데군데 이가 빠져 숙련되지 않은 이라면 나무를 자르는 것이 상당히 어려울 듯 보였다.

하지만 천하제일고수라 할 수 있는 장천은 도끼가 아니라 평범한 나뭇가지로도 쇠를 자를 수 있는 경지에 들어섰기 때문에 가볍게 통나무 하나를 세워서는 노끼로 내려쳤다.

쓰악!!

그리고 다음 순간 통나무는 마치 날이 잘 서 있는 검에 잘리는 것과 같은 모습으로 잘려졌고, 이에 그것을 지켜보던 오승은 크게 놀랄 수밖에 없었다.

이 정도로 쉽게 통나무를 자를 수 있다는 것은 그가 이미 검신합일의 경지에 들어섰음을 의미하고 있기 때문이다.

오승은 자신도 모르게 천천히 통나무를 들어 올려 그 잘려진 면을 살펴보았는데, 아니나 다를까, 매끈하게 잘린 것이 지금껏 자신이 자른 장작과는 다른 모습을 보이고 있었다.

마치 그가 모시고 있는 어르신이 자른 것과 같은 모습인지라 장천을 보는 그의 눈빛은 방금 전과는 사뭇 달랐다.

한참 장작을 들여다보던 오승은 문득 과거에 기문숙이 이야기해 주었던 것이 생각나 장천을 보며 천천히 말했다.

"당신이 어르신께 자연도를 배웠다던 쌍도문의 소주로군."

"그렇습니다."

오승의 말에 장천이 부정하지 않고 대답하자 그는 어르신이 가르친 유일한 제자라면 이 정도의 실력은 당연하다 생각하며 고개를 끄덕였다.

상대가 장천이라면 의심할 필요가 없다고 생각한 오승은 말없이 그가 들고 있는 도끼를 다시 돌려받고는 말했다.

"어르신은 내일쯤이면 돌아오실 것이오."

"응?"

그의 말에 민예는 다시 말을 번복하는 이유를 알 수 없었는데, 일단은 그가 자신들을 신용하고 있다는 것을 짐작할 수 있었다.

그가 삼 일 후에 기문숙이 돌아온다고 한 것은 때를 틈타 그에게 경고를 보내려 했던 의도가 다분히 보였기 때문이다.

오두막의 방으로 안내받아 들어간 두 사람은 간단히 들고 있던 짐을 정리했고, 장천은 옷을 갈아입고는 방 밖으로 걸음을 옮겼다.

집안 여기저기에는 여러 가지 손으로 만든 물품이 존재하고 있었는데, 엉성한 물품이 대부분이기는 하지만 군데군데 장인의 손으로 만든 것과 같은 물품도 존재했다.

장인의 손을 거친 듯한 물건에는 하나같이 자연지도가 흐르고 있는 것을 느낀 장천은 이것이 기문숙의 손에서 만들어진 것임을 알 수 있었다. 자신이 하면 과연 이 정도의 자연지도를 발현할 수 있을까 의문이 들 정도였다.

하지만 다시 생각해 보니 자연지도라면 능히 보통의 사람이라 할지라도 그 이치만 알면 다룰 수 있다는 것을 생각하고는 고개를 끄덕였다.

기문숙이 그에게 가르쳐 준 자연지도는 오랜 시간 자연을 접한 인간이라면 능히 펼칠 수 있었으니 나이 든 농부가 어설픈 젊은이보다 밭을 일구는 것에 능한 것처럼 오랜 시간 자연을 접한 이들은 흙이나 나무 등 자연의 기운을 자연스럽게 느끼고 그것을 다룰 수 있는 것이다.

물론 이것은 자연지도의 하나가 몸에 배인 것뿐이지 이치를 안다든가 하는 것은 아니지만, 어떻게 보면 몸에 배이게 하는 것이 이치를 아는 것보다 더 어려운 일이라는 것을 알고 있는 장천이었다.

잠시 후 밖에서 장작을 패는 소리가 그치니, 장천은 밖으로 나갔다.

오승은 수십 개의 장작을 옮기는 것에 땀 한 방울 흘리지 않았는데, 기문숙과 생활하며 자연히 익혀진 외공의 힘이었다.

현재 장천의 능력이라면 이 정도의 무게는 그저 약간의 내력을 사용하여 허공섭물로 옮길 수도 있었지만, 장천은 내력을 사용하지 않고 오승을 도와 나머지 장작을 들고 창고로 옮기기 시작했다.

왠지 이곳에서는 자신의 내력을 사용하고 싶은 마음이 없었기 때문이다.

어느 정도 정리가 끝나자 오승은 간단히 몸을 움직인 후 장천을 보며 말했다.

"당신이 어르신의 진전을 이어받은 사람이라는 것을 알고 있소. 한 수 겨루어봅시다."

"……."

오승은 자신이 상대하고 있는 사람이 강호의 천하제일고수라는 것을 알 턱이 없었으니 그저 자신이 모시고 있는 어르신의 진전을 이어받은 자가 얼마나 뛰어난 실력을 지니고 있는지 궁금했기에 이런 제안을 한 것이다.

장천으로선 자신에게 한 수 배워보겠다고 하는 오승을 잠시 쳐다보고는 고개를 끄덕였다.

물론 내력을 더해 싸운다면 오승 정도야 한 수에 끝날 상대이기는 하지만 같은 자연지도를 익힌 사람으로서 자연도의 힘으로만 겨루어보고자 하는 생각 때문이었다.

장천이 고개를 끄덕이자 오승은 미리 준비해 놓았던 목도 두 자루 중 한 자루를 장천에게 건네주었고, 그것을 받아 든 장천은 천천히 앞으로 걸음을 옮겼다.

장천이 목도를 들고 앞으로 서자 오승은 그를 보며 말했다.

"어르신이 당신에게 가르쳐 주었을 때 자연도는 숙련의 경지에 따라 자연합일, 유기적신, 기유조종, 천지동아 이렇게 네 단계로 나뉜다고 하였는데, 맞소?"

"그렇소."

"자연지도의 사단에서 본다면 본인은 아직 유기적신의 단계에밖에 미치지 못했지만 몇 수를 나누는 데는 부족함이 없을 것이오."

상대가 유기적신의 단계에 이르렀다는 말에 장천은 고개를 끄덕이고는 자세를 잡았는데, 문득 그가 한 말에서 무엇인가 이상한 것이 느껴졌다.

그는 자신에게 이야기할 때 자연지도의 사단을 평소에는 생각하지 않고 있는 듯했기 때문이었다. 그렇게 본다면 기문숙은 자연지도의 또 다른 이치를 발견했다는 말이었다.

그리고 그것을 자신의 앞에 있는 오승이라는 자가 익혔다는 것인데, 장천은 그것이 궁금하기도 한지라 새롭게 발전한 자연지도를 익힌 그와의 한 수가 기대될 수밖에 없었다.

"합!"

선공을 가한 이는 오승이었다. 자연도의 유기적신 단계는 비로소 자연의 기에 몸을 실을 수 있는 단계로 도의 경지로 말한다면 신도합일의 경지가 바로 그것이다.

두 사람 모두 내공을 사용하지 않고 있는 상태이지만 자연도는 주위의 기운을 도에 실을 수 있기에 그 위력은 반 갑자의 공력에 버금갈 정도였다.

슈아앙!!

강렬한 파공음과 함께 밀려드는 오승의 목도는 날카로운 철도와 비교해도 이상할 것이 없었으니 내력을 더하지 않은 시점에서 함부로 상대의 도를 받을 수 없는 장천은 이화접목의 수법으로 목도를 회전하여 그 위력을 땅으로 향하게 하였다.

쿵!!

자신의 기운이 상대의 수법에 의해 대지와 충돌하자 오승은 수법을 달리하여 빠른 쾌도술로 그를 밀어붙이기 시작했는데, 장천의 눈에 그의 신형이 보이지 않을 정도였다.

내력을 더하지 않은 상태에서 이러한 쾌검을 시전한다는 것은 그의 덩치로 본다면 상당히 어려운 일이었다.

쾌검을 이루기 위해서는 어쩔 수 없이 몸을 날렵하게 해야 하는데, 외공을 익혀 덩치를 키운 사람들에게서는 이러한 날렵함을 보기 어려웠다.

하지만 장천의 앞에 서 있는 오승은 전혀 달랐는데, 문득 그의 보법을 살펴보자 한 발 한 발의 움직임이 거침없고, 밟지 않은 곳을 밟은 적이 없어 이미 몸에 이러한 이치가 배어 있는 상태임을 알 수 있었다.

물론 장천 역시 그러한 경지를 넘어선 지가 오래인지라 능숙하게 검을 회전하여 오승의 검 방향을 바꾸었다.

하지만 오승 역시 그러한 것을 계속 보고 있지만은 않았다. 한순간 쾌검은 유연하게 그 움직임을 달리했다.

이대로 방어만 한다면 언제 상대의 공세에 뚫릴지 모르는 상태인지라 장천은 발을 앞으로 내디디며 천천히 검을 내뻗었고, 순간 오승은 크게 놀라 뒤로 다섯 걸음이나 물러서고 말았다.

한순간이지만 장천의 검끝이 거대해지며 그의 눈을 가렸기 때문이다.

세상이란 그 끝이 없을지 모르지만, 한낱 인간의 손에서 나오는 검이란 그 끝이 존재할 수밖에 없다.

검을 시전함에 자신의 몸과 검의 끝에 이르는 것이 한 사람이 행할 수 있는 무공의 거리라고 한다면 장천은 자신의 검을 앞으로 내지르며 그 거리를 자신의 것으로 했기에 오승은 감히 도를 시전하지 못하고 뒤로 물러선 것이다.

이 한 수의 공격으로 오승은 장천에 대한 생각이 완전히 바뀌고 말았다. 이미 상대는 유기적신의 단계를 넘어서고 있다는 것을 깨달았기 때문이다.

'기유조종의 단계인가……'

만약 사단의 세 번째 단계인 기유조종의 단계라면 자신이 상대할 수 있는 사람이 아님을 아는 오승은 등줄기에서 식은땀이 흘러내렸다.

하나 목숨을 걸고 하는 싸움이 아니라면 한번 붙어봐도 무방하다 생각한 그는 다시 마음을 가다듬고는 도를 세웠는데, 이는 방금 전의 기세와 사뭇 다른 점이 보이고 있었다.

그가 행하고자 하는 도법은 기문숙이 이곳에서 은거를 하며 새롭게 적립한 무공의 하나로, 이름은 짓지 않았지만 오승은 이 도를 오행도라 부르고 있었다.

물론 거창한 이름도 많기는 했지만 오승은 이것을 오행도 이상으로 이름 짓지 못했다. 도의 흐름 하나하나가 오행의 이치를 벗어난 것이 없었기 때문이다.

세상에 만물이 이루어짐에 태극과 오행의 도를 벗어난 것은 없었기에 기문숙은 이러한 이치를 생각하며 도법을 만든 것이고, 오승은 그것을 배운 것이다.

"음……."

오승의 기도가 달라졌다는 것을 느낀 장천에게 한순간 강한 파공음이 밀려들어 왔다.

또다시 오승의 쾌도 공격이 시작된 것인데, 장천은 그의 쾌도를 막아내며 몇 초식이 오가자 손이 무거워지는 것을 느꼈다.

'이건……?'

단 한 번도 공격을 허용하지 않은 시점에서 자신의 몸이 피로함을 느낀다는 것은 이상할 수밖에 없었다.

시간이 지나면서 무엇인가가 강하게 자신을 누르고 있는 것과 같은 느낌이 들었기에 장천은 일단 도를 휘둘러 상대를 압박해 들어가기 시작했다.

청풍도법을 사용하여 오승을 향해 도를 휘둘러 그가 공격할 시간조차 주지 않고 밀어붙였는데, 점점 더 몸은 천 근같이 무거워지는지라 이상하다는 생각에 뒤로 물러나 내력을 돌려 자신의 몸을 살펴보았다.

그리고 다음 순간 장천은 경악을 금치 못했는데, 그의 오장육부가 어떠한 충격 때문인지 내상을 입고 있었기 때문이다.

'내상?'

하지만 상대는 단 한 번도 내력을 돋우지 않았고, 그것은 그 자신도 느끼고 있었는지라 영문을 알 수가 없었다.

상대가 눈치도 채지 못하게 장기를 공격해 들어오는 것이라면 암경의 종류 외에는 찾아볼 수 없었는데, 그것도 상대에게 공격이 적중했을 때나 이루어지는 것이지 그렇지 않다면 효과가 없음은 당연한 일이었다.

도대체 오승이 사용하는 도법이 무엇인지 영문을 알 수 없었는데, 장천에게 생각할 틈을 주지 않으려는 듯이 오승은 또다시 도를 휘두르며 그를 향해 공격해 들어왔다.

다시 그의 공격을 막으며 장천은 전과는 달리 정신을 집중하고 주위에 흐르는 기를 감지하기 시작했다.

오승과 장천의 무공은 크게 차이가 나는 시점, 초식의 운용에서도 오승은 전혀 상대가 되지 않았다.

마음만 먹으면 상대를 쉽게 쓰러뜨릴 수 있는 장천이지만, 기문숙의 무공이 과연 어떤 것일까 하는 생각에 어느 정도 호각지세만을 유지하고 있었다.

그러한 방심이 오승의 공격에 대한 주의를 흐트렸고, 그로 인해 적의 공격에 제대로 대비하지 못한 것이다.

하지만 내상을 확인한 지금 과연 오승이 어떠한 수법으로 자신의 장기에 내상을 입혔는지 알아보기 위해 주위에 움직이는 기를 읽기 시작했는데 다음 순간 놀라운 사실을 깨닫게 되었다.

오승이 도를 휘두를 때마다 은은한 기운이 자신을 향해 흡수되고 있었기 때문이다.

그의 도에 흐르는 기운은 장천이 흡기를 할 때마다 몸으로 흡수되며 장기를 공격하고 있었던 것이다.

무릇 오행이란 것은 인간의 신체와도 관련이 있어 오장육부 역시 이러한 이치로 나뉠 수 있었다.

이러한 신체의 오장육부는 주위의 기운이나 먹는 음식 등에 따라서 영향을 받게 되는데, 바로 오행상극의 이치에 따른 것이다.

오승이 도를 시전하면서 은은하게 흐르는 기운은 마치 암경과도 같이 징천의 몸속으로 파고들어 강하지는 않지만 천천히 상극의 원리에 따라 장기에 충격을 가하고 있었던 것이다.

이런 이유로 미약한 흐름을 느끼지 못하는 사이 오장육부에 내상을 입고 말았으니 생각지도 못한 오승의 무공에 장천은 크게 경악할 수밖에 없었다.

만약 이것을 내력과 함께 사용한다면 어떠한 위력을 만들어낼 수 있을 것인가 하는 생각을 하자 장천은 긴장됨을 참을 수가 없었다.

"이것이 어르신의 무공인가?"

"…그렇소. 어르신께서는 이름을 짓지 않았지만, 본인은 이것을 오행도법이라 부르고 있소."

"오행도법이라… 과연 어르신이시군."

장천이 자신의 무공을 눈치 챈 것을 안 오승은 그 무공에 대해서 말해 주었고, 장천은 크게 탄복한 표정을 지었다.

이미 단전이 파괴되어 무공이 사라진 시점에서도 기문숙은 놀라운 무공을 만들어낸 것이다.

자연도만 해도 대문파의 대종사라 할지라도 만들어내기 어려운 무공인데, 오행도법은 자연도와는 또 다른 흐름을 타고 있는 무공이었다.

"어르신께서는 근래에 깨달음을 얻으시고 기유조종의 단계를 거치지 않고 천지동아의 경지에 오르셨소."

"그런!"

"예. 불가능하다 생각하실 수 있을 것이오. 당신이 익히고 있는 자연지도의 사단의 이치에서는 말이오."

"그럼… 자연도의 사단의 이치가 잘못되었다는 것인가?"

"어르신께 가르침을 사사받기는 했지만 어떤 것이 맞고 어떤 것이 틀린 것인가는 아직도 알지 못하고 있소."

그의 말에 장천은 당장이라도 기문숙을 만나 그 의문점을 물어보고 싶은 생각이 굴뚝같았지만, 자신이 서두른다고 해결될 일이 아닌지라 다시 마음을 가다듬었다.

일단은 오승과 도를 나누어보아 그 이치에 조금이나마 접근해 보고자 하는 생각이 들자 장천은 그를 보며 말했다.

"내공을 가지고 있는가?"

"하단전이 파괴되기는 했지만 어르신의 가르침으로 중단전에 약간이나마 내력을 모을 수 있었소."

"그렇다면 내력을 사용하여 겨루어보세."

오행도법에 내력이 깃들여지면 어느 정도의 위력을 자아낼 수 있을까 하는 생각에 장천은 그에게 내력을 사용하자는 제안을 했다.

그의 말에 오승으로선 조금 망설일 수밖에 없었다. 오행도법에 내력을 가한다면 그 위력이 어느 정도나 되는지 그 자신도 모르고 있었기 때문이다.

다만 바위나 나무와 같은 사물을 상대로 시전했을 때 그전에 익혔던 공공문의 무공과는 비교도 되지 않는 위력을 보인다는 것을 알 뿐이었다.

그것이 내력을 가진 사람에게 얼마나 큰 위력을 자아낼지는 미지수인지라 망설이는 것은 어쩌면 당연한 일이었다.

물론 그것은 위력이 낮을까가 아니라 실수로 자신의 사형이라 할 수 있는 장천이 다치지 않을까 하는 생각 때문이었다.

"본인을 믿으시오. 아직 선도에는 들지 못했지만, 한 수의 재간을 비교한다면 본인을 상대할 수 있는 사람은 무림에 다섯을 넘지 않을 것이오."

"……."

그 말에 오승으로선 그가 광오한 인물이라는 생각이 들었다. 자신을 상대할 사람이 무림에서 다섯을 넘지 않는다는 것은 둘째 치고 그의 말은 현 무림에서 자신을 이길 사람은 아무도 없다는 말로 들렸기 때문이다.

기문숙에게 자신의 사형이라 할 수 있는 장천에 대해서 들어왔었지만, 이렇게 건방진 사람이리라고는 생각지도 못한 오승은 조금 오기가 생겼는지 고개를 끄덕이며 말했다.

"알겠소. 당신이 정 원한다면 내력을 사용하도록 하겠소이다."

오승이 자신의 제안을 승낙하자 장천은 천천히 목도를 들어 올리고는 삼성 정도의 내력을 주입했다.

강호상에서 그 유래를 찾아볼 수 없을 정도의 내력을 소유하고 있는 장천인지라 삼성 정도의 내력을 주입했음에도 그의 목도에는 붉은색의 도강이 서리기 시작했다.

화의 무공으로 극양의 검강이 그의 목도에 서린 것으로 강렬한 열기가 주위의 초목을 시들게 할 정도였다.

방금 전까지의 싸움에서는 그저 장천이 자신을 봐주고 있었다는 것을 모르고 있던 오승으로선 극양의 도강에 지금까지의 생각을 바꿀 수밖에 없었다.

'저 정도의 도강을 끌어올리면서도 전혀 무리가 없다니……'

하지만 아직 이 정도로 자신의 패배를 생각하지 않는 그였으니 오행도법의 기수식 자세를 잡은 오승은 장천을 향해 몸을 날렸다.

"오행도법 수(水)!"

장천의 도에 서려 있는 것이 화의 기운이라는 것을 느낀 오승은 수극화의 오행상극 원리에 따라 수의 기운이 서려 있는 도기를 시전했고, 강렬한 기운이 장천을 향해 빠른 속도로 밀려들어 왔다.

자신을 향해 밀려들어 오는 오승의 도를 보며 장천은 화의 무공이 서려 있는 도강을 시전하여 그것을 파훼하려 했으나 도강에 충돌하자 오승의 도에서 나온 기운은 사방으로 흩어져서는 일순간 장천의 주위를 휘감아 돌기 시작했다.

'응?'

그의 몸을 뒤덮은 수의 기운은 흡기의 기운에 따라 그의 몸속으로 빨려 들어갔고, 한순간 화의 무공은 그 힘이 흩어지며 검강이 흐려지기 시작했다.

수극화의 오행상극 원리로 인하여 주위의 수의 기운에 화의 무공이 그 힘을 한순간 잃어버린 것이다.

"이런……."

장천 역시 그것을 느꼈는지 급히 일성의 기운을 더 끌어올려 몸속에 서리기 시작한 수의 기운을 물리치고는 몸을 날렸는데, 그의 모습은 마치 청공에 수를 놓는 매의 모습과도 같았다.

하늘을 날아오르는 듯한 장천의 신형은 잠시 후 빠른 속도로 오승을 향해 내리꽂히니 그의 손에 들린 도에서 수십 개의 도영이 번뜩이며 오승을 향해 밀려들어 갔다.

장천의 산검의 위력은 이제 그 경지가 극에 달하여 있어 도영은 사방에서 흩어져 오승의 요혈을 공격해 들어오고 있었기에, 오승은 그 도영 중 어느 하나도 막을 생각을 하지 못했으니 마치 뱀이 미끄러져 들어오는 것과 같이 도의 끝이 흔들리고 있었다.

이것을 삼류의 무사라 한다면 그저 도에 익숙하지 않다 일축할 수 있을 테지만 상대는 자신의 스승이라 할 수 있는 기문숙의 제자, 그런 자를 삼류라 생각할 수는 없는 노릇이었다.

막을 수 없다면 피하는 것이 당연한 일, 오승은 급히 오른발을 튕기며 뒤로 몸을 날렸고 그가 사라진 자리로 수십 개의 도영이 소나기가 내리듯이 대지에 퍼부어졌다.

쿠구구궁!!

강렬한 폭발로 인하여 사방으로 수백 근의 흙이 튕겨져 나가자 오승은 그 공격을 피한 것을 다행이라 생각하였다.

하지만 그와 함께 비참한 심정마저 들었는데 장천이 이 한 수의 공격에 자신이 피할 수 있는 틈과 시간을 주었기 때문이다.

이 정도의 산도를 시전할 수 있다면 오승이 피할 시간도 없이 도법을 시전할 수 있음은 분명한 일이었다.

오승이 피하는 것을 보며 착지한 장천은 그에게 비웃음을 흘리며 말했다.

"타인을 봄에 세 가지 안목에 있는데 상대가 행한 것을 보고도 모른다면 그것은 우안(愚眼)이요, 행함을 보고서야 상대를 안다면 그것은 범안(凡眼)이요, 상대가 행하지 않음에도 그것을 안다면 혜안(慧眼)이라 할 수 있소. 무인으로서 한 수의 재간을 믿는 건 잘못된 것은 아니지만, 타인을 상대함에 자신의 재간만을 믿고 상대를 평가하지 못함은 그 능력이 출중하다 할지라도 혜안일 수는 없는 것이네."

"큭……."

그의 말에 오승은 이를 갈 수밖에 없었다.

장천의 말은 그에게 마치 가르침을 내리는 것과 같은 것인데다가 자신을 제대로 평가하지 못하고 제대로 된 무공을 시전하지 않음을 탓하고 있었기 때문이다.

다시 도를 겨룸에 본신의 무공을 모두 발휘하지 않는다면 자신을 우안의 어리석은 자라 빗대어 욕하는 것이라 오승은 다음 한 수에 할 수 없이 본신의 능력을 모두 사용하기로 결심했다.

장천은 다시금 자세를 잡는 그를 보며 손에 들고 있던 목도를 그에게 던져 주었기에 오승으로선 영문을 알 수 없었다.

"자네에게 도를 가르쳐 준 분은 본 문의 사숙조이시네. 쌍도문의 무는 본래 두 자루의 도를 사용해야 그 능력을 백분 발휘할 수 있는 것이니 자네는 두 개의 도로 나를 상대하도록 하게."

"본인을 얕보는 것이오!"

그 말에 공수로 자신을 상대하겠다는 것임을 알고는 오승이 노기를 터뜨리며 소리쳤는데, 장천은 자신의 손을 들어 보이고는 미소를 지으며 말했다.

"그대가 본인의 안목을 우안으로 만들어줄 수 있다면 그대의 말이 옳은 것일 것이요, 그렇지 않다면 본인의 안목이 틀리지 않은 것이겠지."

"흥!!"

더 이상 들을 필요도 없다 생각한 오승은 두 개의 목도를 들고는 장천을 향해 몸을 날렸는데, 본신의 능력을 모두 발휘한 그의 신형은 마치 전광석화처럼 움직이기 시작했다.

"파천용각공 청운유룡(靑雲遊龍)!"

오승이 몸을 날려오자 장천은 일각을 내질렀고, 강렬한 강기가 한 마리의 용과 같은 형상으로 그를 향해 뻗어갔다.

"오행도 출토경산(出土硬山)!"

강기가 날아오는 것을 보며 오승이 좌수에 있는 도를 휘두르자 대지가 솟구쳐 오르더니 일순간에 강기를 파훼했다.

"토생금 금기단산(金氣斷山)!"

일각의 강기를 파훼한 오승은 토의 기운을 그대로 이어 장천을 향해 일도를 내려쳤다. 오행도의 금의 기운은 날카로운 예기로 자르지 못할 것이 없는 듯 보였다.

장천은 급히 몸을 회전하여 금기의 예기를 피하며 왼손을 내질러 그의 복부를 향해 일장을 내질렀다.

"금생수 낙수파암(落水破岩)!"

쿵!!

오행도법은 상생상극의 원리에 따라 그 힘이 서로 증폭되며 상대의 공격을 무마할 수 있었으니 다시 금의 기운을 이어받은 오승의 일도는 일장을 내지른 장천을 향해 내리꽂혔다.

살을 내주고 뼈를 가져간다는 생각으로 시전한 수법에서 장천은 할 수 없이 뒤로 물러서며 그의 공격을 피했고, 오승은 이 틈을 놓치지 않고 다시 수의 기운을 이어 목의 기운을 머금은 견타(肩打)로 장천을 공격했다.

쿵!!

강렬한 견타의 공격에 장천은 순식간에 십수 장 뒤로 팅겨져 나가 버렸으니 계속 이어진 오행도의 위력은 태산을 무너뜨릴 정도의 기세였다.

오승의 견타를 보며 급히 왼손으로 그의 공격을 막아 위력을 반 이하로 줄였기에 다행이었지 잘못했다면 큰 상처를 면치 못했을 공격이었다.

자신 역시 오행도법을 경시했다는 생각에 장천은 마음을 가다듬고는 두 주먹을 천천히 말아 쥐니 몸을 안정시킴과 동시에 오른발을 앞으로 내지르며 몸을 날렸다.

"금강권(金剛拳) 붕산격(崩山擊)!!"

순식간에 오승의 일 장의 간격 안으로 들어선 장천은 오른발을 강하게 구르며 진각의 힘을 실어 일권을 내질렀다.

"흥!!"

장천의 일권을 보며 오승은 두 개의 도에 내력을 실어서는 그의 팔

을 잘라 버릴 요량으로 내질렀지만 상대의 권격의 위력을 경시한 것이
었다.

장천이 행하고 있는 금강권은 소림의 기본권 중 하나였지만 그의 손
에 펼쳐진 금강권은 하북팽가의 강권과 비교해도 뒤지지 않을 정도의
위력인지라 오승의 목도는 장천의 금강권의 기세에 밀려 튕겨져 버렸
다.

"헉!"

크게 놀란 오승은 급히 몸을 날려 일권을 피하려 했지만 이미 돌이
킬 수 없었고, 일권이 명치에 닿는가 싶더니 강한 기운이 그의 온몸을
휘감아 돌며 신형을 무너뜨렸다.

"끅⋯⋯."

명치에서부터 밀려오는 고통에 오승은 자신도 모르게 무릎을 꿇었
다. 설마 일권의 기세가 이렇듯 강맹하리라고는 생각지도 못한 그였
다.

오승이 쓰러지자 장천은 일권을 다시 갈무리하며 자세를 잡으니 이
미에서는 식은땀이 쉴 새 없이 흐르고 있었다.

그 역시 오행도의 힘을 무시하여 큰 낭패를 당할 뻔했기 때문이다.

단전을 파괴당한 후 오승의 내력이 반 갑자 정도에 지나지 않았기에
다행이지 만약 과거의 그의 내력이 모두 살아 있다면 낙수파암의 초식
에서 이미 패배한 것이나 다름이 없었던 것이다.

'과연 사숙조님이 창안하신 무공이군⋯⋯.'

자연도를 배웠을 때도 놀람을 감출 수 없었던 장천이지만, 새로 창
안한 오행도의 위력에도 혀를 내두를 수밖에 없었다.

"허허허⋯ 증사질의 크게 성장한 모습을 보니 이 늙은이의 마음이

흡족하구나."

"아!"

그때 누군가의 목소리가 들려옴에 장천이 급히 고개를 돌리자, 한 초로의 노인이 두 사람의 무공 대결을 지켜보고 있었던 것을 알 수 있었다.

장천은 짙은 주름살의 뒤로 그의 사숙조인 기문숙의 모습을 볼 수 있었다.

"사숙조 어르신!"

"내 반가운 손님이 올 것 같아 일찍 와봤더니, 역시나 자네가 찾아왔었구먼. 허허허."

장천의 말에 기문숙은 너털웃음을 흘리며 다가오니 장천은 정중하게 자세를 잡아서는 그에게 정식으로 인사를 올렸다.

"쌍도문의 장천, 사숙조님께 인사드립니다."

장천의 인사에 흡족한 듯 고개를 끄덕이던 기문숙은 쓰러져 있는 오승의 곁에 가서는 가볍게 손짓을 했고, 그 순간 희미한 기운이 오승의 몸을 휘감기 시작했다.

그리고 잠시 후 무릎을 꿇고 있던 오승은 신음 소리를 내며 일어나 기문숙에게 인사를 올렸다.

"끄으응… 어르신 오셨습니까."

"그래. 네 녀석이 크게 혼쭐이 난 모양이구나."

"휴… 그렇습니다."

그의 말에 오승은 머리를 긁적였고, 그 모습을 보며 머리를 쓰다듬어 준 기문숙은 장천을 보며 말했다.

"자자, 안으로 들어가세나."

"예, 어르신."

생각보다 빨리 기문숙을 만나자 장천은 정신이 없을 정도였으나 마음 한구석에서는 아픔이 밀려오고 있었다.

과거의 정정했던 모습은 사라지고 이제 완전히 시골 초로의 모습과 다를 바 없었기 때문이다. 많은 고생을 했는지 얼굴엔 주름이 가득하고 손은 농사일로 터 있는 것을 보니 이렇게 된 것이 못내 죄송스러울 뿐이었다.

물론 그 자신이 행한 일은 아니지만 비도문이 세상을 뒤엎으려 한 계획은 모두 어린 장천의 머리에서 나온 것이고, 반대하는 자들을 수족을 시켜 베어 넘기고 강제로 일을 진행한 사람도 장천이었다.

어린 나이에 그저 자신의 머리만을 믿고 해서는 안 되는 일과 해야 되는 일을 분간하지 못한 우를 범한 일이 지금 그의 가슴을 찢어지게 하는 것이다.

기문숙은 이런 장천의 생각을 아는지 모르는지 그저 너털웃음을 짓고 있었으니 잠시 후 오승에게 물어보아 차를 준비해 놓은 민예가 안으로 들어왔다.

그는 민예가 내려놓은 나무로 된 찻잔을 들어 한 모금 음미하고는 연신 고개를 끄덕이며 흡족한 표정을 지었다.

"오랜만에 맛보는 차 맛이구나. 승이라는 놈은 손이 커서 차 맛도 독하기만 했는데, 여아의 손이 닿아서인지 부드럽기 그지없구나."

"아!"

민예는 그의 말에 놀랄 수밖에 없었다. 비도문의 수법으로 변장을 하고 있는 자신을 알아보았기 때문이다.

오랜 기간 무림의 곳곳에 첩자를 보냈던 비도문의 변장술은 고금 어느 곳도 따르지 못할 만큼 뛰어난 것으로 지금까지 어느 누구도 자신이 여자라는 것을 알아낸 사람은 없었다.

"제가 여자인지 어떻게 아셨나요?"

비도문에 있었을 때도 궁금한 것은 참지 못하는 성격인지라 곧잘 말문이 트인 장천이나 비도문의 고수들에게 물어보곤 했었기에 기문숙을 만난 것이 처음임에도 아무 거리낌 없이 말을 붙이는 그녀였다.

"허허. 여아의 기운이 흐르는데 왜 그것을 모르겠느냐?"

"응?"

민예로선 그의 말을 이해할 수 없었지만 장천은 어느 정도 느끼고 있었다. 그가 자신에게 가르쳐 준 자연도는 주위 기운의 변화를 읽어 그 기운을 빌어 사용하는 무공이기에 남자와 여자 사이에서 나오는 기운을 알아채는 것은 그리 어려운 일이 아니었다.

물론 이러한 기운은 극히 미약한지라 높은 경지에 이르지 못하면 알아채지 못함인데, 장천은 겉으로 보는 기문숙의 모습은 이제 살아 있을 시간이 얼마 남지 않은 노인이지만 그 내면의 깊이는 어느 누구보다 깊어져 있음을 눈치 챌 수 있었다.

민예에게 미소를 지으며 답한 기문숙은 천천히 찻잔을 내려놓고는 장천을 보며 말했다.

"그래, 이 늙은이를 보니 마음은 조금 풀렸느냐?"

"예?"

"쯧쯧… 어쩌다가 이렇게 됐누."

장천은 크게 당황할 수밖에 없었다. 그가 알고 있는 기문숙은 이런 사람이 아니기 때문이다. 사문을 배신한 것을 후회하며 자신의 무학에 전념하던 노무사였다.

자상한 면도 있었지만 괴팍한 면이 더 많았던 사람은 이제 어디론가 사라지고 동네 어귀에서 흔히 볼 수 있는 평범한 노인으로 변해 있었다.

다른 것이 있다면 남을 헤아릴 수 있는 눈을 가진 것이었는데, 그 한 마디의 말은 장천이 감추고 있는 부분을 적나라하게 파헤치는 듯했다.

"후회가 되면 이 늙은이랑 같이 살자꾸나."

마치 어린 손자를 토닥여 주는 듯한 말에 장천은 가슴이 따뜻해짐을 느꼈다. 하지만 그의 말대로 하기에는 남겨진 것들이 너무 많았고 그 것은 그의 모든 것과 다름이 없었다.

장천이 고개를 숙이며 대답을 하지 못하자 기문숙은 쯧쯧 혀를 차며 안타까운 듯 말했다.

"버릴 것을 버리지 못하니 근심만이 쌓이는구나."

"…어찌해야 될지 모르겠습니다."

장천의 현재 위치는 이 모든 것의 원흉이었다. 하지만 그것을 알면 서도 그것을 버리기에는 이미 시간이 너무 흐른 듯했기에 주워 담지도 새 진에 물을 담지도 못하는 상황이 되어버렸다.

마음 같아서는 기문숙의 말대로 모든 것을 때려치우고 그와 함께 살고 싶었지만, 그것이 회피라는 것을 알기에 대답하지 못했다.

"어찌하겠느냐? 잘못을 알았으니 매라도 맞겠느냐?"

"그것으로 끝난다면 그리할 수 있지만, 세상이 그리하지 못하게 하고 있습니다."

"그럼 무엇을 망설이느냐? 시작이 있으면 끝도 있는 법이니, 네 손으로 행한 일이라면 네 손으로 끝내면 될 것을."

"그렇게 쉬운 일이 아닙니다."

“그럼 이대로 있으려무나.”

“……”

그저 자신이 좋을 대로 하라는 듯한 기문숙의 말에 장천은 아무 말도 할 수 없었다. 그의 말대로 가만히 있을까 하는 생각이 들었지만, 그것이 더욱 안 좋은 결과를 가져올 것임을 알기에 마음을 정할 수밖에 없었다.

한참 동안 침묵이 이어지는 가운데 차 한 잔을 비울 때쯤 기문숙은 자리에서 일어나서는 그를 보며 말했다.

“무료하구나. 산책이라도 하자꾸나.”

“예.”

장천 역시 조금은 갑갑함을 느끼는지라 공손히 대답하고는 그를 따라 밖으로 나갔다.

산책이라고 해봤자 주위가 온통이 평원인지라 그리 볼 만한 풍경은 아니었다. 멀리 서쪽으로 기울어져 가는 태양 이외에는 끝이 안 보이는 평원만이 존재하고 있었는데, 기문숙은 말없이 그저 걸음을 옮길 뿐이었다.

산책이라고는 했지만, 아무것도 없는 평원에서 그저 말없이 걷는 것이 장천은 처음인지라 고개를 어디로 돌려야 할지도 막막했다.

그저 옆에서 말없이 걷고 있는 기문숙을 몇 번 돌아보던지 해가 지고 있는 서쪽 하늘을 고개를 돌려 힐끔 쳐다보는 것 외에는 달리 아무것도 없었다.

그것도 앞으로 쭉 걸어가는 것도 아니고, 그저 기문숙이 가는 방향대로 따라갈 뿐이었고, 이러한 무료함은 시간이 지나자 답답함으로 이어져 언제 돌아갈까 하는 생각이 들 정도였다.

집에서 멀지 않은 공간에서 방향도 정해지지 않은 채 그저 걷고 또 걷는 산책이 거의 반 시진 이상 이어지다 겨우 끝이 나자 장천은 가슴이 시원해지는 듯한 생각마저 들었다.

그리고 잠시 후 자신의 이러한 심경 변화에 그 자신도 놀랄 수밖에 없었다.

솔직히 자신이라면 말없이 수시진, 아니, 며칠을 걸어도 이러한 심경이 들지 않을 것이요, 답답함도 느끼지 않을 것이지만 지금의 상황은 그러한 것이 아니기 때문이다.

무엇이 그 자신을 이렇게 답답하게 만들었을까?

어느 곳에도 눈을 돌릴 수 없는 평원의 모습? 어디로 갈지 모르게 움직이는 자신의 사숙조를 따라다니는 것이? 여러 가지 이유가 있을 것이지만, 이러한 모든 것이 한순간 자신을 마치 꽉 막힌 공간으로 몰아넣을 정도의 압박감을 주리라고는 생각지도 못한 장천이었다.

단 반 시진의 산책이었지만 이것으로 인하여 장천은 자폐로 스스로 마음을 가두었을 때보다 더한 고통과 공포를 느껴야 했으며, 그것은 오랜 사색으로 이어졌다.

만약 이전에 기문숙을 상대로 자신의 현 심정에 대해서 토로하지 않았다면 그러한 마음도 느껴지지 않았을 것이란 생각이 들었지만, 왜 그러한 느낌을 들게 했는지 명확한 대답을 안겨주지 않았다.

한편으로 다시 생각해 보니 기문숙과 함께 걸어가던 것이 현 자신의 상황과 다르지 않다는 생각도 들었다.

자신의 현 상황은 어디로 가야 할지도 모르는 넓은 평원만이 존재할 뿐이었고, 자신이 뜻도 의미도 없이 기문숙을 따라 걷던 것처럼 그저 과거의 장천이란 존재의 뒤를 따라 걸어가는 형편이었기 때문이다.

'사숙조님은 나에게 이것을 말해 주시려 했던 것일까?'

현재 자신의 일에 대해서 전혀 모르고 있는 기문숙이 그런 의도로 자신과 산책을 했다고는 생각할 수 없는 일이었다.

하지만 예전과는 달리 마치 득도한 자와 같은 모습인 기문숙이라면 현 자신의 상황에 대해서 느끼고 있었을 것이다.

이러저런 생각으로 고민에 빠져 있을 때 민예가 방으로 들어와서는 장천을 보며 말했다.

"문주님, 저녁 식사가 준비되었습니다."

"알았다."

민예와 함께 나가자 이미 기문숙과 오승이 자리에 앉아 자신을 기다리고 있는 것을 볼 수 있었기에 간단히 인사를 한 장천은 자리에 앉았다.

"네 입맛에 맞을지 모르겠구나. 늙은이야 늘상 먹는 음식이지만 말이다."

기문숙의 말대로 식탁에는 시골 농가에서 흔히 먹는 반찬이 대부분이었지만, 무인의 삶을 살아가고 있는 그들에게는 이것보다 못한 음식을 먹는 일도 다반사였기에 장천은 손을 내저었다.

"이곳으로 오는 동안 건량만을 먹었기에 진수성찬 같습니다."

"이놈에게 마당에 있는 닭 한 마리라도 잡으라니까 절대 안 된다고 하더구나. 늙은이 몸보신이나 한번 하는가 했더니 말이다. 허허허."

"어르신!"

기문숙의 농에 오승은 얼굴이 시뻘게지고 말았고 장천은 이에 자신도 모르게 미소를 흘렸다.

"아!"

이에 민예가 조금 놀란 표정을 짓자 장천은 영문을 몰라 그녀를 쳐다보았다. 민예는 아무것도 아니라는 듯이 손을 내저었다.

물론 그녀가 놀란 것은 바로 장천 때문이었다. 자폐로 인하여 마음을 닫아버린 장천은 그동안 민예에게 단 한 번도 웃는 모습을 보여준 적이 없었기 때문이다.

그런 이유로 민예는 처음 보는 장천의 미소에 놀란 표정을 짓는 것이 당연했고, 이곳으로 온 것이 잘한 것이라는 생각을 하였다.

"그래, 언제쯤 떠날 생각이냐?"

"사숙조님을 뵈었으니 내일 오후쯤에 떠날 생각입니다."

"마음은 정했느냐?"

"사숙조님의 도움으로 미흡하지만 그 길을 알 수 있었습니다."

"다행이구나."

기문숙은 마음을 정했다는 장천의 말에 흡족한 표정을 지으니, 장천의 얼굴 속의 근심은 사라지지 않았지만 눈에서 빛이 나는 것이 처음 만났을 때보다는 많이 나아졌음을 느꼈기 때문이다.

다음날 아침 간단히 아침 식사를 끝낸 장천에게 기문숙이 다가와 말했다.

"자연도는 어느 정도까지 익혔느냐?"

장천을 본 후 처음으로 무공에 대한 말을 꺼내는 기문숙이었기에 그는 공손히 자신의 자연도의 경지에 대해 말해 주었다.

"어설프기는 하지만 천지동아의 경지에 이르렀습니다."

"헉!"

그 말에 놀란 것은 기문숙이 아닌 오승이었다. 장천의 경지가 자신보다 높은 것은 알고 있었지만 기껏해야 기유조종의 초입 단계 정도라 생각했는데, 사단의 마지막 단계인 천지동아라니 놀라는 것은 당연한 일이었다.

"호오! 천지동아."

기문숙은 장천이 천지동아의 수준에 올랐다는 말에 크게 흡족한 표정을 지었다.

"그렇다면 너의 실력을 잠시 보자꾸나."

"예."

그의 말에 장천은 고개를 끄덕이고는 민예에게 병기를 가져오게 한 후 밖으로 나갔고, 오두막에서 조금 떨어진 곳에서 장천은 민예가 가져온 검을 잡았다.

"응?"

오승은 장천이 쌍도문 출신이란 것을 알고 있기에 그가 검을 들자 조금 이상하다는 생각이 들었다. 하지만 천지동아의 수준에 이르렀다면 이제 그의 손에는 어떠한 것이 들려 있어도 상관이 없었다.

검을 들고 장천이 천천히 자신의 내력을 끌어올리자 그의 몸에서 강렬한 기도가 사방으로 퍼져 나갔다.

"홍련십팔검 제일식 홍련분멸!"

기도를 퍼뜨린 장천이 시전한 검술은 홍련교의 무공인 홍련십팔검이었다. 제일식인 홍련분멸의 초식을 시전하자 그의 주위로 뜨거운 열기가 치솟아오르는 듯싶더니 초식에 따라 강렬하게 움직이며 주위를 휩쓸기 시작했다.

자연도는 실제적으로 무공이라기보다는 무리에 가까운 것인지라 어떠한 무공을 시전해도 그것을 사용할 수가 있었다.

그저 도(刀)라 이름을 붙인 것은 기문숙 자신이 도를 사용했을 따름이지 만약 검을 사용했다면 자연검이라 부를 수도 있었을 것이다.

현재에 와서 이것을 자연도(自然刀)라 하지 않고 자연지도(自然之道)라 부르는 것도 이 때문이라 할 수 있었다.

자연지도의 주된 무리는 대자연의 움직임에 자신을 실어 그 흐름에 따라 무공을 시전하는 것으로 세상에 존재하는 무공 중 가장 자유스러운 무공이라 할 수 있었다.

장천이 홍련검법을 시전하고 있다곤 하지만 실제로 그 초식은 과거 홍련교에서 배웠던 초식과 그 검로를 달리하고 있었는데, 현재 그가 머물고 있는 자연 속에서 가장 자연스러운 방향의 검로로 시전하고 있는 것이었다.

마치 춤을 추고 있는 듯한 장천의 홍련검법을 보며 오승은 입을 다물지 못했다. 그로선 장천의 움직임 하나하나가 경이에 가까웠기 때문이다.

반 시진 정도의 홍련검법이 끝나자 장천은 기도를 갈무리하고는 천천히 자세를 잡았고, 기문숙은 크게 흡족한 표정을 지었다.

장천이 검을 검집에 집어넣고 자신에게 오자 기문숙은 크게 칭찬하며 말했다.

"너의 기도가 출중하니 사문을 대함에 이제 부끄러움이 사라지는구나."

"과찬의 말씀이십니다."

"허허허허."

기문숙은 사문을 배반했다는 것에 큰 죄송스러움을 언제나 지니고 있었던 사람이라 장천과 같은 이가 나타나 자신의 무공을 십성 발휘하자 크게 감격할 수밖에 없었던 것이다.

"천아, 너는 풍수에 대해서 알고 있느냐?"

"풍수라 하면 지관들이 죽은 이의 묘를 쓸 때나 쓰는 것이 아닙니까?"

무인이라 할 수 있는 장천으로선 풍수에 대해서는 알고 있는 바가 없었으니 그저 멀리 동이에서 많이 행하고 있는 것으로만 알고 있을 뿐이었다.

하지만 기문숙은 고개를 저으며 말했다.

"네가 말하는 것은 음택풍수(陰宅風水)라는 것이다. 풍수에는 양택(陽宅)이란 것이 있는데 이것은 대자연의 기를 찾아 살기 좋은 땅을 찾는 것이다."

"그런데 풍수가 무공과 무슨 상관이 있습니까?"

그의 말에 고개를 끄덕이는 장천이지만, 도대체 묘 자리를 찾는 학문이 무공과 무슨 관련이 있는지 알 수 없었다. 이에 기문숙은 미소를 지으며 말했다.

"이 늙은이의 오행도는 이 풍수와 비슷한 맥락이다."

"예?"

그의 말에 장천은 도대체 어떻게 오행도의 수법이 풍수와 관련이 되어 있는지 의문을 가졌다.

물론 장천이 풍수에 대해서는 그저 대략적인 지식 외에는 아는 것이 없는 것도 사실이지만, 그런 사술과도 같은 학문을 무공으로 잇는다는 것이 이해가 되지 않았다.

"지리서 중 하나인 탁옥부(琢玉斧)는 수많은 지리서의 음양의 기묘함을 꿰뚫어 알 때 사람 사이에 지선으로 행세하여도 부끄러움이 없다

하였다. 잘 생각해 보거라. 사람의 몸에 음양과 오행이 존재함에 그것을 알고 있으면 만병의 근원을 꿰뚫을 수 있음이니 그 인간이 살고 있는 대지의 음양오행을 안다면 더 큰 도를 이룰 수 있지 않겠느냐?'

"……."

"물론 도란 어느 것이 크고 어느 것이 작다 말할 수 있는 것이 아니지만, 자연의 이치를 꿰뚫는 것이 사람을 아는 것이라면 풍수의 학문이란 것은 네가 익히 알고 있는 의학이나 무학과 비교해도 크게 뒤지지 않는 것이다."

"그렇군요."

하지만 확실히 이해한 것은 아니었다. 그에게 풍수란 것은 너무나 낯선 학문이기 때문이다.

"오행도는 풍수의 학문을 따라 기의 흐름을 잠시간 변화시키는 무공이다. 넌 이 아이와 무공을 겨루었을 때 기묘한 것을 느끼지 못했느냐?"

"한순간 온몸에 힘이 빠지는 것을 느꼈습니다. 전 그것을 암경의 일종이리 생각했지만 다시 생각해 보니 암경과는 다른 힘이라는 것을 알 수 있었습니다."

"그것이다. 본시 사람이 사는 곳에는 자연의 기운이 흐르니, 인간의 몸은 그 기운에 따라 자신의 몸을 변화시키지만 그 흐름 중 음양오행의 기가 어느 한쪽이 강하다면 그것을 견디지 못하고 기력이 쇄하게 되는 것이지."

그 말과 함께 기문숙이 천천히 그의 앞으로 다가와서는 가볍게 손을 내젓자 한순간 장천은 온몸에 기력이 빠지는 것을 느꼈다.

"헉!"

"네 주위의 기운 중에 잠시간 양의 기운을 쇠약하게 만들었다."

"…마치 무엇인가가 저의 온몸을 붙잡는 듯한 기운이 느껴집니다."

"그럴 테지. 하지만 그렇게 잠시간 있어보거라."

기문숙의 말에 장천은 잠시간 아무런 힘도 쓰지 않고 자리에 서 있었는데, 시간이 지나자 몸이 원상태로 회복됨을 느낄 수 있었다.

"아!"

"너의 몸이 일순간 변화한 자연의 기운에 적응하는 것이다. 하지만 이러한 기운을 오래 접하게 된다면 하나의 기운이 강성해져 그 기운의 균형이 무너지는 결과가 만들어지고 말지."

"그렇군요."

"중원의 각 지역마다 풍토병이란 것이 있으니 그것은 바로 그 땅에 흐르는 기운 중 어느 한 가지가 다른 곳에 비해 강성하여 몸이 그것에 적응하려 하지만 허약한 이는 그것을 견디어낼 기가 없어 병이 생기는 것이다. 이런 풍토병에 걸린 사람을 다른 지역으로 데리고 가 넘치는 기를 줄이고 부족한 기를 채우면 다시 건강을 찾을 수 있는 것이지."

장천은 생전 처음 들어보는 이야기에 점점 귀를 기울이게 되니, 하찮은 학문이라 생각했던 풍수에 이런 기묘한 이치가 숨어 있으리라고는 생각지도 못한 탓이었다.

물론 무공을 익히는 사람이니 이러한 학문을 모르는 것은 당연하다 할 수 있었지만, 기문숙은 자연지도를 익히며 땅의 흐름을 이해하고 드디어 무공에까지 잇게 하는 경지에 이른 것이다.

도가에서 말한다면 득도의 경지에 이르렀다 할 수 있었지만 장천은 자신의 사숙조가 마치 신선같이 느껴졌다.

"오행이란 것은 세상 만물을 이루는 요소이니 인체 역시 오장육부에 이러한 오행의 이치가 숨어 있다. 그 땅의 흐름을 알아 오행의 이치를 행하는 것이 오행도의 무리로 너는 자연지도를 행함에 이 오행의 이치를 항시 염두에 두고 있어야 할 것이다."

"명심하겠습니다."

기문숙의 말에 장천은 마치 새로운 경지에 눈을 뜬 것 같은 기분이 들었다. 자연과 하나의 몸이 되어 행하는 것이 자연지도의 끝이라 생각했는데 이제 또 하나의 경지가 그 모습을 드러내었기 때문이다.

아침나절 기문숙에게 그가 행하는 자연지도의 오행에 대해서 들을 수 있었던 장천은 크게 흡족함을 느끼며 길을 떠날 수 있었다.

물론 사숙조의 생활에 대해서는 만족스러운 것이 아니지만 그 자신이 이제 무학의 길을 떠나 자연과 하나 됨의 길을 걷고 있었다. 도가의 도사들이 도를 이루어 신선의 경지에 들어서려 하는 것처럼, 기문숙 역시 자연의 도를 이루어 이제 득도의 경지에 이르려 함을 알고 있었기에 어떠한 것도 해주지 못하고 떠날 수밖에 없었다.

기문숙외 오두막을 떠나 민예와 함께 한참 길을 가던 장천은 문득 뒤에서 누군가 오고 있다는 것을 느끼고는 고개를 돌리자 장정 한 사람이 보따리를 들고 그의 뒤를 황급히 따라오는 것을 볼 수 있었다.

"문주님, 저 사람은 어르신과 함께 있던 오승이란 자가 아닙니까?"

"그렇구나."

장천은 오승이 자신의 뒤를 좇아오자 일단 말을 멈추고는 기다렸다. 장천 일행이 멈춘 것을 본 그는 더욱더 걸음을 재촉하여 그들 앞에 도착했다.

"무슨 일인가? 어르신께 무슨 일이라도 생긴 것인가?"

"아닙니다. 어르신께서는 저에게 사형의 뒤를 따르라 하셨습니다."

이제 장천에게 어느 정도 승복한 오승은 그를 사형이라 부르며 존대하기를 망설이지 않았는데, 장천은 그것보다는 그가 자신의 뒤를 따르는 이유가 궁금했다.

"나의 뒤를 따르다니, 무슨 말인가?"

"어르신께선 저에게 아직 세상을 벗어날 때가 아니라 하시며 사형의 뒤를 따라 도를 깨우치라 말씀하셨습니다. 저로서는 연로한 어르신을 보필하고 싶었지만, 그분의 뜻을 꺾기 어려운지라 어쩔 수 없이 이렇게 길을 떠날 수밖에 없었습니다."

"음……."

그 말에 장천은 기문숙에 대한 걱정이 밀려왔지만 자신 역시 그의 뜻을 꺾을 수가 없는지라 고개를 끄덕이며 말했다.

"알겠네."

"감사합니다, 사형."

이렇게 해서 장천은 오행도의 무공을 이룬 오승과 동행하게 되어 자신의 사제라고 할 수 있는 그가 자신과 길을 같이한다는 생각에 한편으론 든든한 마음도 들었다.

장천이 비도문이 장악하고 있는 강남을 벗어나 강북까지 온 것은 기문숙에 대한 소식을 알았음도 있지만 다른 일도 있었다.

바로 쌍도문에 남아 있는 사람들에 대한 걱정 때문으로 현재 구궁이 쌍도문의 문주가 되었다는 것은 알지만 과연 자신과 연관되어 있는 사람들이 어찌 되었는지 알아보기 위해서였다.

또 그의 손에 사라진 두 사람, 바로 능예와 그의 아들인 소천의 소재를 알아보기 위함도 있었다.

구궁에 의해 사라진 이후 비도문과 하오문 등과 같은 광대한 정보망을 가진 문파들은 그 옷자락도 발견하지 못하고 있었기에 장천 역시 아내와 자식이 걱정될 수밖에 없었던 것이다.

호북을 나온 장천은 그 방향을 틀어 서쪽으로 향했다. 수로를 택하는 것이 훨씬 더 빨리 감숙으로 갈 수 있겠지만, 거의 대부분의 수로채가 비도문과 적이 된 입장에서 그들의 눈을 피해 갈 수는 없는지라 할 수 없이 시간이 오래 걸리지만 안전한 육로를 선택한 것이다.

물론 육로라고 해서 그리 안전한 것만은 아니지만 수로에 비해 운신의 폭이 훨씬 넓은 것은 사실이었다.

하지만 구파일방 중 하나인 개방의 눈을 피하는 것은 어려운 일이었다.

중원의 어느 곳을 가도 거지가 없는 곳은 없었으니 역용술을 하지 않고 길을 가는 장천의 모습은 당연히 그들의 눈에 포착될 수밖에 없었다.

실질적인 강남의 패주라 할 수 있는 비도문 수장 정도의 인물이라면 당연히 개방의 전 문도들에게 그 모습을 그린 그림이 퍼져 있을 것은 당연한 일이기 때문이다.

낙양의 개방 총단에서는 쉴 새 없이 들어오는 정보로 정신을 차릴 틈새가 없었는데, 언제 비도문과 충돌할지 모르는 상황에서 정보의 중요성은 크게 부각이 되는 것이 당연한 일이었다.

이런 이유로 개방의 팔장로들은 근 오 년 동안 총단 밖을 나간 적이 없었는데, 지극히 자유스러운 직종에 근무하고 있는 그들에게는 고역스러운 일이 아닐 수 없었다.

하지만 그중 한 명만은 이런 업무를 아무렇지도 않게 수행하고 있는 사람이 있었으니 그는 바로 청개 곽무성이었다.

장천의 양부인 장춘삼의 의형제이기도 한 그는 장천이 비도문의 문주라는 것이 밝혀지면서 당혹스러움을 면치 못했음은 당연한 일이었다.

장춘삼과 함께 혈비도 무랑으로 몰린 장천을 구한 사람 중 한 사람인 그로서는 어쩌면 황당하다고까지 할 수 있었으니 비도문의 치밀한 암계에 혀를 내두를 수밖에 없었다.

구궁에게서 장천이 무림에 잠입하여 쌍도문의 소주 행세를 한 것이 대법을 완성하기 위해서임을 들어 알고는 있었지만, 솔직히 미심쩍은 것이 많은 것은 어쩔 수 없는 일이었다.

청개 곽무성은 이러한 것을 집요하게 파헤치고 있었고, 다른 이와 달리 그는 구궁을 무림의 구성으로 보지 않고 있었다.

청개 곽무성과 같은 생각을 가진 사람들은 꽤 많았지만 구궁이 가지고 있는 십대신병을 내놓을 정도이니 대놓고 그러한 것을 파헤치지 못함은 당연했다.

하지만 그렇다고 청개 곽무성이 미심쩍은 일을 그냥 보아 넘길 인물은 아닌지라 장춘삼의 다른 의형제들인 패도 유웅과 무당의 비학선인 정우, 그리고 만박광인이라 불리는 오경과 긴밀한 연락을 주고받으며 구궁의 비밀을 파헤치고 있었다.

그러나 구궁은 이미 수많은 무공비서를 통해서 비밀리에 각 파의 중요 인물들을 포섭하고 있는 상태였기에 개방의 장로 신분을 지니고 있는 청개였지만 그의 비밀을 파헤치는 것은 그리 쉬운 일이 아니었다.

이날 역시 청개 곽무성은 중원 각지에서 들어온 개방 방도들이 보내온 정보를 찾아보며 구궁과 관련된 것을 찾고 있었지만, 새벽부터 시작된 그의 일은 저녁이 되어도 평소와 같이 아무런 소득 없이 끝나고 있었다.

"휴우……."

아무것도 찾아내지 못한 곽무성은 한숨밖에 나오지 않았기에 곰방대를 빨며 답답함을 달래고 있었는데, 그런 그의 방으로 개방도 한 명이 황급한 표정으로 뛰어들어 왔다.

"곽 장로님! 큰일 났습니다!"

"큰일이라니? 비도문이 쳐들어오기라도 했단 말이냐?"

"그것이! 호북에 비도문의 문주가 나타났다고 합니다."

"비도문의 문주? 소혈비도(小血飛刀) 장천을 말하는 것인가?"

"그렇습니다."

그의 말에 곽무성은 자신도 모르게 자리에서 박차고 일어났다. 소혈비도라는 호는 혈비도 무량의 뒤를 이어 비도문의 문주에 오른 장천을 부르는 말이다. 그가 강북에 모습을 드러내었다는 것은 쉽게 간과할 수 있는 일이 아니었다.

"그래, 어느 정도의 숫자를 대동하고 왔는가?"

"그것이, 보고에 따르면 그를 따르고 있는 이는 단 두 사람뿐이라 합니다."

"두 사람?"

"예. 한 명은 약관 정도의 젊은 미공자라 하며 또 다른 한 사람은 칠척에 달하는 거구의 무인이라 합니다."

"음……."

그 말에 곽무성은 미간을 찌푸릴 수밖에 없었다. 때가 어느 때인데

단 두 사람의 부하만을 대동하고 강북에 나타났는가 하는 생각 때문이었다.

솔직히 지금은 적이라고는 하나 의형제에 대한 믿음 때문인지 아직 장천에 대해서 일말의 희망을 가지고 있어 그가 무림의 혈성이 아닐 것이라는 생각을 가지고 있는 그로선 이러한 걱정은 어쩌면 당연하다 할 수 있었다.

제59장
소천(小天)

"전 이해할 수가 없어요. 왜 일부러 적을 끌어들이시는 거죠?"

민예는 장천과 길을 가면서 계속 다그치고 있었으니 그녀가 이런 말을 하는 것은 당연한 일이었다.

상남의 패권을 장악한 비도문의 수장이 적지의 한가운데를 지나면서 역용술조차 펼치지 않고 길을 가고 있었기 때문이다.

물론 그 정도야 무인의 자존심이라 생각하며 넘어갈 수도 있겠지만, 강북의 정보망이라 할 수 있는 개방의 거지들이 자신을 알아보았음에도 그냥 살려 보내는 것은 조금 문제가 있는 일이었다.

비도문의 수장이라면 그 가치는 실로 천금과 같다 할 수 있었고, 그의 종적이 밝혀진 이상 강북의 모든 무인들이 그를 잡기 위해 몰려들어도 이상할 것이 없었다.

그럼에도 아무렇지도 않게 천천히 길을 가고 있는 장천의 행동이 민예로선 도저히 이해가 가지 않았다.

"민예야, 넌 내가 왜 강북행을 하는지 알고 있느냐?"

"그거야 사라진 마님과 소주님을 찾기 위해서가 아닙니까? 그렇다면 더 더욱 비밀을 지켜야 하지 않습니까?"

민예의 말은 틀린 것이 아니었다. 납치된 사람들을 찾기 위해 길을 간다면 철저히 비밀스럽게 움직여 그들의 종적을 찾아야 하는 것이지, 이렇게 대놓고 다닌다고 그들이 납치된 사람을 알아서 보내줄 리는 없는 일이 아니겠는가?

하지만 장천은 민예의 말에 고개를 저으며 말했다.

"비도문은 물론 중원 전역에 퍼져 있는 하오문과 개방의 방도들조차 찾지 못한 사람들이다. 그렇다고 친다면 우리들만으로 찾는다는 것은 거의 불가능한 일이 아니겠느냐?"

"음… 그렇긴 하지만……."

비도문이나 하오문, 개방에서 장천의 부인과 아이를 찾기 위해 중원 전체를 이 잡듯이 뒤진 것이 수년이지만, 단 하나의 단서도 찾아내지 못했었다.

그런 상황에서 장천이 직접 나선다고 해도 그들을 찾는다는 것은 거의 불가능했다.

"우리가 찾을 수 없다면 다른 방법을 써야겠지."

"다른 방법이라면요?"

"저들이 데리고 나오게 만들면 되지 않겠느냐?"

"예?"

민예는 그의 말을 이해할 수가 없었는데, 장천은 자신의 생각을 그녀에게 자세히 말해 주었다.

"이미 계속된 혈사로 인하여 강북에선 본인을 상대할 만한 무인이 없다. 또 숫자로 밀고 나간다 하더라도 우리의 경공이라면 충분히 녀석들의 천라지망을 빠져나갈 수 있을 터이니, 녀석들에게 우리를 잡을 방법이라고는 단 하나밖에 없지 않겠느냐?"

"그럼 문주님께서는 녀석들이 마님과 소주님을 인질로 데리고 나오기를 기다리고 계신다는 것입니까?"

"그렇지."

"하지만 녀석들이 인질로 데리고 나온다 하더라도 확실히 그들의 종적을 파악할 수 있는 것은 아니지 않습니까?"

민예의 말도 일리가 있는 것이었다. 이미 그들이 두 사람을 잡아놓고 있다는 것을 알고 있는 상황이라면 그저 서신만으로도 협박할 수 있었다.

"그 정도면 충분하지."

"그 정도면 충분하다니요?"

"우리들이 두 사람을 찾지 못한 것은 전혀 단서가 없었기 때문이다. 그들은 두 사람을 잡아놓은 이후 재물을 바라는 것도 아니고, 나의 목숨을 바라는 것도 아니고, 그저 모종의 장소에 숨겨놓을 따름이니 찾지 못한 것이나 이제 그들이 구궁을 직접 찾아가고 있는 나를 막기 위해 협박의 서신을 보낸다면 그것 하나로도 우리에게는 두 사람을 찾을 수 있는 하나의 가능성을 찾은 것이라 할 수 있는 것이다."

"음……."

민예로선 도저히 이해를 할 수 없는 일이었다. 협박 서신 하나로 가능성을 열 수 있다는 것은 그녀에겐 너무나 먼 이야기처럼 들리기 때문이다.

"너의 걱정은 이해하나 일단은 본좌가 하는 것을 그저 지켜보고 있거라."

"휴… 알겠습니다."

그의 말에 민예는 힘이 빠진 목소리로 대답을 하니, 사실 따지고 본다면 그저 비도문의 일개 문도에 지나지 않은 자신이 이렇게 따지는 것도 주제를 모르는 짓이라는 생각이 들었기 때문이다.

장천은 그런 그녀의 머리를 쓰다듬어 준 후 오승을 보며 말했다.

"자네는 하오문에 서신을 보내었는가?"

"그렇습니다. 개방도가 알아챌 수 없는 하오문 문도들만의 표식을 해놓았으니 근시일 안에 소식이 있을 것입니다."

오승이 하오문의 소주였다는 것을 말하자 장천은 생각보다 일이 쉽게 풀린다고 생각하며 그를 통해 하오문의 도움을 요청했었다.

개방에 비해 힘이 모자랄지 모르지만 하오문은 개방보다 중원의 소식통으로선 한 수 위로 쳐줄 수 있는 문파이니만큼 장천에게는 큰 도움이 될 것이 분명했다.

오승은 다시 고개를 돌려 민예를 보며 말했다.

"네가 모르는 것이 있다. 사형께서 이곳에 오셨다면 또 한 가지 비도문에 이점이 생긴다."

"이점이요?"

그녀의 말에 오승은 고개를 끄덕이며 말했다.

"현재 강북은 구파일방과 정파, 마교가 힘을 기르고 있는 상태다. 그런 상황에서 비도문의 문주가 강북에 나타났다면 당연히 소란이 일어나겠지?"

"예."

"비도문 문주의 무게는 어떠한 조직과 비교해도 뒤지지 않으니 그들은 모든 힘을 다하더라도 사형을 잡으려 할 것이다. 그렇다면 어쩔 수 없이 그동안 힘을 기르고 있던 인재들을 외부로 내보내 사형을 잡는 데 쓸 수밖에 없을 것이다."

"그렇군요."

"그러나 강남의 경우에는 패권을 장악하는 데 사형의 힘은 전혀 들어가지 않았다고 알고 있다."

"예. 모두 음귀단의 힘으로 이루어졌다 해도 과언이 아닙니다."

"그렇지. 그렇다고 하면 비도문의 힘은 예초부터 사형의 힘을 포함하지 않고 있었던 것이니 사형이 움직인다 해도 비도문의 힘은 변함이 없을 것이다."

오승의 말에 민예는 그가 말하고자 하는 바를 알아차릴 수 있었다. 강북의 힘이 모두 장천에게 집중이 된다면 강남의 패권을 장악하고 있는 비도문에 이것은 기회일 수 있다는 것이다.

지금까지 장천은 비도문의 행사에 어떠한 힘도 실어주지 않고 있었기에 비도문의 실질적이 책임자라 할 수 있는 하노가 모든 일을 맡을 것이고, 그런 그가 이런 기회를 놓치지 않을 것임은 분명했다.

"그렇군요!"

"사형이 녀석들의 손에 잡힐 확률은 거의 전무하다 할 수 있으니, 내가 예측하기론 아마 오 년 안에 중원은 비도문의 손에 들어올 수 있을 것이다."

"아!"

민예는 하녀의 신분으로 비도문에서 새로운 생을 받았다고 해도 과언이 아닌 사람이었기에 비도문이 중원의 패권을 장악할 수 있다는 말에 기뻐하는 것은 당연한 일이었다.

"그런데 한 가지 물어볼 것이 있어요."

"말해 보아라."

"오승님은 그동안 어르신과 계셨다면서 어떻게 그렇게 강호의 사정에 밝지요?"

그녀의 물음에 오승은 등 뒤로 식은땀을 흘렸다. 어찌 말할 것인가. 이것도 다 직업병이란 것임을…….

하오문의 소주로서 살아온 오승은 기문숙과 살면서도 자신도 모르게 술집이나 노름판, 심지어는 기생집까지 가는 것을 서슴지 않았다.

이런 이유로 기문숙은 아직 오승이 자신과 같이 은거를 할 수 없다 생각하고는 장천과 함께 무림에 내보낸 것이었기에 그것을 알고 있던 오승으로선 자신의 못남에 가슴이 아플 뿐이었다.

한편 장천이 호북에 나타났다는 소식은 이미 구궁에게까지 전해져 있었다.

"뭣이! 장천이 호북에 나타났단 말이냐?"

"그렇습니다."

"음……."

태사의에 앉아 있던 구궁은 침음을 흘리며 생각에 잠겼다. 장천이 강북에, 그것도 두 명의 호의만을 대동한 채 그 모습을 드러낸 것이 의외였기 때문이다.

"무림통일의 야욕을 드러낸 것인가."

비도문 소주였을 때의 장천을 생각한다면 그것은 어쩌면 이미 예견된 일일 수도 있었다. 그 당시의 장천은 무림을 자신의 손에 넣으려는 뜻을 노골적으로 드러내고 있었기 때문이다.

만일 그것이라면 장천 혼자만을 염두할 수 없는 일이었다. 보이지 않는 곳에 그를 따르는 수족들이 있을 것은 분명하고, 자신이 움직일 것을 대비하여 강남의 패권을 장악하고 있는 비도문 역시 가만히 있지 않을 것 또한 분명한 일이기 때문이다.

그렇게 생각한다면 가만히 앉아 있을 순 없는 일이었는데, 수하들의 보고에 따르면 그가 향하고 있는 것은 서행, 그렇다고 한다면 자신이 있는 쌍도문으로 향하고 있음이 분명한 일이었다.

"문주님, 앞으로 한 달 후면 강북 명문정파의 봉문이 풀릴 것입니다. 일단은 그때까지 시간을 지체한 후 그들에게 맡기는 것이 어떻습니까?"

그의 앞에 시립해 있던 자들 중 한 명의 말에 구궁은 고개를 끄덕이며 말했다.

"우리 쪽이 선수를 쳤어야 하는데… 으드득."

구궁은 비도문에 있는 자신의 첩자에게서 장천의 상태에 대해 듣고 있었다. 스스로 마음을 가두어 버린 장천이 상태가 많이 호전되었다고는 하지만, 함부로 밖으로 나가지 못할 것이라 생각했었다.

현재 무림의 각 문파에서는 다가올 비도문과의 대전을 위해 인재들이 양성되고 있는 시점, 명문정파들이 봉문을 풀면 그들을 선두로 강남의 비도문 세력을 쓸어버릴 생각이었던 구궁으로선 장천에게 한 방 얻어맞은 기분마저 들고 있었다.

"문주님의 손에 있는 놈의 마누라와 자식을 이용하는 것이 어떻습니까?"

붉은 머리에 날카로운 눈매를 가진 육 척의 무인 한 사람이 앞으로 나와서는 구궁에게 공손히 자신의 의견을 말하니, 그로서는 그것도 나쁘지 않다 생각했다. 만약의 경우를 위해서 지금껏 억류하고 있는 상태였는데, 구파일방이 봉문을 풀 시간이 한 달도 안 남은 시점에서 그들을 이용하여 시간을 끈다면 장천으로 인하여 줄어들 힘을 최대한 아낄 수 있었기 때문이다.

"양오(陽悟)!"

"예."

푸른 장삼을 입고 있는 중년의 무인 한 사람이 포권을 하며 앞으로 걸어나오자 구궁은 지시를 내렸다.

"어떠한 수단을 써도 좋으니 네가 이끌고 있는 청살단과 함께 일단 장천의 걸음을 지체시키도록 하여라."

"존명!"

장천을 막기 위한 회의가 끝나자 구궁은 한 명의 부하만을 대동한 후 쌍도문을 빠져나왔고, 두 시진 정도 후 기련산의 산자락에 위치한 낡은 저택에 도착할 수 있었다.

구궁이 대문으로 걸어가자 잠시 후 다섯 명 정도의 무인이 문을 열고 그의 앞으로 와 정중히 포권하며 인사를 올렸다.

"어서 오십시오, 문주님."

"그들을 만나러 왔다."

"예. 제가 안내하도록 하겠습니다."

구궁의 말에 다섯 명의 무인 중 사십 대 정도의 무인 한 사람이 정중하게 말하고는 앞장을 서니, 구궁은 그를 따라 저택 안으로 걸음을 옮겼다.

잠시 후 붉은색 기와의 전각 하나가 그들의 눈앞에 모습을 드러내었고, 마당에서는 어린아이 한 명이 예쁘게 생긴 열세 살 정도의 여자 아이와 함께 놀고 있는 것을 볼 수 있었다.

여아과 함께 놀고 있는 사내아이는 대략 여섯 살 정도의 나이로 보였는데, 그 생김새가 마치 선동과 같은 흔히 볼 수 없는 미동이었다.

아이는 술래잡기를 하는 것처럼 웃으며 여아를 쫓아갔는데, 구궁을 보고는 크게 놀란 표정을 짓다 잠시 후 반가운 목소리로 소리쳤다.

"백부!"

"하하하! 오랜만이구나, 소천아!"

구궁은 아이가 자신을 부르자 만면에 미소를 띠곤 목마를 태워주었다.

하지만 의외인 것은 그 아이가 바로 장천의 아들인 소천이란 것이었다. 놀랍게도 소천이는 자신의 원수라고도 할 수 있는 구궁을 백부라 부르고 있었고, 구궁 역시 그를 자신의 아이와 같이 생각하고 있는 듯했다.

"백부, 일 년 만에 오시면 어떡해요! 좀 자주 오세요."

"허허허. 그러도록 하마."

구궁이 아이를 보며 웃음을 감추지 못하고 있을 때 아이와 함께 놀고 있던 소녀가 그의 앞으로 와서는 조용히 인사를 올렸다.

"아버지, 어서 오십시오."

"흠……."

하지만 소녀의 공손한 인사를 받음에도 구궁은 못마땅한 미소가 가득했는데, 그에게 인사를 올린 소녀는 바로 그의 친자식인 구화란이라는 아이였다.

자신이 죽이려 했던 장천의 아이인 소천이를 귀여워하는 것과는 달리 그는 친자식인 그녀에게는 모질기 그지없었으니 이상한 일이라 할 수 있었다.

부친이 자신의 인사를 받을 생각도 하지 않고 그저 콧방귀를 뀌며 돌아서자 그녀의 눈은 금세 젖어들기 시작했다.

화란의 모습에 소천은 어찌할 바를 찾을 수가 없었다. 이런 일은 구궁이 올 때마다 늘상 있는 일이었으나, 아무리 말해도 구궁의 태도는 변함이 없으니 왜 자신에게 친절한 백부가 화란에게는 이렇게 차갑게 구는지 어린 그로서는 알 도리가 없었다.

이렇게 되고 보니 소천이는 백부의 목마를 타고 있다는 것조차 미안하게 생각되었기에 조심스럽게 구궁을 보며 말했다.

"백부, 저 내려주세요."

"응? 왜 그러느냐?"

"그냥 내려가고 싶어서요."

화란 때문에 그렇다는 말을 못하는 소천이 그냥 내려가고 싶다고 말하니, 구궁은 화란이 때문에 소천이가 그런 것을 눈치 채고는 미간을 찌푸렸다.

"네가 내려가고 싶다니 어쩔 수 없구나."

조심스럽게 소천을 내려놓은 구궁은 화란을 보며 차가운 목소리로 말했다.

"네 숙모는 어디 계시냐?"

"화단에서 꽃을 가꾸고 계십니다."

구궁이 자신에게 말을 걸자 화란은 급히 대답했는데, 그녀에게는 차갑게 물어보는 그의 한마디도 반가울 뿐이었다.

하지만 더 이상의 대답 없이 구궁이 화단으로 걸음을 옮기자 화란은 가슴이 아리는 자신을 느낄 수밖에 없었다.

"누나… 괜찮아요?"

그것을 보며 소천은 걱정이 되어서 물었고, 이에 화란은 눈물을 닦고는 말했다.

"응, 난 괜찮아. 그리고 누나가 뭐야. 아버지께서 오셨으니 이제 부인이라고 불러야지."

"아! 맞다. 부인, 이제 눈물을 그치시오."

"예, 서방님."

"아! 쑥스러워."

놀랍게도 소천은 열세 살 정도의 화란과 이미 성혼을 한 상태였던 것이다. 하지만 아직 어린 나이인지라 전에 불렀던 대로 화란을 누나라 부르고 있었던 것인데, 구궁이 그러한 것을 상당히 싫어하는지라 그가 있을 때는 부인이라 부르도록 약속했었다.

자신의 딸을 장천의 며느리로 만든 구궁, 도대체 그는 무슨 생각을 하고 있는 것일까? 알 수 없는 일이었다.

구궁이 도착한 회단에는 이십 대 후반 정도의 여인이 꽃을 다듬고 있는 것을 볼 수 있었는데, 바로 유능예였다.

뒤쪽에서 인기척을 느낀 능예는 소천과 화란이 왔을까 하는 생각에 고개를 돌렸으나 그 사람이 구궁이라는 것을 알고는 미간을 찌푸리고 말았다.

"허허허!"

자신을 보며 노골적으로 싫은 표현을 보이는 능예를 보자 구궁은 너털웃음을 흘리며 미소를 지었고, 그녀는 그 모습조차 보기 싫어 고개를 돌리고 싶었지만 애석하게도 그리할 수 없는 것이 그녀의 처지였다.

"해약을 전해줄 시기가 아닌 것 같은데 무슨 일입니까?"

"이런, 그저 조카를 보고 싶어서 왔을 뿐입니다."

"……."

하지만 능예는 그가 단순히 소천을 보러 온 것이 아님을 알 수 있었다. 거의 일 년여 동안 부하들에게 일을 시켰을 뿐 그 자신이 이곳에 모습을 보인 적은 없었기 때문이다.

시어머니인 임아란과 장천의 사형인 요운과 함께 잡힌 이후 그녀와 소천은 구궁에 의해 이곳에 감금되어 있어야 했다.

물론 무공이나 다른 것에는 전혀 손을 쓰고 있지는 않았지만 두 사람 모두 그에 의해 강제로 독약을 먹어야 했으니 그녀가 이곳을 빠져 나가지 못하는 이유 중 하나였다.

한 달에 한 번 구궁이 부하를 시켜서 보내는 해약을 먹지 않는다면 일주일 안에 죽음을 맞이할 수밖에 없는 독약이었기에 소천이를 죽게 할 수 없는 그녀는 이곳을 빠져나갈 생각도 할 수가 없었던 것이다.

"오랜만에 왔으니 차라도 한잔 주시지요."

"……."

그녀로선 그가 이곳에 온 이유가 궁금한 것도 있었기에 미간을 찌푸리면서도 걸음을 옮겼다.

독약을 제외한다면 구궁은 모자에게 최대한의 편의를 제공하고 있었기에 그들의 생활은 그리 힘들지 않았다.

적이라고 할 수 있는 두 사람에게 자신의 딸을 며느리로 줄 정도의 구궁은 도대체 무엇을 바라고 있는 것일까? 그 이유에 대해서는 능예 역시 알 수 없었지만 그저 무엇인가 노리고 있다는 것만은 느끼고 있었다.

용정차를 그의 앞으로 내온 능예는 차가운 표정으로 그의 앞에 앉아서는 말했다.

"무엇 때문에 오신 것입니까?"

구궁은 용정차를 한 모금 음미하고는 미소를 지으며 말했다.

"제수씨께서 좀 나서주셔야겠습니다."

"…그이가 왔군요."

"글쎄요."

능예의 말에 애매모호하게 답하는 구궁이지만 그녀는 자신의 남편인 장천이 나섰음을 짐작할 수 있었다.

한곳에 오랜 시간 동안 갇혀진 탓에 외부의 소식에 대해서는 잘 모르고 있다고는 하지만, 그녀는 언젠가 자신과 소천을 위해 장천이 올 것임을 믿어 의심치 않았던 것이다.

불안한 표정으로 자신을 바라보고 있는 능예를 보고 있던 구궁은 천천히 자리에서 일어나 다가가서는 그녀의 턱을 쓰다듬으며 말했다.

"아까워… 아까워……."

"무슨 짓입니까!"

그의 행동에 능예는 노기를 띠며 그의 손을 쳐냈지만 구궁은 그녀의 행동에 크게 대소를 터뜨렸다.

"하하하하!"

구궁의 이러한 모습에 그녀는 소름이 끼치는 것을 느꼈는데, 마치 그가 먹잇감을 노리고 있는 야수와 같았기 때문이다.

구궁이 사라지자 능예는 방금 전의 공포를 잊지 못하고 흐느꼈다. 지금 그녀는 죽고만 싶은 심정이 가득했다.

하지만 아들이 살아 있는 지금 자신이 죽는다면 아들 역시 어찌 될지 알 수 없는지라 살아가고 있는 그녀였으니 하루빨리 장천이 자신을 구해주기만을 기다릴 뿐이었다.

그때 문이 열리며 소천이가 크게 놀란 표정으로 소리쳤다.

"엄마, 큰일 났어요!"

"왜 그러니?"

"요 백부가 이상해요!"

"요 백부가?"

소천의 말에 능예는 크게 놀라 그녀와 아들이 머물고 있는 전각 한쪽의 장천의 사형이라 할 수 있는 요운이 머물고 있는 곳으로 뛰어갔다.

요운은 구궁의 암수에 의해 크게 내상을 입은 데다 자신들과 같이 중독된 상태였다.

처음 잡혀온 이후 내상이 심해져 거의 삼 년이 넘는 시간 동안 혼수 상태에 있었는데, 근래 들어 간신히 정신을 차리기는 했지만 아직 일어서지 못하는 상태였다.

나아져 가고 있는 요운의 상태가 이상하다는 말에 크게 놀라 방 안으로 뛰어 들어간 능예는 요운이 고통스러운 표정으로 경련을 하고 있는 것을 볼 수 있었다.

"오라버니!"

"끄아악!!"

무엇인가에 의해 고통스럽게 침대를 뒹굴고 있는 그를 보며 능예는 오라버니라 부르며 다가갔는데, 그동안 그를 간호하며 친해져 오누이의 의를 맺었기 때문이다.

무슨 이유에서인지 요운은 눈이 시뻘게진 채 뒹굴고 있었는데, 머리를 부여잡으며 고통스러워하다 능에가 온 것을 보며 자신도 모르게 그녀에게 몸을 날렸다.

"까악!!"

갑자기 요운이 자신에게 달려들자 그녀는 크게 놀랄 수밖에 없었는데, 요운은 마치 음약에 취한 것처럼 그녀의 옷을 찢으며 몸을 범하려 했다.

"으앙!! 백부, 왜 그래요!"

그의 모습에 소천은 어찌할 줄 모르고 그를 어머니에게서 떼어놓으려 했지만 병자인 그가 무슨 힘이 갑자기 그리 세졌는지 좀처럼 그를 떨쳐 낼 수 없었다. 이에 소천은 놀라서 울음을 터뜨리고 말았는데, 그때 그의 뒤에서 한 인영이 빠른 속도로 두 사람에게 뛰어가서는 요운의 혈을 짚었다.

그 사람이 짚은 것은 요운의 혼혈로 능에를 범하려고 하던 요운은 그 자리에서 쓰러지고 말았다.

"휴……."

요운의 혼혈을 짚은 이는 바로 소천의 아내이자 구궁의 딸인 화란이었는데, 자신의 시어머니를 범하려 하던 요운을 쓰러뜨리자 안도의 한숨을 쉬었다.

"화란 누나! 으아아앙!!"

화란이 자신의 어머니를 구하자 소천은 그녀의 품으로 달려가 울음을 터뜨렸고, 그녀는 천천히 아이의 등을 토닥여 주며 말했다.

"이제 괜찮아요."

소천을 토닥여 준 그녀는 급히 시어머니에게 달려가 그녀를 일으켜

주었고, 능예는 그녀에게 놀란 가슴을 진정시키며 말했다.

"네가 아니었으면 큰일을 겪을 뻔했구나."

"…죄송해요, 어머니… 흑흑흑."

하지만 그녀의 말에 화란은 더욱 가슴이 아플 수밖에 없었다. 요운이 이렇게 된 것이 누구 때문인지 잘 알고 있었기 때문이다.

지금까지 병이 나아지고 있었던 그가 갑자기 발작을 한 것은 구궁에 의한 일이 분명했다.

"하하하하!!"

멀리서 들려오는 구궁의 웃음소리에 능예는 자신의 처지에 눈물을 짓고 말았는데, 마치 마귀와 같이 자신을 괴롭히는 그의 행동에 서러움을 감출 수 없었다.

자리에서 일어선 능예는 급히 요운의 맥을 짚어보니 역시나 그의 체내에 음기가 가득했기에 구궁에 의해 음약에 중독된 채 자신을 범하려 했음을 알 수 있었다.

내상을 입은 상태에서 몸이 허해진 그가 음약을 견딜 수 없었던 것은 당연한 것이었기에 능예는 옆에 있는 화란을 보며 말했다.

"백부의 몸에서 음약의 성분을 몰아내야 하니, 나를 도와다오."

"예."

화란은 그녀의 말에 요운을 침대에 올려 가부좌를 취하게 한 후 능예와 함께 그의 등에 진기를 불어넣어 몸속에 잠재되어 있는 음약을 몰아내었다.

다행히 그 음약의 성분이 그리 독한 것이 아닌지라 간신히 몸속에서 기운을 완전히 몰아낼 수 있었다.

"크헉!"

요운은 능예와 화란의 도움으로 자신의 몸속에 있는 독혈을 뱉어낼 수 있었고, 시뻘게졌던 그의 안색도 천천히 원래의 색깔을 찾기 시작했다.

"오라버니."

"능예구나……."

요운은 자신이 무엇을 하려 했었는지 알기에 고개를 숙이고 마니, 그로선 자신을 오라버니라 부르는 그녀를 범하려 한 것이 한스러울 뿐이었다.

한순간의 음욕을 견디어내지 못함을 자책하고 있었지만 그의 현재 몸으로는 약한 음약의 기운조차 견디어낼 수 없음을 잘 알고 있는 능예는 따뜻한 미소를 지으며 말했다.

"오라버니, 너무 자책하지 마세요."

"크흐흑… 미안하구나… 이 못난 오라비가……."

내상으로 인하여 과거의 공력을 모두 상실한 요운은 자신을 위로하는 능예의 행동에 눈물을 쏟고 말았다.

한때 무림에서 크게 이름을 떨치던 그였으니 지금의 모습이 한스럽기 그지없었던 것이다.

"엄마… 이거."

"고맙구나, 소천아."

소천은 언제 준비했는지 어머니에게 장삼 하나를 들어서 건네주었고, 아들의 배려에 능예는 볼을 쓰다듬으며 고맙다는 말을 한 후 자리에서 일어났다.

그런 모습에 화란은 눈물을 흘리며 중얼거렸다.

"어머니가… 살아 계셨으면… 흑흑흑."

구궁이 능예를 이렇게 노골적으로 괴롭히기 시작한 것은 화란의 어머니라 할 수 있는 매령의 죽음 이후부터였다.

그녀는 구궁이 소천에게 화란을 시집보내려 하는 것을 알고는 그와 크게 다툼을 한 이후 얼마 지나지 않아 죽음을 맞이하고 말았는데, 들려오는 소문에는 구궁이 그녀를 해하였다는 말도 있었다.

화란은 자신의 어머니인 매령이 스스로 목숨을 끊었다는 것을 알고 있었다. 그녀가 자결을 한 것이 구궁과 말다툼을 한 후 얼마 지나지 않아서임을 알고 있었지만, 화란은 어머니의 죽음으로 아버지를 원망할 수가 없었다. 매령의 죽음 전에 구궁이 자신에게 보였던 애정을 잊지 못하기 때문이다.

"휴……."

하지만 변한 아버지의 모습에 그녀로선 한숨밖에 나오지 않았는데, 옆을 돌아보니 소천이 주먹을 쥐고 있는 모습을 볼 수 있었다.

'소… 천……'

아직 어린 두 사람으로선 부부의 연이란 것이 직접 와 닿지 않고 있어 그저 오누이와 같이 서로를 생각하고 있었다.

하지만 화란은 그를 볼 때마다 가슴이 아픔을 느끼고 있었다. 자신의 아버지에 의해서 어린 나이에 크나큰 고통을 당하고 있기 때문이었다.

아직 어린 소천이라고는 하지만 왜 구궁이 자신과 어머니를 괴롭히고 있는 것을 알지 못하겠는가? 하지만 그것을 알면서도 소천은 구궁 앞에서 그저 평범한 어린아이의 모습과 다름이 없이 백부라 부르며 그를 따르고 있었으니 그것이 소천의 처세술임을 화란은 알고 있었다.

자신들을 가두어두고 있는 사람들을 대함에 단순히 괴롭히는 사람으로만 인식하고 대했을 때 그들은 더욱 자신들을 괴롭힘을 느낀 소천은 그들에게 언제나 웃음을 잃지 않고 있었던 것이다.

물론 아직 어린 나이인지라 능예나 요운은 그저 철없는 아이라 느낄지는 모르지만, 가장 가까이에서 소천과 같이 있던 화란은 숨어 있는 소천의 모습을 볼 수 있었다.

"소천아, 화란아."

"예, 어머니."

"내 방으로 가자. 할 말이 있구나."

"예."

두 사람은 능예를 따라 그녀의 방으로 갔고, 그녀는 자리에 앉아 아들과 며느리를 안타까운 시선으로 바라보다 천천히 입을 열었다.

"이 어미는 내일 이곳을 떠나게 될 것 같구나."

"예? 엄마, 그게 무슨 말이에요?"

떠난다는 말에 소천은 크게 놀랄 수밖에 없었다. 자신들이 백부에 의해서 이곳을 떠나지 못함을 알고 있기 때문이다.

"휴… 네가 아직 어리니 이 어미는 무슨 말을 해야 할지 모르겠구나."

"엄마!"

그녀로서는 아직 어린 소천에게 자신이 백부에 의해 장천을 협박하기 위한 볼모로 잡혀간다는 말을 어찌 할 수 있겠는가? 그저 한숨밖에 나오지 않는 그녀였다.

하지만 화란은 그녀가 떠나는 것이 자신의 아버지와 연관이 있다는 것을 짐작할 수 있었기에 자신도 모르게 눈물을 흘렸다.

"화란아……."

"흑흑흑… 어머니… 죄송해요."

그것이 아버지인 구궁의 짓이라는 것을 알지만 그녀로선 자신이 한 것 같은지라 죄송스러움을 감출 수가 없었다.

능예는 장천과 자신을 해하려 하는 구궁의 딸이라는 것을 알지만 며늘아이의 이런 모습에 가슴이 아플 수밖에 없었다.

죄가 있다면 그 아비에게 죄가 있지 화란의 죄가 아님을 잘 알고 있었고, 평소에 그녀가 얼마나 자신과 아들을 위해 노력하는지도 잘 알고 있었기 때문이다.

천천히 화란을 볼을 쓰다듬어 준 능예는 비장한 표정으로 두 사람을 보며 말했다.

"이 어미가 떠난 후 아마 일주일 정도 후에 이곳으로 한 여인이 찾아올 것이다."

"예?"

갑작스러운 그녀의 말에 소천과 화란은 놀란 표정으로 되물었다. 이에 능예는 한숨을 쉬며 말했다.

"나 역시 일이 이렇게 될 줄은 몰랐구나. 우리 네 사람이 함께 이곳을 빠져나가게 될 줄 알았는데 말이다."

"그럼?"

"그래. 너희들이 생각한 대로 이미 이 어미는 외부 사람과 연락을 하고 있었단다."

이런 사실은 두 사람 모두 알지 못한 일이었으니 능예가 얼마나 비밀스럽게 자신들의 탈출을 계획하고 있었는지 알 수 있었다.

"우리를 도와주실 분은 무미미란 분으로 과거 사파십대고수의 한 분이신 흑철돈녀 무삼랑님의 증손녀 분이시란다."

"아! 아빠와 연이 있다는 분이군요."

"그래. 네가 그분을 잊지 않았구나."

요운과 유능예를 통해 과거 장천의 어린 시절과 강호행을 전해 들은 소천은 흑철돈녀 무삼랑에 대해서도 잘 알고 있었다.

"그분은 흑철돈녀 어르신의 원수를 갚기 위해 암암리에 백부의 뒤를 밟고 있다가 우리가 이곳에 갇혀 있다는 것을 알 수 있었단다."

"예? 그럼 왜 아버지에게 말해 주지 않는 거죠?"

소천으로선 무미미가 자신들이 있는 곳을 알면서도 왜 아버지에게 이 사실을 말해 주지 않았는지 이상하게 생각할 수밖에 없었는데, 능예는 그런 소천의 말에 한숨을 쉬며 말했다.

"일이 그렇게 쉬웠다면 왜 그분이 말을 전하지 않았겠니? 애석하게도 현 강호는 자신을 제외한다면 어느 누구도 쉽게 믿을 수 없단다. 무 언니는 무삼랑 어르신의 죽음 이후 도움을 찾아 여기저기를 떠돌아다녔지만, 그때마다 배신자로 인하여 큰 고행을 겪으셔야 했단다. 사방에 적이 있을 뿐 친구를 찾을 수 없으니 그분이 어디에도 말을 전할 수 없음은 어쩔 수 없는 일이었단다."

"그런……"

그녀의 말대로 무미미의 행동은 옳은 것이었다. 구궁과 비도문의 간세가 무림에 없는 곳이 없을 만큼 혼란한 시점에서 믿을 만한 사람을 찾는 것은 하늘의 별 따기와 마찬가지였다.

또 무미미는 과거에 흑철돈녀 무삼랑의 죽음을 전하기 위해 자신과 친분이 있는 사파의 사람들을 찾아 돌아다니다 그들 대부분이 무랑의 부하들에게 죽임을 당해 믿을 만한 사람이 극소수에 지나지 않았다.

"그분이 우리들이 이곳에 갇혀 있는 것을 안 것은 이 년 전의 일이지만, 우리들이 독에 중독되어 있다는 것을 알고 할 수 없이 돌아가셔야 했단다. 하지만 다행히 독을 해독할 수 있는 문파를 이 어미가 알고 있어 그곳에 도움을 청할 수 있게 되었단다."

"사천당가!"

독을 해독할 수 있는 문파라는 말에 소천은 문득 하나의 문파가 생각나 말했고, 능예는 아이의 영특함에 크게 흡족한 표정을 지었다.

"그래. 쌍도문은 사천의 패주라 할 수 있는 당가와 밀접한 관계를 맺고 있지. 지금은 백부 때문에 조금 소원하게 지내고 있지만, 네 아버지와 현 당가의 여류최고수인 당세문 낭자와는 친분을 가지고 계시단다."

"아!"

자신들이 구궁에 의해 독에 중독되어 있다고는 하지만 아무리 독에 뛰어나다 할지라도 사천의 당가를 능가할 수는 없는 일이었다.

물론 남만의 독문이 있기는 하지만 다행히 구궁은 그들과 연이 없는 듯했으니 사천당가의 힘으로 독을 해독할 수 있었던 것이다.

"소천아, 앞으로 일주일 정도 후면 무 숙모와 당 숙모가 오실 것이다. 너희들은 두 분을 따라 이곳을 빠져나가 아버지를 찾도록 하여라. 또 아버지를 찾기 어렵다면 너희들은 아버지의 의형제인 동방 백부나 데이비드 백부를 찾아 도움을 요청하거라. 그분들이라면 목숨을 걸고 너희들을 보호해 줄 것이다."

"하지만… 엄마가……."

"너희들이 빠져나간다면 이 어미는 어렵겠지만 이 한 몸을 보중할 수 있을 것이다."

그녀의 말대로 소천과 요운이 빠져나간다면 구궁으로선 쉽게 능예를 죽이지 못할 것은 분명한 일이었다. 남아 있는 인질이 그녀밖에 없다면 천하제일고수인 장천을 두려워하는 구궁으로선 당연한 일이었다.

모든 것을 두 사람에게 말해 준 능예는 가슴이 답답해졌다. 또다시 아이와 헤어져야 한다는 생각이 그녀의 마음을 아프게 하고 있기 때문이다.

세상일이 너무 힘들다는 생각에 눈시울이 뜨거워지는 그녀였지만 어미로서 마음을 독하게 먹어야 한다는 생각에 격정을 가라앉히고 화란을 보며 말했다.

"화란아."

"예, 어머니."

"만약 일이 뜻대로 풀리지 않는다면 넌 소천이와 함께 산속으로 들어가 숨어 살도록 하거라."

"어머니……."

"이 어미는 복수는 바라지 않는단다… 너희 두 사람이 편히 살 수 있다면 그것으로 족하단다."

"흑흑흑."

다음날 능예는 예측했던 대로 구궁의 부하에 의해 끌려갔고, 화란은 소천이 그 모습을 본다면 크게 슬퍼할 것을 알았기에 어쩔 수 없이 그의 수혈을 짚어 잠을 재울 수밖에 없었다.

물론 수혈에서 풀린 소천이 대성통곡을 한 것은 당연한 일이었다.

능예가 구궁의 부하에 의해 끌려간 지 일주일 후 이들이 머물고 있는 전각으로 두 명의 인영이 조심스럽게 숨어들었는데, 바로 무미미와 당가의 여류최고수로 이름이 알려진 빙암화 당세문이었다.

전각의 주위로 대여섯의 무인들이 경비를 서고 있었지만 다행히 오랜 시간 동안 이곳에서 적을 맞은 적이 단 한 번도 없어 그런지 경비는 형식적으로 보였기에 두 사람이 안으로 잠입하는 것은 그리 어렵지 않았다.

조심스럽게 전각 안으로 들어선 두 사람은 과거 유능예가 머물고 있었던 방으로 들어갔는데, 그곳에 아무도 없자 당황할 수밖에 없었다.

[무 언니, 이곳이 맞나요?]

[이상하네… 분명 이곳에 동생이 머물고 있었는데?]

능예가 구궁에 의해 외부로 간 것을 알지 못하는 무미미로선 능예가 없자 조금은 당황할 수밖에 없었다.

하지만 그동안 유능예와 만나며 소천과 화란에 대해 익히 알고 있었기에 두 사람이 머물고 있는 방으로 걸음을 옮겼다.

다행히 그 방에선 아직 어린 소천과 화란이 잠자고 있는 것을 볼 수 있어 무미미는 조심스럽게 두 사람에게 다가가서는 화란의 입을 막으며 그녀를 깨웠다.

'아!'

화란은 잠을 자던 중 누가 자신을 흔들자 소천이라 생각하고는 눈을 떴는데, 복면을 하고 있는 두 사람을 보자 크게 놀랄 수밖에 없었다.

그때 자신의 입을 막은 사람이 손가락으로 입을 가리키고는 전음으로 말을 건네왔다.

[당신들을 해하지 않을 테니 두려워하지 마세요.]

두려워하지 말라는 전음에 화란이 고개를 끄덕이자 그녀는 천천히 입을 막던 손을 내렸고, 화란은 떨리는 가슴을 안정시키며 그녀에게 전음을 날렸다.

[무 백모님인가요?]

그녀의 전음에 무미미는 화란이 유능예에게 자신들에 대한 이야기를 들었다는 것을 알고는 고개를 끄덕이며 말했다.

[예. 그런데 유 동생은 어디 있나요? 방으로 가보았는데 그곳에 없더군요.]

무미미의 말에 화란은 자신의 아버지에게 끌려간 능예를 생각하자 눈시울이 뜨거워질 수밖에 없었다.

[아버지에게… 끌려가셨어요.]

[예?]

화란의 아버지가 자신의 원수인 구궁이라는 것을 알고 있는 무미미는 크게 놀랐다. 설마 자신들이 올 동안에 그에게 능예가 끌려가리라고는 생각지도 못했기 때문이다.

무미미는 이곳과 사천당가만을 계속 왕복했던 탓에 강호의 소문을 제대로 알지 못하여 장천이 호북에 나타난 것을 모르고 있었던 것이다.

화란에게서 능예에 대해 모든 이야기를 들은 무미미는 안타까움을 느꼈다. 일주일만 빨리 왔었어도 그녀를 충분히 구할 수 있었기 때문이다.

하지만 그렇다고 이미 엎질러진 물을 주워 담을 수는 없는지라 일단 이곳에 있는 세 사람이라도 구하자는 생각에 그녀를 보며 전음을 날렸다.

[일단 화란은 소천이를 깨우고 짐을 챙기도록 하세요. 전 이곳에 있는 요 대협을 업고 올 테니까요.]

[예.]

무미미는 그녀가 일어나자 밖으로 나가서는 주위를 지키고 있던 당세문을 향해 전음을 날렸다.

[당 여협, 전 요 대협을 모시고 오겠습니다.]

[예.]

당세문에게 말한 무미미는 요운이 있는 방으로 걸음을 옮겼다.

다행히 요운은 쌍도문에서 무미미를 본 적이 있었기에 당황하지 않았고, 그녀는 그가 입을 간단한 옷을 챙겨 들고는 그를 업고 소천과 화란이 있는 방으로 조심스럽게 돌아왔다.

방으로 돌아오자 화란은 이미 간단한 행장을 꾸린 상태였다. 무미미는 화란에게 소천의 수혈을 짚게 하여 그를 업게 한 후 함께 전각을 빠져나왔다.

전각을 빠져나온 다섯 사람은 거의 세 시진여를 쉬지 않고 도망쳤고, 날이 밝을 때 즈음에는 거의 오백 리 길을 벗어날 수 있었다.

오백 리 길을 도망친 후에야 이들은 겨우 숨을 돌렸다.

"거의 오백 리 길을 뛰어왔으니 조금은 숨을 돌리도록 하지요."

"예."

적을 상대할 경우를 대비하여 가장 무공이 높은 당세문에게 아무 사람도 맡기지 않아 무미미는 요운을, 화란은 소천을 업고 경신술을 시전하며 뛰어왔기에 지쳐 있던 그들은 숨을 돌리자는 말에 안도의 한숨을 내쉬었다.

무미미는 조심스럽게 등에 업고 있는 요운을 땅에 내려놓았는데, 일주일 전 음약의 일로 몸이 또다시 나빠진 요운은 안색이 시퍼렇게 변한 게 크게 좋지 않은 모습을 보이고 있었다.

"이런!"

그 모습에 무미미는 크게 놀라 그에게 진기를 흘려 넣어주었고, 그제야 차츰 안색이 돌아오기 시작했다.

어느 정도 안정이 되자 요운은 다른 사람들에게 미안한 마음이 들었다.

"미안하오, 무 소저."

"아닙니다. 몸은 어떠신지요."

"무 소저의 도움으로 견딜 만합니다."

하지만 그의 안색으로 미루어보아 계속되는 여행을 견디지 못할 것은 분명했기에 그것을 보고 있던 당세문은 미간을 찌푸리며 말했다.

"제가 가지고 있는 약으로 몸을 보한다면 상태가 좋아질 수는 있겠지만, 시간이 너무 없군요."

그녀가 가지고 온 약 중에 몸을 보할 수 있는 약이 없는 것은 아니지만, 약효가 발하기 위해선 적지 않은 시간의 안정이 필요해 구궁의 세력이 이 일대에 널리 퍼져 있음을 생각하면 이곳에서 몸을 추스르게 하는 것은 어려웠다.

"지금 우리들은 당가로 향하고 있는 것이 아니에요."

"그럼……?"

당세문의 말에 사람들의 시선은 모두 그녀에게 쏠릴 수밖에 없었다.

화란은 자신들이 어디로 가게 되는지 몰라 그녀에게 물었는데, 대답은 무미미가 했다.

"애석하게도 당가 역시 이미 구궁의 간세들이 손을 뻗었을 확률이 높아요. 중원의 어느 곳도 구궁의 손이 닿지 않은 곳은 없으니까요."

오랜 시간 흑철돈녀 무삼랑의 원수를 갚기 위해 구궁의 뒤를 밟고 있었던 무미미는 구궁의 무서움을 누구보다 잘 알고 있었다.

그는 과거 비도문이 했던 방식 그대로 자신의 간세를 대륙 곳곳에 뿌려놓고 있어 제이의 멸천문을 만들고 있다 해도 과언이 아니었다.

"그나마 조금 안전한 곳이라면 장천과 연이 닿아 있는 마교와 비도문뿐이에요. 마교는 교주 문성을 중심으로 한 암영자가 만근퇴 우경과 대립하고 있어요. 우경의 세력은 모르지만 암영자는 마교에 대한 자긍심이 높은 전대 고수들만이 모여 있기 때문에 안전하다고 할 수 있어요. 비도문은 구궁의 간세가 있을 확률이 높지만, 만약 소천과 화란이 가게 된다면 이제 소주의 신분이 된 소천을 확실하게 보호해 줄 수 있는 곳이지요."

"그럼 우린 어디로 가야 하나요?"

화란은 마교와 비도문 중 자신이 향하고 있는 곳이 어딘지 궁금했기에 무미미를 보며 물어보았다.

"확실한 안전을 위해서라면 비도문으로 가는 것이 좋겠지만, 애석하게도 무림에서 비도문의 진정한 본거지를 알고 있는 사람은 비도문의 문도 외에는 없다고 해도 과언이 아니에요."

"그럼 마교로 가야 하나요?"

"예. 그곳까지 가는 것은 어렵겠지만 마교 교주 문성의 도움을 받을 수 있다면 확실하게 안전을 확보할 수 있지요. 구궁의 힘이 아무리 강하다 하더라도 일단은 마교와 손을 잡고 있는 이상 암영자의 보호에서 당신들을 해할 수 없을 거예요."

"문제는 어떻게 마교로 갈 수 있는가 하는 것이군요."

"예. 마교로 가는 길에는 구궁이 포섭한 중소문파들이 곳곳을 지키고 있을 거예요. 이들의 눈을 피해 마교로 가는 것은 힘든 일이겠지요."

이들만으로 구궁의 세력권에서 빠져나오는 것은 극히 힘든 일이라할 수 있었다.

근 몇 년 동안 착실하게 힘을 모으고 있는 구궁의 진영에는 그들이 알지 못하는 고수들이 산재하고 있어 오백 리에 가까운 길을 도망쳐 나왔다고는 하지만 안전하다고 할 수가 없었다.

"구궁에 의해 현재 저희 당가는 고립되었다고 해도 과언이 아니에요. 무 언니가 저에게 소식을 전해준 것도 거의 기적 같은 일이라고 할 수 있지요."

도움의 손을 찾을 수 없다는 말에 화란은 낙담할 수밖에 없었는데, 그때 뒤쪽에서 요운의 목소리가 들렸다.

"패도 유웅 어르신을 찾아가도록 합시다."

"예?"

"그분은 장 문주님의 의형제인데다 무공 또한 낮지 않으니 우리에게 도움이 될 것입니다. 또 다른 분과는 달리 혼자 행동하시는 분인지라 구궁의 간세들을 걱정할 필요가 없겠지요."

확실히 패도 유웅이라면 강북에서 이름난 고수이긴 했다. 물론 근래에 들어와서는 여기저기 고수들이 판을 치고 있는지라 그의 무공이 그리 높다고는 할 수 없었지만, 당세문과 비교한다면 한 단계 위의 고수였기에 이들에게 큰 도움이 될 수 있는 사람이었다.

"그럼 일단은 패도 유웅 어르신을 찾아 도움을 요청하도록 하지요."

일행은 요운의 말을 따라 장춘삼의 의형제 중 한 사람인 패도 유웅을 찾아가기로 결정하니, 목적지가 결정된 이상 더 이상 지체하지 않고 움직이기 시작했다.

하지만 극히 몸이 좋지 않은 요운의 상태가 시간이 지나면서 더욱 나빠지고 있었기에 일행은 크게 걱정할 수밖에 없었다.

그중 그에게 가장 신경 쓰고 있는 사람은 무미미였는데, 그를 업고 오면서 일행을 위해 고통을 참는 모습에 크게 감동했기 때문이다.

이미 무공을 잃어 평범한 사람, 아니, 평범한 사람보다 못한 몸을 가진 사람이 되었지만, 그동안 자신이 믿었던 무인들에게 크게 실망한 무미미로서는 고통을 참으며 일행을 위하는 모습이 가슴 깊이 각인되었다.

휴식이 있을 때마다 무미미는 자신의 진기를 아낌없이 그의 몸을 보호하기 위해 밀어주어 그가 오랜 여행을 견딜 수 있게 도움을 주었지만, 그녀 자신이 내공보다는 외공을 중시하는 흑철돈녀 무삼랑에게 무공을 전수받은지라 크게 지쳐 감은 어쩔 수 없는 일이었다.

그 때문에 패도 유웅이 머물고 있다는 섬서성 금아현의 반도 가기 전에 무미미는 크게 지친 모습이 역력했다.

자신을 업고 가는 것도 모자라 몸을 생각하지 않고 꾸준히 진기를 몰아 넣어주는 무미미를 보며 요운의 마음속에는 연심이 생길 수밖에 없었다.

물론 무미미는 요운에게 그의 인내력과 무인으로서의 모습에 존경심을 보이고 있었을 뿐 그와 같이 연심 같은 것은 가지고 있지 않았으니 그로선 그저 아무 말 없이 그녀를 지켜볼 뿐이었다.

거기에다 이미 무공마저 잃어 평범한 사람이 되어버린 그로선 스스로 무미미에게 자신의 마음을 말할 용기가 없었으니 원래 몸이 약했던 그는 시간이 지나자 마음속의 근심으로 상태가 더욱 안 좋아지고 있었다.

"요 대협, 몸은 어떻습니까?"

진기를 넣어준 후에도 혈색이 돌아오지 않는 그를 보며 무미미는 걱정 어린 표정으로 물었는데, 요운은 미소를 지으며 답했다.

"괜찮습니다. 저는 무 여협이 더 걱정입니다. 이렇게 무리하게 진기를 넣어주시면 몸이 좋지 않으실 텐데……."

"운기조식을 취하면 괜찮아질 것이니 너무 걱정하지 마십시오."

하지만 어찌 마음을 놓을 수 있겠는가? 한참을 고심하던 요운은 문득 한 가지 생각이 들었다.

그는 여행을 떠나기 전에 쌍도문에서 가져왔던 청심단을 하나 가지고 있었다. 쌍도문이 자랑하는 두 개의 영약 중 하나인 청심단은 그것을 복용하고 운기하면 내력을 증진시키는 약효가 있었다.

하지만 현재 내상으로 상태가 안 좋은 요운은 만약 잘못 운기했을 때는 주화입마로 죽거나 전신불수의 상태가 될 수 있었기에 그것을 복용하지 않고 있었는데, 무미미를 더 이상 고생시키지 않기 위해 과감히 복용을 결정한 것이다.

마음을 결정한 요운은 주위에 있던 일행을 보며 말했다.

"잠시 제 말을 들어보시겠습니까?"

"무슨 일인지요, 요 대협."

요운의 말에 사람들이 그에게 고개를 돌리니, 잠시 헛기침한 요운은 이들을 보며 말했다.

"본인에게는 쌍도문에서 가져온 청심단이 있습니다. 여러분께서도 아시겠지만 이 환단은 내력을 증진시킬 수 있는 효력이 있는데, 본인은 그것을 사용해 볼 생각입니다."

"청심단!"

당세문은 청심단이라는 말에 놀랄 수밖에 없었다. 그녀 역시 쌍도문의 청심단 효능에 대해서 잘 알고 있었기 때문이다.

하지만 생각을 달리하니 요운의 상태에서 그것을 복용하고 운기한다면 주화입마에 걸릴 확률이 높기 때문에 고개를 저으며 말했다.

"요 대협의 상태는 독과 내상에 의해 혈맥이 굳어 있는 상태입니다. 자칫 잘못하다가는 주화입마로 죽게 될 수도 있습니다."

"예. 저 역시 그것을 알고 있지만, 남아로서 이렇게 남에게 의지하여 살기만을 바란다면 차라리 죽느니만 못하다는 생각에 이런 말씀을 드리는 것입니다."

"아!"

확실히 요운과 같은 고수가 아무 힘도 없이 다른 사람의 도움으로 살아가는 처지가 되면 죽음을 생각하는 것은 당연한 것이었으니, 당세문은 고개를 끄덕일 수밖에 없었다.

구차한 삶을 사느니 차라리 죽음을 선택하겠다는 것은 만약 당세문이 그러한 상황에 처해 있었다고 해도 그렇게 했을 것이 분명했기 때문이다.

하지만 도망가는 입장에서 청심단을 복용하고 진기를 운용할 시간이 없었기에 그에게 그것을 말해 주려 했는데, 요운은 그녀가 무슨 말을 할지 이미 알고 있었다.

"저는 이곳에 남도록 하겠습니다."

"예? 무슨 말씀이십니까?"

요운의 말에 모두가 크게 놀라는 것은 당연한 일이었다.

"여러분의 마음은 알지만, 저 때문에 일행의 속도가 더디어지는 것은 어쩔 수 없는 상황입니다. 언제 구궁의 무리들이 따라올지 모르는 상황에서 저라는 존재는 여러분에게 짐이 될 수밖에 없습니다."

"짐이라니요!"

그의 말에 무미미는 화를 내며 소리쳤다. 스스로를 짐이라 생각하는 그의 말에 야속하기도 하여 화를 낸 것이다.

자신들이 언제 요운을 짐으로 취급했는가 하는 생각을 한다면 이는 당연한 반응이라 할 수 있었다.

"본인이 어찌 여러분의 마음을 모르겠습니까? 하지만 한때 무를 익힌 사람으로서 타인의 도움으로 사는 삶이라는 것은 저에게 너무나 힘든 일입니다."

"……."

"부탁입니다. 제가 아무리 떼를 쓴다 해도 여러분이 들어주지 않는다면 소용없는 일이지만, 저의 결심은 굳으니 이곳에 남겨주지 않는다면 차라리 죽음을 선택하겠습니다."

"요 대협!"

요운의 결심은 이제 어느 누구도 돌이킬 수 없을 만큼 굳은 것인지라 사람들은 그의 결정을 따를 수밖에 없었다.

그런 요운을 보며 무미미 역시 큰 결심을 했는지 그를 보며 말했다.

"그렇다면 요 대협께서도 한 가지 조건을 들어주셔야겠습니다."

"조건이라니요?"

"제가 이곳에 남기로 하겠습니다."

"무 소저!"

무미미가 자신과 함께 남는다는 말에 요운이 놀란 목소리로 소리쳤는데, 그녀는 단호한 목소리로 말했다.

"솔직히 요 대협의 이번 결정은 무모하기까지 합니다. 십중팔구 죽음을 면치 못할 것이 분명하다면 요 대협의 시신만이라도 묻어줄 사람이 필요한 것이 아닙니까. 제가 남는다는 것은 쌍도문의 협사 중 한 사람인 요 대협의 의기를 높이 사서 하는 사적인 행동이니, 요 대협께서는 저의 결정을 막으려 하지 마십시오."

"그런……."

"만약 이 조건을 들어주지 않는다면 요 대협이 자결을 하는 한이 있어도 요 대협을 끌고 가겠습니다."

"……."

흑철돈녀는 과거에 성격이 급한 것으로 강호에 알려져 있었다. 한번 결정한 일은 어느 누구도 막지 못한 그녀의 성품은 증손녀인 무미미에게도 그대로 전해져 있어 무미미의 눈에는 정기마저 흐르고 있었다.

당세문은 오랜 기간 사람들의 눈을 피하여 생활해 온 무미미라면 추적자의 눈을 피할 수 있다는 생각을 했고, 적도들 역시 소천과 화란만을 잡으려 할 뿐 병자인 요운에게는 관심이 없을 것이 분명했기에 그들의 의견을 따르기로 했다.

"알겠습니다. 그렇다면 무 언니께서 요 대협을 모시도록 하시지요."

"당 소저!"

"만약 적도의 손에 잡히지 않는다면 앞으로 세 달 후 한중에서 제일

큰 주루에서 뵙기로 하지요."

"예."

일이 결정되자 당세문은 더 이상 길을 지체할 필요가 없다는 생각을 하고는 자리에서 일어났다.

지금까지는 요운의 상태가 좋지 않아 휴식을 많이 취했지만, 요운이 무미미와 함께 다른 길을 간다면 더 이상 시간을 지체할 필요가 없기 때문이다.

"이제부터 소천 공자는 제가 업고 갈 테니 화란 소저는 뒤처지지 않게 저를 따라오도록 하세요."

"예."

"무 언니… 몸조심하세요."

"그래, 너 역시 무사히 패도 유웅 어르신을 뵙기를 빌도록 하겠다."

무미미와 간단히 인사를 한 당세문은 소천을 업고 경신술을 펼쳤고, 화란은 그녀의 뒤를 따라갔다. 이들의 모습이 사라지자 무미미는 요운에게 미소를 지으며 말했다.

"요 대협, 이제 우리들도 길을 떠나도록 할까요?"

"그러지요. 무 소저, 잘 부탁드립니다."

"예. 요 대협도요."

무미미의 말에 요운은 큰 미소를 지으며 답했다. 자신의 마지막이라 할 수 있는 길을 연심을 갖게 된 무미미와 한다는 것이 그에게는 큰 기쁨이었다.

당세문의 등에 업혀가면서도 소천은 피로함에 잠을 자거나 하는 행동은 하지 않았다. 자신을 보살펴 주고 있는 당세문과 화란이 힘들어하는 것을 보면서 자신 혼자 편히 가고 싶은 생각은 없었기 때문이다.

'무공이라도 익혔으면……'

자신이 무공을 익혔다면 지금 두 사람을 고생시키지 않아도 되었을 텐데 하는 생각이 들었다.

어린 나이이긴 하지만 소천은 아버지의 영특함을 그대로 이어받았는지 그 나이에 사서삼경을 떼었을 정도로 뛰어났지만, 웬일인지 유능예는 그에게 무공을 가르쳐 주지 않았다.

홍련교의 무학이라면 그녀 역시 잘 알고 있었지만, 그녀는 아이에게 장천의 문파인 쌍도문의 무공을 익히게 하고 싶었기 때문이다.

"소천, 힘들지 않니?"

"괜찮아, 누나."

화란은 당세문의 등에 업혀 가는 소천이 피로한 기색을 느낄 때마다 걱정스러운 표정으로 물어보았고, 이에 그는 미소를 지으며 아무렇지도 않은 표정을 지으며 그녀를 안심시켰다.

하지만 무공을 익히지 않은 어린아이가 오랜 여행에서 지치지 않는다는 것이 이상한 일인지라 화란 역시 소천이 피로함을 참고 있는 것을 알 수 있었다.

당세문 역시 그러한 것을 느끼는지 걸음을 멈추고는 말했다.

"이곳에서 잠시 휴식을 취하도록 하지요."

"예."

요운이 있을 때에 비한다면 여정 중의 휴식 시간은 그리 많지 않았지만 이것 역시 많다고 할 수 있었다.

하지만 대로가 아닌 인적이 드문 산길을 통해서만 움직이고 있는 그들에게 이 정도의 휴식은 어쩔 수 없는 일이었는데, 계속 이런 식으로 여행을 한다면 소천은 물론 무공이 그다지 높지 않은 화란이 지쳐 쓰러질 위험이 컸다.

"당 숙모, 한 시진 정도만 시간을 낼 수 있을까요?"

"한 시진?"

"예."

하지만 구궁의 추적대가 언제 도착할지 모르는 상태였기에 한시의 시간도 지체할 수 없었으니 당세문은 고개를 저으며 말했다.

"어려울 것 같구나."

"…예."

"그런데 왜 시간이 필요하다는 거지?"

자신의 말에 힘없이 대답하는 소천을 보며 시간을 달라는 이유가 궁금해진 당세문은 그를 보며 물었으니 소천은 한숨을 쉬며 말했다.

"무공을 익혀보려고요."

"무공?"

소천의 말에 당세문은 조금 놀랄 수밖에 없었는데, 무가에서라면 소천 정도의 나이에 무공을 시작하는 것이 흔한 일이지만 그것은 제대로 된 스승 밑에서 배우는 것이지 소천처럼 이렇게 한 시진 정도의 시간을 내달라며 혼자 익히는 경우는 없었다.

"무공을 익히고 있었니?"

혹시나 하는 생각에 무공을 익히고 있느냐고 물어보았는데, 소천은 고개를 저으며 말했다.

"아니요. 하지만 어머니와 백부님이 전해준 무공서가 있어 그것 중 하나를 익혀보려고요."

"아서라."

소천의 말을 들은 당세문은 이내 고개를 저으며 말했다.

"무공이란 것은 단순히 책으로만 익힐 수 있는 것이 아니다. 처음 심법을 익히기 위해선 선배의 도움으로 진기도인하여 내력의 흐름을 깨우쳐야 하는데, 혼자서 그것이 가능할 리 없지 않니."

"체내 혈의 흐름이라면 이미 모두 알고 있습니다. 백부가 무공서를 주면서 쌍도문의 비전 환단 중 하나인 청심단을 저에게 주었기 때문에 그것을 복용하고 심법을 운용한다면 한 시진이라는 시간이나마 어느 정도 내력을 얻을 수 있으리라 생각합니다."

"말도 안 되는 소리. 그것이 있다면 더 위험한 일이다. 단순히 심법을 익힌다고 한다면 진기도인에 실패해도 주화입마의 위험은 없지만, 청심단의 효능으로 내력이 생긴다면 그것으로 인해 자칫 주화입마에 들 수 있다는 것을 모르느냐?"

"알고 있습니다."

"알고 있으면서 그러느냐. 내 아직 무공이 미천하나 너에게 진기도인 정도는 해줄 수 있지만, 그렇게 한다면 내 본신의 내력 또한 십 중 팔 할은 써야 하기에 진기도인은 불가능하다. 또한 너에게 혼자 하도록 그것을 맡길 수 없으니 무공은 후에 익히도록 하자꾸나."

소천으로선 당세문의 말이 틀리지 않음을 잘 알고 있었기에 할 수 없이 고개를 끄덕일 수밖에 없었다.

이전에 무공을 익히지 않았음을 탓할 도리밖에 없었다.

'무공을 익힐 수 있는 방법이 없을까…….'

토납법을 운용하기 위해선 반드시 조용한 장소가 필요한 것은 어쩔 수 없는 일이었으니 소천은 방법이 없음을 안타까워했는데, 다시 생각해 보니 그리 방법이 없는 것은 아니었다.

좌도방문의 수법이기는 하지만 토납법을 쓰지 않고 내력을 모을 수 있는 방법이 있었기 때문이다.

'흡성대법이라…….'

마교에서조차 금지된 무공인 흡성대법이라면 토납법을 쓰지 않고도 내력을 모을 수 있다는 생각에 소천은 흡성대법을 생각한 것이다.

하지만 마교에서 흡성대법을 금지한 것은 타인의 내력을 자신의 것으로 하는 것인지라 교 내에서도 문제가 생길 수 있고, 워낙 불안정한 심법인지라 주화입마에 걸릴 확률이 높은 탓도 있었다.

그러나 소천은 그저 이 두 사람이 자신 때문에 고생하지 않을 정도의 무공만을 익혔으면 하는 생각이었기에 흡성대법의 단점에 대해서는 그리 걱정할 필요가 없다 생각했다.

'그래. 불안정한 심법이기는 하지만 무인의 길을 걷지 않는다면 지금의 위기를 빠져나가는 데 도움이 될 흡성대법도 그리 나쁘지 않을 거야. 그러나 흡성대법을 사용할 상대를 어디서 찾는다지.'

흡성대법은 타인의 내력을 자신의 것으로 하는 무공인만큼 무공을 익힌 무인이란 준비물이 반드시 필요했다. 하지만 화란이나 당세문의 내력을 흡수할 수는 없는 일인지라 후에 자신들을 공격할 자들을 노려 내력을 흡수해야겠다는 생각을 했다.

확실히 적을 방심시킨 후 내력을 흡수할 수 있는 방도를 찾기 위해 소천은 마음속으로 계획을 짜기 시작했으니, 그의 입가에선 천천히 미소가 흐르기 시작했다.

후에 이것이 소천에게 크나큰 불행을 안겨다 줄 것은 그 역시 알지 못하는 일이었으니 이때의 결심으로 인하여 소천은 열 살도 되지 않은 나이에 마동이라는 이름으로 무림의 공적으로 몰리게 되고 사랑하는 사람의 죽음을 불러오는 운명을 겪게 된다.

하지만 현재 소천은 이러한 운명을 알지 못한 채 자신과 자신을 위하는 사람을 위해 첫 희생양이 될 자를 노리고 있었으니 불안정한 그의 생은 협의에 대한 관념을 무디게 하고 말았다.

어느 정도의 휴식을 끝낸 세 사람은 다시 패도 유웅이 있는 섬서로 길을 떠났는데, 약간의 휴식이나마 운기조식으로 힘을 모은 이들의 발길은 경쾌하기까지 했다.

하지만 강북이라면 어느 곳을 간다 해도 구궁의 눈을 피할 길이 없었기에 이들은 영탕산을 장악하고 있는 응골채의 눈에 걸리고 말았다.

감숙 영탕산 응골채의 수장은 한 자루의 거치도를 잘 쓴다고 알려져 있는 여궁이라는 자였는데 크게 이름을 날리는 자는 아니지만 쌍도문에 어느 정도의 돈을 바치고 영탄산에서 사업을 하고 있는 자였다.

"두목! 나타났습니다!"

산채에서 끌고 온 여인의 몸을 탐하고 있던 여궁은 자신의 방으로 겁도 없이 뛰어들어 온 부하를 보며 미간을 찌푸릴 수밖에 없었고, 이내 탐하고 있던 여인의 머리채를 잡아 벽으로 집어 던지고는 놓아두었던 거치도를 들고 소리쳤다.

"이런! 개호로자식을 봤나! 내가 일 끝내기 전엔 아무도 들어오지 말라고 그랬지!!"

"헉!"

여궁의 서슬 퍼런 모습에 녀석은 크게 놀라 자신도 모르게 뒷걸음치다 자빠지니 여궁은 녀석을 단칼에 베어버리기 위해 거치도를 치켜들었다.

"아이구! 채주님! 살려주십시오!"

"흥!"

"녀… 녀석들을 찾았습니다요!!"

"응?"

갑자기 그가 녀석들을 찾았다는 말을 하자 무슨 개소리를 하나 하는 생각에 녀석을 단칼에 베어버리려고 하다가 문득 자신들이 찾던 자들이 누구라는 것을 떠올리고는 물었다.

"녀석? 쌍도문에서 찾던 연놈들을 말하는 것이냐?"

"예."

"이런 병신새끼! 나가자!"

"아! 예."

목숨을 건졌다는 생각에 녀석은 안도의 한숨을 쉬고 밖으로 나가려고 했는데, 여궁의 모습을 보고 꼭 말해 주어야겠다는 생각이 들어 그를 불렀다.

"채주!"

"뭐야! 이 새끼 무지 귀찮네!!"

애석하게도 그 한마디 때문에 녀석은 여궁의 거치도에 의해 복부에 구멍이 나고 말았다.

"끄윽!!"

"무지 귀찮게 하네, 이 새끼!"

"채… 주… 옷… 을… 입어……."

"응?"

죽어가면서 하는 그의 말에 문득 자신의 모습을 보니 홀딱 벗고 있는지라 그는 머리를 긁적이며 중얼거렸다.

"이런, 옷도 안 입고 있었군. 어이! 어이! 되졌잖아? 거참."

여궁은 쓰러져 있는 녀석을 발로 툭툭 차보다 죽었다는 것을 깨닫고는 머리를 긁적였다.

아무튼 이런 소동이 있는 것은 그저 산채의 흔한 일상 중 하나일 뿐인지라 웅골채의 도적들은 소천을 잡기 위해 산채의 전 인원을 끌고 영탕산 일대를 둘러싸기 시작했다.

웅골채의 도적들은 쌍도문의 비호를 받고 있는 탓에 이름난 산채와 비교해도 뒤지지 않았기에 거의 오백에 이르는 도적들이 천라지망을 펼쳤다.

그런 탓에 소천 일행은 그들의 눈을 피할 수가 없었다.

소천을 업고 산길을 빠르게 움직이던 당세문은 걸음을 멈추고는 하늘을 쳐다보며 미간을 찌푸렸다.

"무슨 일이지요?"

"추적자가 온 듯하다."

"추적자요?"

화란의 물음에 당세문은 손을 들어서는 하늘을 가리켰고, 화란은 자신들 머리 위로 서너 마리의 매가 하늘을 맴돌고 있는 것을 볼 수 있었다.

"보통 매는 하나의 영역권을 가지고 다른 매의 영역을 침범하지 않는다."

"그럼?"

"구궁의 추적자들이 풀어놓은 매가 확실하다."

그 말에 화란은 허리에 차고 있던 검을 뽑아 들었다. 자신들의 위치가 들켰다면 언제 적도들이 밀어닥쳐도 이상할 것이 없었기 때문이다.

당세문은 소천을 내려놓고는 암기 주머니의 끈을 풀어놓으니 적이 나타나면 바로 암기를 뿌릴 수 있게 준비를 해놓고 있는 것이다.

무림에 알려져 있는 그녀의 별호는 빙암화, 어린 시절부터 익혔던 소수마공과 함께 당가 비전의 암기술을 모두 익혀 당가에서 다섯 손가락 안에 드는 실력을 지니고 있었다.

"아마 쌍도문은 너희들을 산 채로 잡아오라는 명령을 내렸을 것이다. 그렇다면 생명의 위험은 없을 테니 우리에게 유리하다. 넌 소천이를 업고 나의 뒤를 따라오도록 하거라."

"예."

당세문의 말에 화란은 고개를 끄덕였다. 화란은 과거 어머니가 살아 있을 때 약간의 호신술을 익혔고, 소천과 혼인하면서 능예에게 홍련십팔검을 익혔기에 무공으론 강호의 일류무사 정도의 실력을 지니고 있었으나 실전은 단 한 번도 치러본 적이 없었기에 불안한 마음을 삼출 수가 없었다.

당세문은 화란과 소천이와 함께 조심스럽게 산을 내려가기 시작했으나 잠시 후 십수 명의 인기척이 자신들이 있는 방향으로 다가오는 것을 느낄 수 있었다.

적들이 다가오는 것을 느낀 당세문은 급히 손을 들어 두 사람을 멈추게 한 후 녀석들이 다가오기를 기다렸다.

잠시 후 십여 명의 도적들이 병장기를 들고 주위를 살피며 다가오는 것을 확인하곤 오 장 정도의 거리에서 박차고 일어나 몸을 날렸다.

"헉!"

"녀석들이다!"

갑자기 당세문이 튀어나오자 십여 명의 도적들이 크게 놀라 소리쳤고, 당세문은 암기 주머니에서 집어 든 독침을 녀석들을 향해 뿌렸다.

〈9권 끝〉

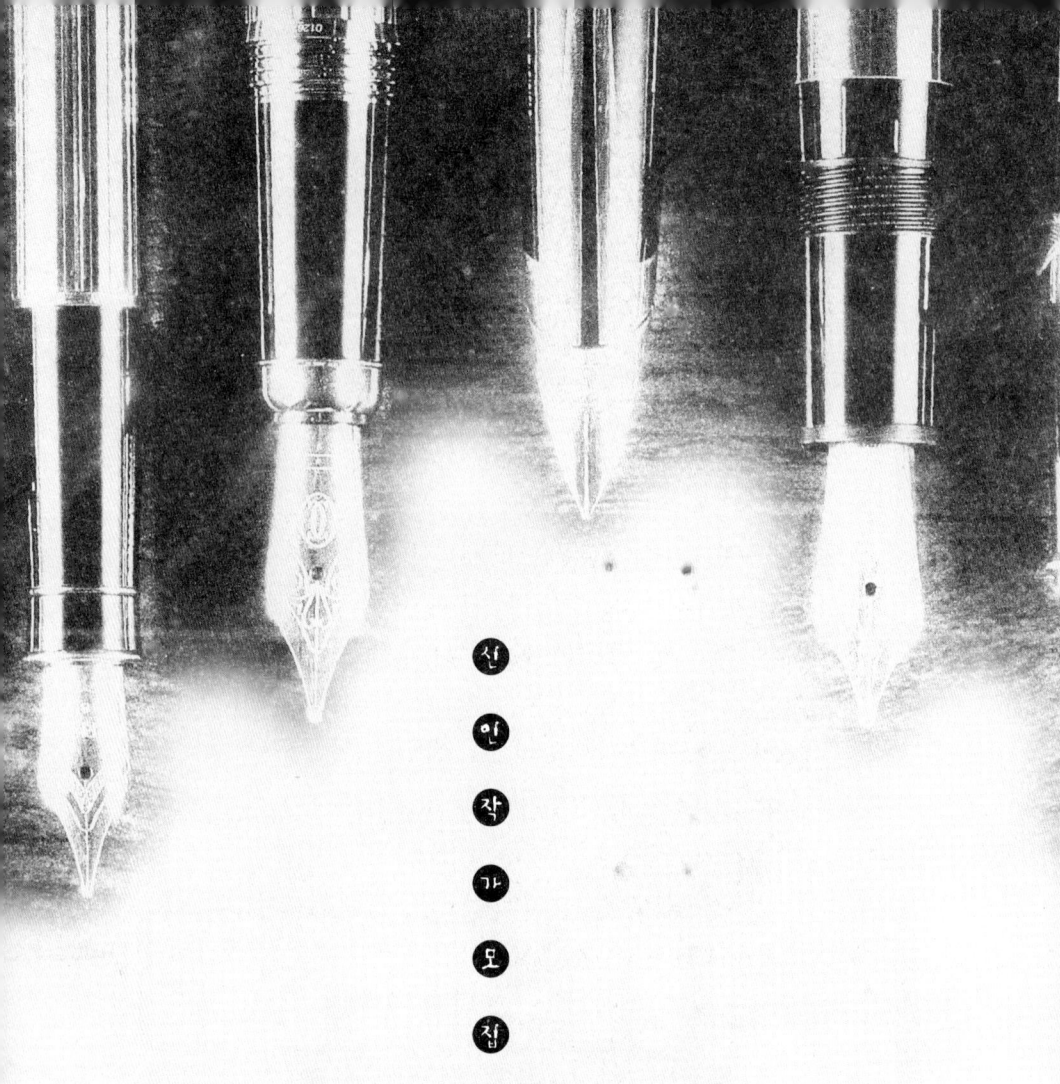

신
인
작
가
모
집

시작이 반이라고 했습니다.
작가의 길에 대한 보이지 않는 벽을 과감히 깨뜨리십시오!
청어람은 작가 지망생 여러분들의
멋진 방향타가 되어드리겠습니다.

저희 도서출판 청어람에서는
소설 신인 작가분들을 모집합니다.
판타지와 무협을 사랑하시는 분들의 많은 참여를 바랍니다.
소정의 원고(A4용지 150매)를 메일이나 우편으로 보내주시면
검토 후 출판 여부를 알려드리겠습니다.

주소:경기도 부천시 원미구 심곡1동 350-1 남성B/D 3F 우편번호420-011
TEL:032-656-4452 · **FAX**:032-656-4453
http://**www.chungeoram.com**
e-mail:chungeoram@chungeoram.com